上海大案侦破秘闻

李 动 著

文匯出版社

目　录

新上海惩腐第一枪

上海解放初期，对欧震利用权力霸占国民党姨太太案件的严厉处理，在上海所有的党员干部中，尤其是对公安人员起到了振聋发聩的警示，并对遏制腐败，匡正风气亦起到了不可估量的作用。

一

上了年纪的人大多知道，解放初期，毛泽东主席和党中央痛下决心枪决了天津的地委书记刘青山、张子善，对这两个功臣进城后的腐败行为给予了最严厉的惩处，这一震惊天下的铁腕举动，教育了全国广大党员干部。人们大多以为这是全国首例惩腐案，其实上海惩治腐败案更早，被枪决的对象是上海刚解放几天就霸占国民党姨太太的南下干部欧震，这起案件被誉为新上海惩腐第一枪。

上海解放不到一个月，榆林分局局长刘永祥拿着卷宗来到了四马路上海市人民政府公安局局长李士英的办公室，向李局长汇报了一起内部人员作案的经过。

1949年6月8日，榆林分局的民警欧震奉命协同公安部查处蒋帮空军司令部第21电台台长毕晓辉非法藏匿武器的案件。

那天上午，欧震陪同公安部办案人员来到住在榆林地区的毕家时，那间公寓里的男主人已逃往孤岛台湾。

年轻的南下干部欧震问前来开门的年轻的女士："毕晓辉在家吗？"

这位漂亮的女士开门见是身着军装的解放军，先是一惊，随后面无表情地回答："他一个多月以前离家后就没回来过，不知道他到哪里去了。"

欧震一脸严肃地告知女士："告诉你吧，他早已随蒋军逃往台湾了，你是他的什么人？"

"我是他的姨太太。"对方一脸的惊慌。

欧震通报道："我是榆林公安局的军代表，我们是公安部的特派员，今天到这里来就是要了解你丈夫毕晓辉的情况，同时还要对你家进行搜查，请你配合。"

欧震说罢，又追问道："这里还住着谁？"

年轻的女子喃喃地说："还有毕先生的大太太。"

欧震与公安部的特派员分别询问了两个不知所措的女人，也问不出什么有价值的线索，他们出示了搜查证后，开始翻箱倒柜地搜查起来，结果在其家中查获了几支枪支等非法武器，公安人员根据她们态度积极，配合检查，且又属初犯的情况，给予了宽大处理。

欧震人虽离去，但他对那个年轻漂亮、细皮嫩肉、衣着时髦、气质高雅的毕晓辉的二姨太却一见钟情，其一颦一笑、一举一动，在他的心里挥之不去。

已是深夜了，欧震躺在寝室的床上抽着卷烟，脑子里始终浮现毕晓辉的二姨太朱氏风姿绰约的诱人倩影，他正是20出头春情萌动的年龄，刚来到大都市，见了繁华的花花世界眼睛一下子花了，加上纪律观念淡薄，冲动之下竟不顾领导的三令五申和严厉的纪律规定，一骨碌爬起来忘乎所以地直往毕家赶去。

沿着西洋情调的路灯，欧震鬼使神差地来到毕家门口，他突然又踌躇不定起来，围着公寓绕了几圈，心想突然上门人家一定感到唐突，心里盘算着以什么理由进门。他的犹豫不决并不是因为公安有铁的纪律，而是怎么对心仪的女子说出上门的理由。此时此刻，他完全被美丽的女色勾住了魂，一阵难言的骚动遍布周身，早已将纪律抛掷到了九霄云外。在窗前的灯光下徘徊了一阵后，他终于决定还是以上午搜查为由敲门吧，告诉她事情还没完，让她老老实实等候处理。想到此，他便壮着胆子敲起了门。

开门的正是风姿绰约的朱氏，见公安人员深夜又上门来，她张着嘴吓得魂不守舍。

欧震像老熟人一般径自来到客厅，趾高气扬地坐下后盘起腿，虎着脸对着惊魂未定的女子严厉地道："还有许多问题你上午没交代清楚，多亏我在公安部官员面前替你们美言了几句才算过关，但事情还没完，你看怎么办？"

见过世面的朱氏自然听出了来者的弦外之音，苦苦地哀求："解放军同志，求你放我们一码，你需要什么，一定满足你的要求。"

说罢朱氏从红木家具的抽屉里取出了4枚银元，胆战心惊地递给了欧震："这是一点小意思，等以后事情过去了，一定重谢。"

欧震接过银元漫不经心地往裤兜里一揣，故意为难地说："现在共产党对你丈夫和你们犯下的罪行肯定是要追究的，我是负责处理你们案件的办案员，我会尽力帮你开脱的。"

朱氏低着头，动情地说："对你的大恩大德，我是感激不尽。"

欧震色眯眯地望着对方，意味深长地问："到时你打算如何报答我啊？"

朱氏抬眼瞟了一眼欧震，嗫嚅地说："随你，只要我能办到。"

欧震望着她那迷人的眸子，情不自禁地坐到了朱氏的身边，一把搂住了心中的美人。朱氏面对突如其来的孟浪，不胜惶恐地说："这不太好吧。"

欲火中烧的欧震边搂着她亲吻，边甜言蜜语地哄她道："现在已是共产党的天下了，毕晓辉已逃往台湾回不来了，你这么年轻，难道为他守活寡？你还是识时务些，只要你跟着我，我不会亏待你的。”

朱氏闭着眼睛，吓得不敢反抗。她此时此刻想到丈夫已远走高飞，现在解放军吃香了，以后的日子还长着呢，顺着他也是个依靠。于是她就半推半就顺从地跟他来到外边，与欲火中烧的欧震颠鸾倒凤地折腾了一夜。

有了一夜情，欧震并不甘心，他还想长期霸占这个到手的可心女人。但他心里清楚三天两头去国民党军官的小老婆家自然不便，为了避人耳目，欧震让当地留用的旧警察帮他在附近一个偏僻的小巷内找了一间房子，以一定娶朱氏为妻相诱惑，竟然金屋藏娇起来。毕家暗藏了一批赃款，朱氏也拿了出来，二人添置了一些家具，堂而皇之地过起了夫妻生活。

一天，两人正亲热时，朱氏不无担心地问：“你身为共产党公安局里的警察，勾引国民党的军官太太，要是被发现，会受到处罚吗？”

欧震不屑一顾地说：“真是头发长，见识短。怕什么怕，共产党只是对国民党严厉，公安局只对别人执法。我自己不调查，谁会调查我。再说，发现了又怎么样，最多也是个警告处分，比起和你在一起，警告处分算得了什么，老子不在乎，我只在乎你，小美人！”说罢，他又楼着美人儿一阵亲吻。

二

那天，欧震闲着无事便在办公室的抽屉里取出银元把玩起来，突然有人闯进他的办公室，他吓得立刻将银元扔进抽屉里，马上关上了抽屉，但这惊慌扔银元的一瞬，却被来者老刘撞见了。

尽管老刘只见到一枚银元，但那时公安人员生活尚比较艰苦，对享受供给制的民警来说，有银元是稀罕之事。欧震不是原来的上海旧警察，家又不在上海，故一般难以搞到银元，一定来路不正。

榆林分局分局长刘永祥听到部下汇报此事后，感到虽是小事，但他没有麻痹。立刻派人找来欧震让他讲清楚。开始他不承认有银元，后来又编了一个谎言来掩盖："银元是朋友送的。"调查的干部问："哪个朋友送的，你把他的名字写下来，我们马上去核实。"欧震说不出来，出尔反尔难以自圆其说。

欧震心里清楚，这不是一枚银元的小事，而是关系到玩弄国民党姨太太的大事，他更清楚公安有着铁的纪律，一旦说出来后果不堪设想。他曾听老警察说："抓贼抓赃，抓奸抓双。"故他抱定死不开口的宗旨。

刘局长下决心对他的问题查个水落石出，并成立了专案组，派人对欧震身边的人进行了解。有个旧警察开始有些顾虑，以为共产党与国民党一样，只是做做样子罢了，没有说出实情，后来通过调查干部反复宣传共产党的政策后，他被共产党的干部认真彻查腐败的真诚态度所感化，终于和盘托出："那天，欧震曾对我说是老家要来人，委托我帮忙找个住处。我是个旧警察，感到自己低人一等，为了讨好南下的解放军干部，以后能为自己说点好话，帮个忙，便利用过去当警察的老关系，很快为欧震找到了一处房子，而且是免费使用。为了掩人耳目，他对邻居称朱氏是他的未婚妻。"

有了这个旧警察提供的线索，案件有了突破口。一天下班后，专案组的一名警察悄悄跟踪欧震。欧震并没有直接回宿舍，在一番东张西望之后，径直拐进一条偏僻的小巷子。那警察一眼就认出，开门的年轻女子正是朱氏，于是便悄悄地退了出来，马上回去把这一情况向专案组汇报。欧震金屋藏娇的尾巴终于露了出来。

专案组当即决定，迅速前往现场，欧震和朱氏同居被当场活捉，还在其居住的地方搜出了许多赃款，这是朱氏的老公毕晓辉留下的财产，朱氏将这些家底带出来，准备与欧震长期生活下去。

组织上掌握了欧震与国民党姨太太同居的事实后，经过做朱氏的思想工作，她抽泣着讲述了事情的前因后果和自己的心理活动。

朱氏的交代，使组织上掌握了欧震犯罪的全部证据。这时欧震才如梦初醒，吓得痛哭流涕，请求组织上给予一条出路。

刘局长汇报完案情有些担心地说："欧震是南下干部，公开处理恐怕政治影响不好。”

李士英局长听罢刘局长汇报后，拍案而起，愤怒地说：“我们在丹阳待命时，对接管上海的干部进行了反复的教育，他到了上海才几天就如此胆大妄为，实在是罪不可恕。此事性质严重，务必严惩。不要怕丢丑，几千人的队伍出一两个败类没什么大惊小怪的，亡羊补牢，犹为未晚。只有公开处理了，才能起到警示他人的效果，才能杜绝这类腐败案情的再次发生。”

刘局长走后，李士英局长气愤地解开上衣风纪扣在办公室里来回踱步，他由此想起了10多年前毛泽东主席在延安挥泪斩功臣的往事。

1937年8月，有位身经百战屡立战功的旅长，名叫黄克功，他十三四岁就参加了红军，在革命最困难的时期跟随毛泽东上井冈山打游击，又参加了艰苦卓绝的二万五千里长征，还救过许多首长的命，可谓功勋卓著。

那年夏天，他与山西太原友仁中学毕业投奔延安抗战的女学生刘茜相识了。黄旅长见出身官宦家庭受过良好教育的漂亮姑娘甚为喜欢，对她特别照顾偏爱。姑娘见黄旅长一表人材，又得知其传奇身世后也动了芳心，于是两人一见钟情坠入了情网。

一个月后，刘姑娘转入陕北公学学习，见了一名也是大城市来的热血青年，两人一接触气质、性格、情调更投缘，姑娘马上另有所爱，与黄旅长提出了断绝恋爱关系，黄旅长听罢悲痛不已，这位战功卓著的英雄因为太爱这个刘姑娘了，放下了平时孤傲的架子，委曲求全地再三恳求刘姑娘回心转意，但刘姑娘看过《安娜·卡列妮娜》、《娜拉》之类的世界名著，思想比较先锋前卫，她对黄旅长理直气壮地说：“我们都有恋爱的自由，谁都不能干涉对方交朋友吧！”

气得黄旅长比打败仗更难受，恼怒万分，又无可奈何。黄旅长回去后，几次决心忘了这失恋的痛苦，但他已陷入了爱的深渊难以自拔。

经过一个多月的内心煎熬，这个年少气盛仅28岁的年轻旅长实在是吞不下这口恶气，便萌发了复仇的计划。

那天黄昏，他约出了姑娘开始好言相劝，见刘姑娘不为所动，他又声泪俱下地向心上人作了最后的恳求:“求求你,和我和好如初吧,我一定全心全意地好好待你。”

但是,姑娘却无动于衷,决绝地说:“强扭的瓜不甜,我们性格不合,在一起也没幸福可言,你是个大领导,还是有许多女子会看上你的,你另作选择吧。”

再次遭到拒绝后,黄旅长实在是忍不住一股冲向脑袋的热血,失去理智地拔出手枪,丧心病狂地向姑娘开枪射击,满腔的怒火随着子弹射进了年轻姑娘的身躯,这位满腔热血投奔延安的刘茜姑娘就这样倒在了自己首长的枪口下。

毛泽东主席知道此事后异常震怒,拍桌子愤怒地说:“一定要严惩,决不能姑息迁就!”

许多老同志上门来为黄旅长说情,说他曾立过战功,又救过许多战友的生命,恳求主席网开一面,但主席反复思虑,深感网开一面会败坏共产党的声誉,更会危及更多的无辜生命,给革命带来灾难性的后果,为此,他对前来说情的人怒目相向,朗声严肃地说:“谁来说情都没用,就是天王老子来也不行!”

为严肃法纪,毛泽东主席坚决地批示将其枪毙,并给陕甘宁边区高等法院代理院长雷经天写了一封公开信。

雷经天同志:

你和黄克功的信均已收阅。黄克功过去的斗争历史是光荣的,今天处以极刑,我和党中央的同志都是为之惋惜的。但他犯了不容赦免的大罪,以一个共产党员红军干部而有如此卑鄙的、失掉人的立场的行为,如为赦免,便无以教育党,无以教育红军,无以教育革命者,并无以教育一个普通的人……

黄旅长被处以极刑,在共产党的队伍中引起了极大的震动,更起到了杀一儆百的教育效果。

此事对李局长来说,可谓是铭心刻骨。

三

李士英局长拉回思绪，心想虽然欧震这件违法乱纪的事没有延安的黄旅长那么严重，欧震也是跟随自己从山东济南南下来上海的年轻干部，才25岁，还是个小青年，他也许不知道事情的性质和严重性，到底如何处理此事，李士英局长徘徊许久，踌躇不定。

但是在丹阳待命接管大上海前，为了防止这些从乡村到大城市来的执政人员违法乱纪，被糖衣炮弹所俘虏，李士英特意组织了接管干部进行学习和讨论。专门学习了中央七届二中会议关于"两个务必"的精神和华东局《关于接管江南城市的指示》等各项政策，还学习了《约法八章》、《入城守则和纪律》等文件，对党的重心工作的转移和转移后依靠谁，以及入城纪律等问题进行了反复的学习讨论，大家都表了态，怎么还是有人顶风违法，且如此之快，到上海才10天时间，就做了如此惊天动地大案，令李士英局长百思不得其解。

李士英局长决定查一下欧震的身世和经历，剖析他的犯罪根源和动因，以便总结教训，亡羊补牢。经过内查外调，很快查明了欧震的历史。其人年纪不大，可经历却颇为复杂。他出生于江苏，18岁加入了三青团。曾在国民党青年军202师当上等兵，他又加入浙江台州保安队任排长，随后又转至国民党南汇警察局，并在局内任职。淮海战役前夕，国民党由于战事吃紧，兵力消耗甚大，急需扩军，欧震便加入了杜聿明的部队任连长。1948年12月，在淮海战役中，他被人民解放军俘虏后，痛哭流涕地谎称是被国民党军抓壮丁而被迫当兵的，解放军见他年轻，信了他的话，在共产党军队的教育之下，欧震有悔过表现，被提前释放。释放后，欧震回到老家闲居了一段日子，见山东济南警校招生，便决定报名参加，直奔济南而去。由于考试成绩出色，他填表时隐瞒其历史，竟顺利地被录取，成为解放后上海第一批经过学校严格培训的公安系统的一名警察。

此后，欧震随华东局社会部副部长李士英所率的共产党第一支红色警察部队南下到丹阳待命，5月26日，他又随李士英部队进入上海，成了上海市公安局榆林分局接管工作的军代表。

了解了欧震的身份和经历后，李士英局长对这个隐瞒其身份混入革命队伍的旧警察异常恼火，他的恶厉品质和复杂经历说明对旧军人、旧警察的改造不是开个大会教育一番，或学习一下纪律规定就一蹴而就了，而是一个长期的教育改造过程，尤其是要把好进人关这个源头。古诗云：问渠哪得清如许，为有源头活水来。是啊，只有把好进人这个源头，才能保持公安队伍的纯洁。

此时此刻，李局长又想到了国民党在抗日战争胜利后，接管上海时，那些接收大员们争相抢夺金子、房子、车子、女子、票子，使饱受沦陷之苦的上海市民大失所望，老百姓称此举为“五子登科”。他们还编了一句顺口溜：“想中央，盼中央，中央来了更遭殃。”

是啊，水能载舟，亦能覆舟。国民党的腐败在全国人民的反对声浪中很快倾覆了，前车之鉴，我们共产党人千万不能重蹈历史的覆辙啊！

李士英局长深感事件的严重性，接管上海才10多天，就发生了如此腐败的案件，简直是国民党的行径。如果不拿出“挥泪斩马谡”的铁腕，姑息养奸，势必会蔓延，公安机关的大厦的柱石难保不被蛀虫蚕食一空。

陈毅市长

经过一番痛苦的思索后，李士英局长痛心疾首地拿起笔在报告上沉重地批下了如是几个字：欧震敲诈勒索，诱奸妇女，目无法纪，应予枪毙，以维纪律。

华东军区淞沪警备司令部司令宋时轮、政委郭化若批示：执行枪决。潘汉年副市长函示：此犯自应枪决。

7月14日，李士英局长、扬帆副局长亲自起草文稿、判决书，呈报陈毅市长核示，陈毅市长挥毫写下了刚劲有力的四个大字：同意枪毙。

1949年8月14日，欧震被判死刑的消息经各大报纸刊登后，上海人民无不拍手称快。欧震上刑场的那一天，刑场上人山人海，水泄不通，人们亲眼目睹了第一起执法人员腐败案的主人公欧震的下场。

一声清脆的枪响结束了腐败分子欧震的罪恶生命，也警示了所有手握权力的党员干部。

第二天，《解放日报》以醒目的版面公布了欧震的罪行，并发表了《革命纪律不容破坏》的短评。

对腐败分子动真格，在上海市公安局内部和上海干部中间，乃至全国引起了轰动和极大的反响，通过欧震案件，李士英决定在公安队伍中举行一次普遍的审查，经过认真审查和严加整饬，先后有400余名有劣迹的旧警察和有腐败问题的员警被清理出公安队伍，有效地遏制了腐败现象的孳生和蔓延，也使老百姓看到了共产党惩治腐败的决心和清正廉明的正气，更保持了公安队伍的纯洁。

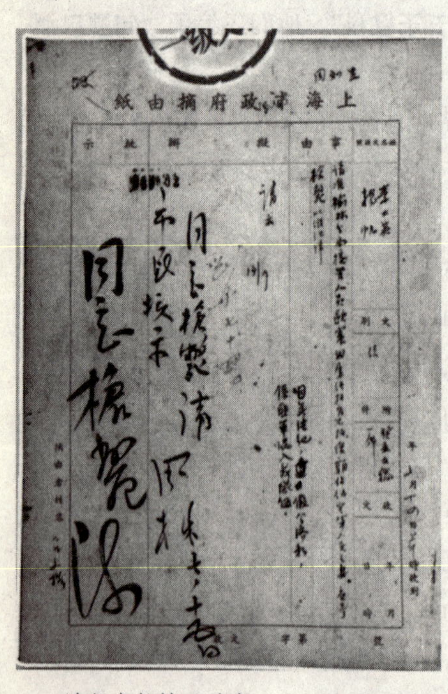
上海市政府摘由紙

事由	擬辦	批示

同意槍斃 陳毅

陈毅市长批示手迹

之后，每次大会小会各部门的领导都反复强调防腐拒变的问题，要求大家出污泥而不染。陈毅市长也在大会上多次强调：“我们是解放上海、改造上海呢？还是被上海人撵走？我们是红的大染缸，要把上海染红，我们不要红的进去，黑的出来！”

但公安干部接触阴暗面多，李局长清醒地意识到只靠嘴上“敲木鱼”难以有效地抵制“糖衣炮弹”的进攻，为此，他从制度上入手做到长效管理，亲自组织修改制定了《警员十项守则》印发给每一位员警，要求严格执行，做到防患于未然。

守则非常具体，诸如民警到妓院、舞厅工作不准抽喝业主的香烟、茶水，不准接受工作对象的任何馈赠；不准私自与舞女、妓女来往；到剧场、影院游乐场所工作，不准看白戏和索要影剧票；管理摊贩的，不准索拿吃喝摊主的东西等等。

在铁的纪律面前，广大员警加强了遵纪守法的自觉性，拒吃拒喝、拒受礼品、拒受贿赂蔚然成风。

比如仙乐舞厅的老板向治安处特营科长提出，只要允许晚上延长营业时间两小时，他愿意拿出相当于30两黄金的干股相赠。

特营科长严词拒绝道：“你这是想拉拢公安人员？告诉你，老老实实地做生意，别动什么歪脑筋，别坑害我们的干部，明白吗？”

舞厅老板吓得连连点头：“是，明白。”

虽然舞厅老板碰了壁，但是他对公安民警的一身正气还是打心底佩服，安分守法做生意，再也不敢动歪脑筋。欧震事件的严厉处理，对上海所有的党员干部起到了警示作用，对遏制腐败、匡正风气起到了不可估量的作用。

其实，欧震事件并不是一个偶然事件，欧震所犯的罪行也不是一种孤立的社会现象。事实是，共产党执政之初，以贪污、浪费、官僚主义为主要表现形式的腐败行为就在一部分人中蔓延、滋长了起来，也冒出了一些大大小小的“李自成”式的人物。欧震的犯罪行为引起了各级领导的重视，再次向即将在全国执政的共产党人敲响了反腐倡廉的警钟。

智擒暗杀陈毅的刺客

翻开尘封的历史档案，回眸当年上海刚解放的峥嵘岁月，令人感慨万千。虽然当年国民党的军队像雪崩一样的瓦解了，其残余势力逃往孤岛台湾，但是国民党却不甘心其失败之命运，国民党保密局派一些训练有素的特务不断地潜入大陆搞暗杀领导人阴谋。面对严峻的形势，新成立的上海市人民政府公安局主动出击，有的放矢，一举生擒企图暗杀陈毅市长的"天字特号"刺客。

一

人民解放军以摧枯拉朽之势攻克大上海后，大势所趋的蒋介石集团和其国民党军队丧魂落魄地从上海吴淞口坐飞机或坐船逃往台湾小岛上。

刺客刘全德

1949年中秋节前夕的一个昏黄，蜗居在台湾岛上的蒋介石身着黑色长袍，头戴礼貌，拄着拐杖来到了一座树木葱茏的小山顶上，接过随从手上的望远镜，缓缓地举起通过高倍望远镜凝望着苍茫的大海，海天连接处隐隐约约有几座朦胧的小岛。

望远镜里的朦胧岛屿蓦地幻化成清晰的图像，老蒋想起了在大陆上叱咤风云的岁月，想起了那里的名山大川和历史古迹，更想起了老家奉化的老屋和母亲的坟墓，禁不住黯然神伤。他实在是想不通自己拥有八百万军队和最先进的美式装备，怎么会败在这些土包子的手上？但他似乎也悟出了“得民心者得天下，失民心者失天下”的道理。

蒋介石实在是不甘心自己的失败结局，自我安慰又鼓励部下道：“胜败乃兵家常事！何况最后谁输谁赢还没定论，看谁笑到最后？”

“我们一定会反败为胜的。”部下随声附和道。

蒋介石信誓旦旦地发誓道：“我不会就此罢休的，我一定要反攻大陆，夺回大好河山。”

蒋介石又用宁波官话对身边的国民党保密局长毛人风悄声道：“大军尚未反攻大陆之前，要不断地派人回大陆频频出击，制造麻烦，扰乱人心，不得让他们太平。”

沉默了片刻，蒋介石又具体安排任务道：“仿昔日暗杀伪人员的办法，制裁匪首和附逆分子。最好是派几个得力的人，先干掉上海的匪首陈毅，我看不要叫别人去，就派那个刘全德过去，只有刘全德去，才能解决陈毅！”

毛人风恭敬地点头：“是。”

老将钦定刘全德出山，刘全德何须人也？

刘全德其实是喝着共产党的奶水长大的。他1913年生人，江西省吉水

刘全德潜伏原地址

县人。1929年14岁就参加了红军，1931年参加中国共产党。陈毅任红四军政治部主任时，他是红四军十一师某团的传令兵。他在军队伍里做过班长、排长、特务连连长。因人机灵，1933年曾被我党派往上海做地下党的除奸保卫工作。因此，他对我党的情报和保卫工作非常清楚，对上海的情况也很是熟悉。1935年11月，在武昌被国民党军统特务逮捕，经不住军统特务的逼供和利诱而叛变，拜倒在军统特务头子戴笠脚下，死心塌地为国民党特务充当鹰犬，多次受到特别训练。他当过军统特务头目陈恭澍、毛森等人的副官、军统江西站行动组副组长、海外交通站站长、东南特区中校警卫队长、京沪杭卫戍总司令部上海指挥所第二处上校警卫组长等职。

刘全德头发卷曲，满脸络腮胡子，相貌俊朗，以胆子大、枪法准、心狠手辣著称，先后执行过数十次对重要人物的暗杀、爆炸等行动，屡屡获奖，颇受重用，是一个狡猾老道的反共老手。

二

上海是中国最大的工商城市，也是国民党特务重点经营的老巢，各个特务机构解放前在上海建立了公开和秘密机构48个，控制大大小小的外围组织近100多个，近万余人，有的职业特务网络渗透到社会的各个角落。

大江东去，人民解放军以滚滚洪流不可阻挡之势占领上海后，大量的特务悄然潜伏了下来，他们与地方上和外来的顽匪纠集一起，盘根错节，伺机破坏，形势十分严峻。在上海刚解放的艰难岁月里，上海市公安局的公安将士们日夜操劳，在隐蔽战线与台湾特务展开了一场斗智斗勇的生死较量。

在短短的几个月里，上海市人民政府公安局破获特务、间谍案件417件，捕获特务1 499名，缴获电台109部，缴获各种枪支数千支，沉重地打击了敌特的现行破坏活动，震慑了猖獗一时的特务，保卫了新生的政权和上海社会的稳定。

在这些形形色色的特务案中，刘全德刺杀陈毅未遂案的侦破，最为影响重大和惊心动魄。

1949年10月30日晚上，一份特急绝密电报通过特殊渠道送到了上海市公安局副局长兼社会处处长扬帆手里。扬帆是北大才子，新四军里的秀才，1955年与常务副市长潘汉年一起蒙冤，这是后话。

他展开电报急切地看了起来："据可靠情报，台湾特务机关派遣组长刘全德带领安平贵、欧阳钦等人，欲抵上海执行谋刺陈毅市长的任务。"

扬帆看罢电报，心里顿时一惊。他双眉紧锁，来回踱步不停地吸烟，心想上海人民正沉浸在刚刚庆祝新中国成立的喜悦之中，陈毅市长亦正在日理万机地处理百废待兴的事务，台湾特务机关却在这时派老道的杀手来沪谋刺陈毅市长，企图采取极端之手段，制造震惊中外的恐怖事件，以达到搅乱人心、动摇我新生政权之目的，其用心何其毒也！绝不能让他得逞。

扬帆顾不得已是凌晨1时多了，立刻闯进隔壁的李士英局长办公室，对着埋头看文件的李士英局长道："士英，我刚收到一份电报，获悉老将特务欲来上海暗杀陈老总。"

李士英局长是上世纪30年代中共特科行动队的虎将，曾亲自惩处了上海滩的许多叛徒。他一听扬帆汇报的情况，顿时眉心凝成了疙瘩，赶紧接过电文仔细看了两遍，感到这是头等大事，决不能怠慢，立刻决定赶到陈毅市长处向他当面汇报。

李士英局长通过桌上的红色电话机与陈毅市长接通后称有要事汇报，陈毅市长立刻让他来家里面谈。李士英局长穿上外套和扬帆副局长立即驱车直驶陈毅市长寓所，小车驶入了武康路。这是一条幽静人稀的马路，两边的法国梧桐树遮天蔽日，绿树丛中一幢幢洋楼隐约其中，典雅宁静。黑色轿车来到湖南路口一个小转弯戛然而止，他俩下车后匆匆走进那幢深宅大院。

陈毅市长见两位公安局长心急火燎地深夜赶来，意识到一定有重大事情。身着灰色中山装、光着脑袋的陈毅市长开门见山地道：“无事不登三宝殿，两位公安局长半夜上门定有大事，什么事？请说吧。”

扬帆副局长从皮包里取出那份绝密电报递给了陈毅市长。

陈毅市长看罢电文淡然一笑，操着四川口音朗声说：“老蒋特务要来，你又不能阻止他不来，他们要来只能让其来啰，但既然来了，就不能再让他们跑了，一定要全力侦破，一网打尽，全部抓获”。

是夜，两位局长回到福州路上海市公安局大楼，李士英局长让扬帆副局长叫来了社会处副处长，经过认真分析谋划，大家一致认为擒贼先擒王，决定集中全力要首先擒获刘全德，然后再深挖细究，一网打尽。

李士英局长请扬帆副局长具体指挥此案，张网以待，务必生擒。一场围捕特务杀手的特殊战斗，分秒必争而又悄然紧张地展开了。

三

1949年6月下旬，上海解放初期，刘全德曾被人民解放军驻沪警备部队保卫部门逮捕，由于当时掌握的情况不多，信息不灵，加上此人狡猾，隐瞒其姓名，又积极表现立功赎罪，关押一周后予以释放。

不久，刘全德虽秘密随国民党国防部保密局交通线华庆发逃亡舟山，转赴台湾。国民党保密局局长毛人凤、潘其武、毛森等都将刘全德视为至宝，轮番召见，蒋介石更是“钦点”刘全德出山执行刺杀陈毅等上海的党政军要员的任务。

很快刘全德被委以“国防部保密局直属行动组上校组长”的头衔，行动小组共六人，由刘全德自己挑选。离开台湾前往大陆前，刘全德选定了安平贵、欧阳钦为组员，刘全德与他俩接受了短期简易的爆炸训练。

猜疑多端的蒋介石还亲自点名让毛森至厦门督阵。

老蒋发话道：“只须成功，不许失败！”

毛森领命后匆匆赶到厦门召见了刘全德，毛森先把那个装有满满一包的特务活动经费的皮包往他面前一扔，充满厚望地道：“这是发给你的2780枚银元，作为活动经费，还有一架电台，此次行动被称为‘天字特号’任务，限你在6个月内完成谋刺陈毅的行动任务，成功后重赏，你有信心吗？”

刘全德“霍”地站起来道：“一定完成党国交给的重任，不辱使命！”

毛森激动地握着他的手道：“国难识良将啊，好样的！等你完成任务回到岛上后，我一定在毛人凤局长面前替你报功，事成之后重赏千两黄金，并晋升为少将军衔。”

刘全德双手握着上司的手感激道“谢谢，谢谢局座栽培！”

毛森交待完任务后，又从包里掏出一张上海特务组织名单交给他，口授命令道：“我们已派往上海和即将潜沪谋刺其他共产党军政要员的名单都在里面，他们均归你指挥，非常时期谁不服从命令，你可以当场处决他。老头子已下了死命令：只能成功，不许失败！”

刘全德自信地站起来，一个立正道：“是！”

1949年10月初，台湾特务机关用飞机将刘全德和行动组成员安平贵、欧阳钦送到大陆定海，他们跳伞后，立刻与当地潜伏的女土匪头子黄八妹接上了头。黄八妹虽是女流之辈，但在土匪圈子里混迹多年，抗战时她积极抗日，赢得了部下的刮目。她染上了一股匪气，满口粗言恶语，脾气暴烈，枪法了得，说一不二，故部下都服她。后来她投靠了国民党。解放前夕，她带领手下逃亡浙江舟山地区，曾多次派人潜入上海进行破坏活动，但都被我公安人员一网打尽。黄八妹是毛人凤局长埋伏在舟山地区的一颗“定时炸弹”。

深秋的海滩，海潮滚滚，涛声阵阵，浪涛如雪，月色迷人。黄八妹在银色的海滩见到了台湾飞机上降落的3个黑影后，激动地上去与来客接头。她带着手下的虾兵蟹将一路护送海外来客到了一间平房里。胆战心惊、东躲西藏的黄八妹听说老蒋欲反攻大陆，他们此次行动是先去上海刺杀陈毅等人，便信心大振。她情绪高涨地请部下烧了许多海味接待了这些登陆的“壮士”，胡喝海吃后个个瘫倒在床上。

求功心切的刘全德从昏睡中醒来后喘了口气，急不可待地对黄八妹道；“你明天一大早赶紧设法找个小船把我们兄弟几个送到大洋山，靠他娘的上海滩越近越好。”

黄八妹点头应允道：“好的，老娘马上给你去找条船来。”

很快，他们果然觅到了几条船停靠在岸边，她对部下严厉地道：“听好了，小心划船，跟我一起送这几位台湾客人去大洋山。”

大清早，小木船在烟雾迷离中悄然离岸，茫茫的水面上颠簸了老大时间才抵达大洋山。

刘全德上岸后，又命令黄八妹道；“再辛苦你将安平贵和欧阳钦两位老弟送到上海吴淞路码头，让他俩搭乘货船进入上海。我自己行动，你就别管我了。”

刘全德与搭档交待了接头地点后，让欧阳钦给他买了许多糖，自己则化装成卖糖的商人离开大洋山只身前往浙江乍浦。

三

侦查员查清了刘全德在上海的关系网，发现他在上海有四个交往甚密的人，刘全德潜入上海后，有可能和这几个关系人联络，并在其处居住隐藏。

对此，上海市人民政府公安局制定了“张网捕鱼”的侦察方案。一是严密控制吴淞口码头，防止从海上潜入；二是马上接触与刘全德有关系的几个人，晓以利害，争取为我所用；三是深入调查，继续侦察寻觅新的重要线索。

刘全德是一只难以捉摸的狡兔，要抓获他绝非易事。当时我公安机关刚接管国民党警察局，公安情报网络尚未完全建立。在大上海茫茫500多万人口中，要捕获一个长相普通的刘全德，犹如大海捞针。撒出去的网已快多天了，但仍不见其踪影。

专案组商量后决定"深入虎穴"主动出击。经过侦查员多天的日夜走访了解，摸出了四个与刘全德关系甚好的人，他们是刘全德在上海的关系网，有条件接触刘全德。侦查员根据刘全德这几个关系人反复琢磨，感到其中有个叫陆仲达的可以为我所用。1949年3月，毛森任上海警察局长，刘全德跟随前往任职，从而与陆仲达相识。陆仲达是上海旧警察局调查科情报股的便衣，现在是市局的留用人员。

专案组向陆仲达交待了任务，他明白现在是共产党的天下，为了自己的生计和养家糊口，他表示一定竭尽全力，立功赎罪。

陆仲达接到这件特殊的任务后，第一个想到的是刘全德的密友姜冠球，他住在长乐路文元坊。11月8日晚，陆仲达来到姜冠球家探望，进门就看见刘全德坐在客厅里，不觉心里一怔，转而又是窃喜。

刘全德意外地见到陆仲达心里一惊，他立刻来到窗口处扫视了一下，没有发现人影晃动，稍加宽心。刘全德对陆仲达笑着说："我刚从舟山过来，准备找个熟人陪我去公安局自首。"

陆仲达马上明白了刘全德对自己的不信任。为了打消他的顾虑，他对刘全德说："我已经失业在家了，想请老朋友帮忙介绍个职业，养家糊口。"

久经沙场的刘全德没有轻信对方，他感到这里不是久留之地，与陆仲达寒暄了几句便起身告辞，并示意陆仲达一起走。

途中，陆仲达心里琢磨着，如果一直跟着刘全德，可能会令他起疑；倘若采取行动，又感到不是他的对手，为了不打草惊蛇，只得借口去看另外的朋友，与他分道扬镳。由于姜冠球家进出人员较多，侦查员也未能及时与陆仲达取得联系，辨明目标，入网的大鱼滑掉了。

虽说刘全德侥幸溜之大吉，但是扬帆认为“见鱼撒网”的路子是正确的。于是，扬帆决定一方面继续监视文元坊，另一方面则布置前往刘全德关系更铁的史晓峰处探望。

时间紧迫，为了不殆误战机，扬帆经过反复思考后，决定找来高激云与他接触。高激云不是留用的警察，风险可能更大，扬帆决定亲自与他谈一下，晓以利害关系，相信他会识时务的。

当夜，中年男子高激云来到一处秘密点，他走进屋内，见一位气质不凡的男子坐在里面，虽不知对方的身份，但明白是个来头大人物。

彼此寒暄一番后，扬帆开门见山道：“据我们了解，你与一个叫刘全德的人有点私交，是吧？”

高激云一听军统特务刘德全，吓得连连摇手，矢口否认道“我们只是在1943年见过几次面，此后没再往来过。听说他好像逃到台湾去了，具体情况我真的不太清楚。”

扬帆直截了当地摊牌道：“是的，他是逃往台湾了，现在他将要潜回上海企图刺杀重要领导人，所以，我们想请你出山，设法找到他，帮助我们挖出这个祸患。”

高激云犹豫地嗫嚅道：“我与他只是一面之交。我又没他的联系方法，怎么找到他？”

扬帆启发他道：“我们了解到你有一个姓史的朋友与他关系甚密，你去找他，就一定能找到刘德全。”

高激云担心地喃喃道：“这恐怕……”

扬帆神色庄重地晓以利害地道：“如果你协助人民政府及时抓获这个特务，为人民立功，我们将会奖励你，将功补过，你也曾当过特务，这我们是一清二楚的；如果你不配合人民政府，其后果你应该明白。你自己看着办吧。”

高激云望着扬帆严峻的目光，胆怯地低下了惶恐的眼睛。心想现在已经解放了，是共产党的天下，站在屋檐下，怎敢不低头。干好了有奖，这我倒不在乎，倘若不答应，必定没好果子吃，还有老婆儿子，以后的日子还长着呢。想到此，他决定豁出去了，为共产党效劳，将功补过。

经过扬帆晓以利害的谈话，高激云答应作为内线，立即向刘全德关系最铁最有可能前往的史晓峰住处探望，如有情况立即汇报。

高激云与刘全德的关系还得从抗日战争期间说起。那时，他和史晓峰同是汪伪特工总部政治保卫学校的学生，1943年，刘全德在极司斐而路（今万航渡路）76号魔窟附近，刺杀汪伪特工总部电讯总台少将台长余玠后，逃至政治保卫学校史晓峰的住处避难，同寝室高激云当时年轻，颇讲义气，到外边帮他打听风声，还每天给他送吃的，与史晓峰一起帮他度过了难关。刘全德对此感激涕零，此后，他们关系日趋密切，尤其是史晓峰与他更情投意合，他们彼此从没间断过联系。

四

11月2日深夜，刘全德来到浙江杭州湾乍浦，然后通过金山卫偷渡登陆后，翌日转道闵行潜入上海。

刘全德潜入上海后，为了安全起见不敢住旅店，而是想到了当年的铁杆兄弟史晓峰。解放后，史晓峰在上海山西南路7号开设了一家大叶内衣公司发行所，楼下做生意，楼上为住所，日子过得平静殷实。趁着夜色他摸到了山西南路7号上的“夫顺兴棉花号”，敲开店门后，果然找到了久违的兄弟史晓峰。

史晓峰望着夜色里的不速之客，一时没有认出来者，刘德全道：“兄弟啊，连老朋友也认不出啦？”

听到熟悉的声音，史晓峰立马认出了刘德全，他先是一阵惊讶，而后警觉的望望两边，见无人后，拉着刘德全进了店铺。

刘全德被捕入狱

史晓峰悄声道："老兄，你不是到台湾去了吗？怎么又回来了？"

刘德全道："回来执行一项特殊任务，这段时间就住里这里了，行吗？"

史晓峰知道刘德全的背景，心里有点担心，但是看在老交情的分上，他顺水推舟地说："有朋自远方来，不亦乐乎！哪有不欢迎的，快上楼谈。"

当晚，史晓峰简单地凑合了几个菜，陪着刘德全喝起了黄酒，酒逢知己千杯少，史晓峰通过这顿酒，完全摸清了刘德全这次来上海是执行刺杀陈毅市长的特殊任务，史晓峰听后虽有点害怕，但是过去的反共经历和对共产党的仇恨，决定了他的反共行为。

刘德全特别谨慎小心，白天躲在家里睡觉，晚上才外出联络和踩点活动。出门化妆，不见熟人，行动十分诡秘。刘全德制定的暗杀计划主要是通过他熟悉的一些老关系，摸清陈毅市长的动态，相机执行暗杀任务，或设法混入陈毅市长参加的宴会场所，将毒药投入领导人使用的饮料中，或趁领导人集会时进行爆炸。

1949年11月9日上午11时许，高激云领命后忐忑不安地来到山西南路老同学史晓峰住处探个虚实，刚踏进门口恰巧史晓峰从外面回来，老朋友多年失去了联系，突然相见，格外高兴。

史晓峰热情而又惊讶地拉着老朋友的手道："今天什么风把你吹来了？"

为了取得史晓峰的信任，高激云苦着脸说："兄弟啊，老弟失业啦，想请兄弟帮忙介绍做点生意，混口饭吃吃。”

史晓峰听罢，打消了顾虑，热情地说：“快，快，上楼，你看谁来了？”

高激云佯装不知，随其上楼进屋后，果然见刘全德坐在史家的沙发上抽烟看书。刘全德见来人，警觉地从书里抬头，先是一惊，认出是多年不见的老朋友高激云后满面笑容地站起来，热情地拉着他的手道：“没想到会在这里又遇见老兄，幸会，幸会！”

高激云也紧紧地握着刘全德的手道：“见到你真高兴，没想到在这里又见到了老朋友，你老兄这几年到哪去啦？”

刘全德胡乱地瞎编道；“在一家私人公司随便混口饭吃。”

高激云原来也帮过刘全德，故刘全德对他还算热情，也无戒心，但狡猾的刘全德知道自已此次任务重大，又多年未与他联系，不知其近况如何，是否被赤化，所以他又担心高兄靠不住，坏了大事，职业的习惯使他多少有点防范心里。

为了取得刘全德的信任，高激云主动拿出了早已准备好的被税务部门遣散的证书，摇头说：“没饭吃了，只能求老朋友帮忙做点生意，好养家糊口。”

刘德全见高激云已经失业，放松了警惕，同时也同情他的难处，便同意史晓峰留他一起吃午饭。

中午喝酒时，刘全德故意频频给老高斟酒，不断地与老高碰杯道：“老朋友相见，格外高兴，来，干一杯！”

两人碰杯后，一饮而尽。刘全德一会儿又敬酒道：“来，再干一杯，这杯是我感谢老朋友当年救弟之恩。”

为了不引起对方怀疑，老高又干脆地一饮而尽。刘全德似乎欲灌醉老高，想让他醉后吐真言。

高激云为消除刘全德对他的怀疑，也是来者不拒，应付自如。经过一番周旋，刘全德开始信任起了老高，并对他说：“兄弟，过一段时间，待我将货物脱手后，咱们再相聚一次。”

高激云急于想脱身，好向公安机关的联系人报告。他急中生智，趁刘德全和史晓峰不注意时，将吸的香烟咬下半截吞下肚去，刺激肠胃引起了呕吐，含糊不清地乘机告辞道："我喝醉了，难受得很，我先回家睡一会儿，你们慢慢聊。"

刘全德信以为真，并不阻挡，高激云一人摇摇晃晃地匆匆离去。一出门，高激云被微风一吹，立刻头脑清醒了许多。为急于抓住刘全德，他立即飞奔到马路上气喘吁吁地向指挥交通的解放军和交通警求援道："快！跟我去抓特务。"

解放军战士一听有情况，也顾不得危险和多想，拉上交警一起立刻随报案者前往，他们一起紧跟这个男子跑步到山西南路的棉花店铺。

中年男子又指着那扇棉花店铺的窗口道："你们先在这里等一下，如有情况我从那扇窗口里向你们挥帽子作为信号，你们见了马上就上来。"

说罢，高激云便急匆匆地进了小楼，他唯恐特务刘全德起疑溜之大吉，担心警察和解放军战士突然上门又会打草惊蛇，故他想好以醉酒不能骑自行车，要将自行车放在史家为由，悄然上楼察看。

老高轻轻地来到史家二楼，见刘全德已脱掉衣服卧在床上呼呼大睡，高激云心里一阵窃喜，当即下楼招呼军警一拥而上。正在睡梦里的刘全德睁开睡眼惺忪布满血丝眼睛，尚未反应过来，他想抓起枕头底下从不离身的手枪，却已被一长一短两支枪抵住脑袋，无可奈何地束手就擒。

五

从11月2日刘全德潜入上海，至11月9日被擒获，仅仅7天时间，暗杀陈毅的阴谋计划便宣告流产失败。

李士英局长和扬帆副局长接到刘德全被生擒的消息后，高兴不已，悬着的心终于坠了地。他们都一再关照马上审查，加强警戒，决不能让这个到手的老狐狸跑了。

刘全德立刻被押往老闸分局（现黄浦分局）审查。但这个经验丰富的特务果然是个老狐狸，死不承认自己叫刘全德，更不承认此次来上海是执行刺杀陈毅市长的任务，而一口咬定是来上海会老朋友的。

已是深夜了，大上海的高楼大厦都渐次地闭上了瞌睡的眼睛，老闸分局的审讯室还灯火通明。办案员拿出了刘全德的档案，并翻出了他的照片请他自己辨认这是谁？刘全德见自己的照片和厚厚的档案，顿时惊骇住了，他知道再抵赖也是枉然，只得承认自己就是刘全德，但还是不承认此次潜入上海是执行刺杀陈毅市长的任务。

审讯员开导他道："你看看现在是谁的天下？现在是人民的天下，不是蒋介石集团的天下。你还是放明白点，老实交代还能留你一条活命，顽固抵抗死路一条。那些国民党的高级将领都识时务为俊杰，放下武器低头认罪了，共产党都给予了宽大政策，有的还给予了职务。你一个小小的特务，还不识时务，能有好结果吗？"

刘全德也是个聪明人，知道自己已穷途末路大势已去，不得不低头老实交代了潜入上海的经过和此次执行刺杀陈毅市长的特殊任务，同时，他还想联系在上海潜伏下来的特务一起为反攻大陆做准备。

根据刘全德口供的线索，公安人员在捕获吴淞码头上岸的安平贵、欧阳钦等8名直属行动组成员之后，11月12日和15日，又将保密局派来策应刘全德一伙的"保密局技术总队直属行动小组"少尉队员邱信和"东南人民反共救国军上海行动总队"队长江知平等9名特务全部擒获，打了个漂亮的歼灭战。

翌年7月，上海市人民公安局奉命将刘全德押往北京公安部，三个月后，北京市军管会军法处对刘全德执行枪决。

这个狡猾的杀手执行"天字特号"任务的信息幸亏被上海公安机关及时获得，并迅速抓获之，否则，后果不堪设想。因为当时的领导人都与人民打成一片，随时随地就出现在马路上或公共场合，万一被他们这些老道的特务

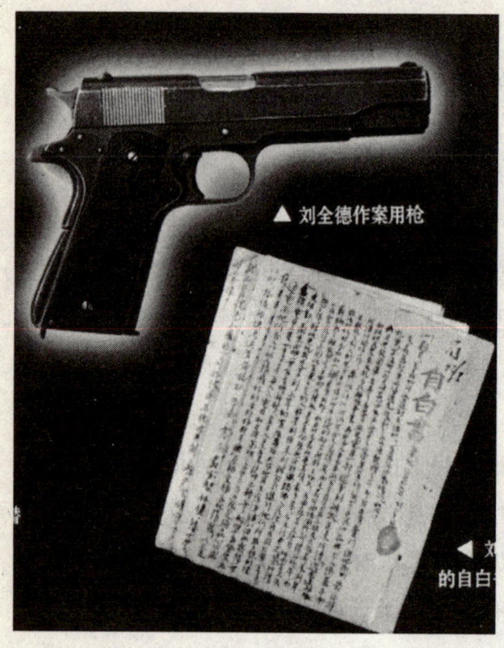

刘德全使用的手枪和自白书

盯上，很难预料将会是什么后果。很快，全国公安展开了紧急搜捕大行动。不久，北京破获了预谋刺杀毛泽东主席，以计兆祥为首的特务案；广东破获了特务黄强武为首的预谋刺杀叶剑英省长的案件。

毛泽东主席闻悉这起“天字特号”大案后，异常重视，高度赞扬了公安部门的卓越功勋和实战能力，并亲自通报予以嘉奖。

“2·6”轰炸背后的谍战

共和国建立之初，上海的上空时有台湾飞机前来骚扰，轰炸机来无踪，去无影，瞄准重点，精确投弹，死伤无数，损失惨重。尤其是1950年2月6日这一天，对于上海市民来说可谓是一个黑色的日子。敌机大肆轰炸引起了全国人民的悲愤和世界的震惊。

一

站在环球中心99层餐厅鸟瞰大上海，高楼大厦犹如一座座雄伟的高山，层峦叠嶂，一望无际。蓝色的天穹下，白云在脚下缓缓地飘过，一群鸽子划出美丽的弧线，黄浦江上的巨轮安全地游弋，纵横交错的马路像蛛网一样密布，五颜六色的汽车更像甲壳虫一般慢慢地挪动……

共和国转眼已走过了60年的风雨路程，翻开尘封的历史档案，透过历史的烟雾，仿佛看到了当年上海刚解放的峥嵘岁月。马路上身穿黄军装、手持卡宾枪的战士来回巡逻，在革命秩序尚未建立起来的日子里，他们的身影给老百姓一种安慰和信心。虽然国民党的军队像雪崩一样的瓦解了，其残余势力逃亡孤岛台湾，但是国民党却不甘心其失败的命运，溃逃前留下了许多残兵游勇和潜伏特务，面对严峻的现状，要维护好大上海的任务异常艰巨。上海市人民政府公安局竭尽全力维护着千疮百孔的上海社会治安，使劫后余生的上海社会秩序迅速得以稳定

防空可谓是当时最头疼的软肋。因为那时尚没有雷达和导弹，仅有的一些高射炮也是从国民党军队手里缴获来的，其射程有限。而国民党军队的飞机都是美国援助的，且都是世界上最先进的侦察机、战斗机和轰炸机，对于这些先进的玩意，除了密集地放炮外，对于高空的飞行物"排泄"炸弹，鞭长莫及，只能望天兴叹，无可奈何。

1949年的秋天，上海市人民政府公安局接到了一项特殊的保卫任务。1949年10月1日，中国共产党的军队取得了全国的胜利后，中国共产党的领袖们在北京天安门举行了举世瞩目的开国大典，苏联共产党派出了整容强大的文化、艺术、科学工作者代表团前来祝贺。

苏联文化艺术科学代表工作者团参加完开国大典后的第二天，便启程前往远东第一大都市上海参观访问。文化艺术科学工作者代表团团长是苏共中央委员、苏联作协主席、红色经典长篇小说《青年近卫军》、《毁灭》的作者法捷耶夫，副团长是著名作家、纪实名著《日日夜夜》、电影《斯大林格勒保卫战》的作者

被炸现场

被炸现场

西蒙落夫，代表团成员还有著名芭蕾舞演员乌兰洛娃等诸多世界级的作家、演员、歌唱家和科学家。

此前，上海的上空时有台湾国民党的飞机前来骚扰，这次苏联文化艺术科学工作者代表团前往上海参观可能会遭遇危险，故中央电令，务必保证苏联这个有着国际影响的代表团成员绝对安全，万无一失。

身为上海市人民政府公安局长的李士英深感压力重如千斤。李士英这位特科出身、有着丰富公安工作经验的年轻局长，身材瘦长，身着黄色的棉布军装，虽单眼皮、长脸形，却显得英武精干。他接到苏联文化艺术科学工作者代表团要来上海的绝密命令后，丝毫不敢怠慢，亲自召集警卫部门制定保卫预案，要求保卫工作对外绝对保密，务必做到细致周密，绝对安全。

苏联代表团一行被安排住在南京西路上的惠东饭店，代表团的每一项活动都严格按照计划进行，一环紧扣一环，严丝合缝，安全周到。

苏联代表团抵达上海后的前两天均太平无事，李士英局长绷紧的神经尚未放松之时，然而，代表团来到上海的第三天，最让人担心的国民党飞机还是像幽灵般地在上海的上空突然出现了。正在外滩四马路办公的李士英局长接到国民党飞机前来轰炸的电话报告后，立即命令部下，马上启动按事先准备的预案行动，代表团成员立即被疏散到防空地下室。

随着尖厉的警报声，只见云层里出现了黑压压的飞机群，伴随着一阵轰鸣声和几股黑烟后扔下了一串串炸弹，轰炸机又呼啸而去。黄浦江边的高射

炮密集地向上空飞去，火光冲天，震耳欲聋。但是高射炮的射程对高空飞行的轰炸机望尘莫及，轰炸机傲慢地一次次地来回轰炸，有恃无恐，独往独来，我方只能望着他发威撒野，却无可奈何，结果黄浦江两岸的民居和大楼，以及浦东发电厂等处被炸得硝烟弥漫、面目全非。

所幸外滩一带鳞次栉比的高楼大厦，南京路上的商店和宾馆有惊无险，幸免遇难。

台湾特务机关的来信

第二天，苏联代表团接到苏共中央的紧急电报，要求他们代表苏共立即赶赴意大利参加意共第九次代表大会。当时上海的飞机航线尚未恢复开通，苏联代表团必须先坐火车赶回北京，然后再坐飞机前往意大利。

为了保证苏联代表团成员的绝对安全，李士英局长决定亲自护送苏联代表团赴北京。他调集了40名侦查员作为便衣，贴身保卫在代表团成员周围；同时又调动了上海部队一个连，真枪实弹地随火车护送前往北京。李士英局长又指示为苏联代表团包了四节专列，沿途还调动了四个团的兵力加以严密保护。

在列车上，李局长用俄语与苏联代表团团长法捷耶夫聊起了天。

李局长操着娴熟的俄语对法捷耶夫道："你的代表作《青年近卫军》我认真拜读过，写得很精彩，我连夜一口气读完，被里面的故事深深地吸引和感动，尤其是几位青年英雄，奥列格、乌丽亚、谢辽萨等形象给我留下了深刻的印象。这部小说对中国青年有着重要的教育意义和激励作用。"

法捷耶夫听到李士英局长能说一口流利的俄语，瞪着眼睛楞住了。他开始对上海公安局长亲自护送他们代表团一行赴北京心里颇为感激。没料到这个看上去其貌不扬的武夫，原来还会讲俄语，且讲得如此流利，还看过自己的长篇小说，法捷耶夫非常惊讶。

金发碧眼、鼻梁高耸的法捷耶夫，身着深灰色的呢子西服，气质高雅，他好奇地问李局长：“你是什么时候学的俄语？”

李士英告诉他：“四十年代初，我在莫斯科中国党校读过两年书。”

法捷耶夫恍然大悟：“怪不得你的俄语讲得如此流利，原来如此。”

于是，性格内向、不善言辞的李士英局长谈起了对苏联的难忘记忆，法捷耶夫也讲起了此次对北京和上海的美好印象。他还悲情地向李局长回忆起了抵抗纳粹德军的惨痛经历，不知不觉火车已抵达南京车站。

火车抵达南京过长江时，那时还没有建造南京长江大桥，只能靠大船运送。为了安全起见，李局长决定将专列和其他车厢混杂在一起过江。每一节专列混在其他车厢中间分批渐次过江，经过几个小时的摆渡，列车终于安全抵达彼岸。

经过几天几夜的奔波，列车终于安全抵达故都北京。李局长事先来到火车站台上，与苏联代表团成员一一握别，法捷耶夫、西蒙落夫等人还热情地与李局长一行护送人员热情拥抱。目送着这批世界级艺术大师被北京市公安局警卫人员接走后，他长长地喘了一口气，悬在心里的沉石终于坠了地。

二

虽然苏联代表团安然无恙地离开了上海，但是敌机时不时地前来骚扰，仍旧对人民的生命和财产造成了严重的威胁，那么，如何制止敌机来犯，成了上海市新生政府和公安局的心头之患。

两个月后情况出现了转机。

1950年1月11日，上海市人民政府公安局获得了一条可靠的情报：家住林森中路（现淮海中路）一个叫施家瑞的男子突然收到了775万元人民币

罗炳乾使用的美式发报机

巨额汇款。经查，这笔巨款是国民党保密局寄给潜伏在上海的特务吴思源的活动经费。侦查员通过邮局追根究底，很快查明了这笔巨款已被收款人施家瑞领去。

侦查员又来到派出所查收款人的户口资料后获悉，施家瑞，23岁，男，最近他家在闸北区光复路开设了一家“振记瓷器店”。以往未发现他与国民党特务机构有什么瓜葛。然而，这笔特务机构寄来的巨款却是写明给他的，而且他也确实领走了这笔巨款。如此看来这个施家瑞至少和特务吴思源有关系，或者他就是吴思源的化名。欲查获此案，施家瑞是突破口。于是，公安局派出了许多侦查员暗中日夜监视施家瑞的全家和其瓷器店的店员。

与此同时，公安局截获了国民党保密局密令吴思源报告飞机轰炸上海的结果，并告知将再拨给他20两黄金的活动经费的电文。这一发现使案情有了新的进展，证明特务吴思源不仅领取了经费，还藏有电台，并且他与敌机轰炸上海有直接关系。

侦查员在林森中路的施家和光复路上的瓷器店对面各借了一间视线较好的房子，日夜监视着施家和“振记瓷器店”的出入动向。侦查员化妆成顾客来到振记磁器店观查，这是一间破旧的木屋，小店经营业务不大，顾客稀少。经过几天的仔细观察，发现除了资方施家瑞和父亲施肖莲两人外，还雇有帐房、跑街和4个学徒，如此规模的小店却雇用了6个人，连日常开销都难以支付，钱从何而来？然而，小店又恰是施家瑞取走775万巨款后开设的，疑问甚大。

侦查员在外围监控的同时，对瓷器店每个成员展开了秘密调查。经过仔细调查后发现，其中有个叫罗炳乾的男子行动诡秘，此人既不在外跑街，又不在店里露面。通过户口资料细查，他是施家瑞的妹夫，户口报在附近的福佑路。

侦查员又对福佑路进行了昼夜监视，这是一间老式石库门房子，两扇大厚木门一关，难以看清里面的动静。几天监视下来，没发现里面有什么动静，晚上也不亮灯，更不见罗炳乾进出的踪影，倒是施家瑞来过几次福佑路的住处，手里提着篮子，上面盖着一块蓝布，不知里面装有什么东西？这一系列情况说明，这个瓷器店的资金很可能来源于特务经费，开店的目的许是为了掩护其特务活动。

侦破组为此请来了专门研究敌情的侦查员和了解特务机构及特务活动的老警察来进行会诊。

有位老情报人员听说“罗炳乾”的名字后，似有所悟的道：“据我了解，国民党保密局也有个报务员叫罗炳乾，他是湖南华容县人，1937年春考入军统的技术干部训练班，毕业后在军统局郑州站等部门当过报务员，曾在国防部二厅技术研究室效劳。此人报务技术娴熟，是个干练的特务。不知此罗炳乾是不是彼罗炳乾？”

经过“会诊”，罗炳乾的面貌被渐渐地勾勒了出来，侦查员虽从户籍资料上掌握了罗炳乾的面貌特征：长方脸，大背头，双眼皮，眼睛边有颗小黑痣，身高1.70米左右，但由于跑街的罗炳乾一直未露面，故一时还没有对上号。当务之急是要看清罗炳乾的“庐山真面目”，有什么方法可以诱其出来呢？

正在侦破此案之时，1月25日中午11时半，国民党的12架美式B24重型轰炸机，一架P51型战斗机和一架B38型侦察机，突然又飞至上海上空，在黄浦江两岸的杨树浦、十六浦、杨家渡、高昌庙等地进行了狂轰滥炸，像撒传单一样投了四五十枚炸弹以后逃之夭夭。

黄浦江两岸顿时响声震天，楼塌屋倒，烈火四起，浓烟滚滚，地面上的厂房和民居顷刻成为废墟，血肉横飞；黄浦江上的渔船也随着一阵呼啸顷刻被炸断，火光冲天，船沉江底，尸浮河面，其惨状令人惨不忍睹。据最后统计，这次轰炸共有152人被炸身亡，462间房屋被炸毁，18艘船被炸沉。

当日下午，李士英局长、扬帆副局长立刻召集了刑侦专家开会研讨案情。

李局长神色凝重地道："面对残酷的事实，公安人员深感责任重大，破案工作已是刻不容缓。现在有没有线索？"

戴着细边眼镜的扬帆副局长说道："根据邮寄特务经费和敌台发报的情况分析下来，那个瓷器小店与台湾特务机关应该有联系，我认为可以动手了。"

具体负责此案的老陈道："'振记瓷器店'的那个案件还在侦破中，现已掌握了大量证据，只是关键的人物罗炳乾还没有对上号。"

为掩护特务活动所开的"振记瓷器店"

专案人员为难地说："现在关键是那个罗炳乾始终不露面，我们如果一旦动手，万一他不在，就会惊动他，这样势必会打草惊蛇，可能幕后还有更大的鱼，所以我们还是想放长线钓大鱼。"

李局长果断地说："如果他始终不露面，你们就一直等下去，这太被动了，现在是非常时期，迟破一天案，就意味着给上海这座城市和老百姓增加一天的危险。非常时期，只能采取非常手段，找个理由先进去再说，如果罗炳乾不在，就通过施家瑞找他，出什么问题由我来负责。"

老陈吐着烟雾，点头表

示:“我同意李局长的意见,就算抓错了,施家瑞不是特务,罗炳乾不在里面,但至少施家瑞领取了特务的活动经费,就这一点审查他也应该的。”

经过讨论大家达成共识,为了迅速打掉敌机的嚣张气焰,对此案的侦查不能按常规停留在外部侦查上,必须立即采取果断行动。于是,李士英局长决定,明天一大早就对施家和瓷器店,以及福佑路的房子进行严密控制,一有情况立即行动。

1950年1月26日,又进行了一天24小时监视,还是不见罗炳乾的神秘影子。

是夜,李局长接到电话报告,仍未发现罗炳乾时,他与扬帆副局长商量后,果断下达了命令:“不能再无限期地拖下去了,明天一早立即行动。”

不夜城热闹了一夜终于安静了下来,27日清晨,天蒙蒙亮,大街还沉浸在梦乡里,两边的商店都紧闭着门,街上行人稀少,大多数居民尚在睡梦里,埋伏在福佑路罗炳乾住处的侦查员,悄然翻进了罗家黑色的大门,随着“吱呀”一声,紧闭的大门被打开,几个黑影趁着晨雾闪进了大院,侦查员们直接冲进了罗炳乾的住所。他们举着枪闪进房间后搜索却不见人影,又冲上阁楼时,只见一男子正躲在阁楼上,头戴着耳机,专心致志地在发报。

大个子侦查员用枪对准那个发报的人,大声吼道:“不准动!”

那个发报者,抬头见黑洞洞的枪口已对准了自己,他顿时吓得愣怔住了,只得束手就擒,人赃俱获。

经验身,此人正是特务罗炳乾,1938年参加国民党军统特务组织,先后在军统重庆总台、国民党国防部二厅侦测总台任职。逃亡台湾后接受国防部保密局“万能情报员”的训练,被委任为“上海独立台”台长,兼报务、译电、情报于一身。当场在其住处缴获美式发报机一部、密码一套、收发报底稿19份等罪证。罗炳乾被擒获的同时,侦查员在施家和瓷器店也同时采取了闪电行动,拘捕了施肖莲、施家瑞和施丽华,以及小店里的几名雇员。

经审讯,在铁的证据面前,老练的罗炳乾深知大限已到,无法抵赖,当即招供了一切。

三

原来，1949年7月，国民党保密局四处处长杨震裔，突然找到罗炳乾谈话，请他出山去上海执行一项特殊的任务。杨处长原担心部下贪生怕死，也许会找出各种理由来不服从上司的命令，便先进行一番安慰："蒋委员长打算年底反攻大陆，你先去上海打前站行不行？"

未料罗炳乾却干脆地道："报告长官，为了党国的利益，我罗炳乾在死不辞，愿前往大陆上海，为党国效犬马之力。"

杨处长听罢深为感动，站起来紧紧握着罗炳乾的手道："好样的！现在我任命你为上海潜伏独立电台台长，到上海后，你化名为吴思源，为减少漏洞，你一人兼任报务员和情报员，及时将上海轰炸目标的情报发过来，以便我们的飞机准确地轰炸上海滩上的重要穴位，绝不能让共产党过太平日子。"

罗炳乾站起来一个立正，举手敬礼道："请长官放心，保证为党国多立战功。"杨处长激动地说："有你这样的壮士，何愁反攻大陆不成功！"

上司走后，罗炳乾却比他更激动。上级的任命正中他的下怀，因为他朝思暮想的恋人施丽华就住在上海滩，他趁此次到上海执行特殊任务之际可以"假公济私"地与恋人相聚。

1949年8月25日，罗炳乾携带活动经费和美式发报机，迫不及待地登船离开台湾，途经舟山至上海吴淞口悄然上岸。一登陆，他就熟门熟路地摸到林森中路女友施丽华的家。

深夜，施家门外传来了几声轻轻的敲门声，施家瑞打开房门后，只见黑影里一位身穿长衫、背着一包东西的长发男子兀立眼前，施加瑞借着昏黄的灯光细辨，见是妹妹施丽华的男友罗炳乾后，顿时愣住了，他惊讶地问："罗先生，你从什么地方来？"

老练的罗炳乾也不答话，闪进门后，又随手关门悄声道："进屋再说。”罗炳乾告诉施加瑞：“刚从台湾来，执行一个重要任务，就在你家住下不走了。欢迎吗？”

罗炳乾

施家瑞不假思索地说：“当然欢迎。”他叫了一声，“妹妹，你看谁来了？”

施丽华闻声走出卧室见是心爱的男友，情人相见，分外激动。女子虽然感到意外，但她激动地冲上去与之紧紧地拥抱，禁不住流下了热泪：“想死我了。你让我等得好苦。”

罗炳乾却没有儿女情长，他抱着女友劝慰道：“宝贝，不要难过，我这次回来就不打算走了，等老头子反攻大陆计划成功后，我们就在上海和你永远定居下来。”

罗炳乾进门后不久，便提着一包现金递到施丽华的父亲施肖莲的案头，他恭恭敬敬地说：“父亲大人，我这次是特意从台湾回来娶你女儿，望父亲大人恩准。”施肖莲见钱眼开，当即点头应允：“好的，小女就交给你了，望你好好照顾她。”罗炳乾一个立正：“是！”

当夜罗炳乾和施丽华就同居了。一番云雨后，施丽华冷静了下来，她问：“你打算今后怎么办？”

漆黑的房间里红烛一闪一闪，罗炳乾深思熟虑地说：“我早就想好了，在上海开一个小店，以此作为掩护，然后，还去找几个过去信得过的兄弟，以小店雇员的名义收拢他们。我就和你住在一起，就算我们结婚过大喜的日子吧。”

施丽华为难地说：“我们家就这么一点房子，你再挤进来实在是不方便，同时也会引起邻居的怀疑。”

罗炳乾点头说：“有道理，那我就在附近租借一间房子，我们以夫妻的身份住进去，也不会引起人家的疑心。”

施丽华心里虽然有点害怕，万一被公安局发现了，后果肯定很严重，说不定会丢脑袋，但是她深爱着这个诡计多端的男人，一时被情感牵引着迷失了自己。在心上人的一番蛊惑后，竟然死心塌地地为其献身，而且还将自己的老爹和哥哥都拉了进去。

罗炳乾经过一番寻觅，在福佑路觅到了一间理想的阁楼，周围没有什么高房子，小阁楼对周边一览无余，他以结婚为名租下了房子，就这样潜伏了下来。

十几天后，也就是9月12日，罗炳乾与施丽华闪电结婚，没有放鞭炮、新娘也没有穿婚纱，他们在施家悄悄摆了一桌酒席，施家父子和几个雇员一起，庆贺一番新婚快乐，其实罗炳乾不是第一次结婚了，而是个扮过新郎的"老演员"了，当夜他们住进了福佑路的新房。

罗炳乾白天忙发报，晚上忙发情，"工作和生活两不误"，不亦乐乎。他站稳脚跟后，便在小阁楼里架起了电台，开始与台湾电台试通起来，开始没有信号，罗炳乾耐心地一连试了几天对方都没有反应，他开始有些着急起来，嘴里不住地骂道："知道老子到了上海会急着与台湾联络，他妈的，却不给我信号，这不是开玩笑吗？"

但是罗炳乾却不死心，每天吃罢早餐就钻进小阁楼里，坐在发报机前耐心联络，反复调试。中午他钻出来吃罢午饭，又爬上小楼"嘟嘟"地拨弄起那个老美的铁玩意，这家伙一直折腾了两个星期也不嫌烦，终于在9月24日晚上试通成功。罗炳乾对上信号后，猛地站起来敲着桌子欣喜若狂，他对着气窗外的夜色，喃喃自语："老子终于成功了！"似乎已看到了台湾方面黑压压的飞机与军舰在自己的遥控指挥下，从烟雾浩渺的海面中浩浩荡荡地迎风驶来，轰炸机在前轰炸，军舰在后登陆，一望无际的国民党士兵在将军的指挥下冲上了吴淞口，他还真的以为国民党反攻大陆胜利在望呢。

罗炳乾与台湾岛上的老巢接上头后，11月10日，台湾保密局给他寄来了775万元人民币，施肖莲父子以此经费又在光复路上租赁了一间破旧的木屋，简单地整修一下后，挂出了"振记瓷器店"的牌子。小小的店堂里出现了4个小伙计，其实都是罗炳乾收拢来的散兵游勇。他们以瓷器店为掩护，开始了特务活动。

罗炳乾怕暴露身份，整日躲在楼内深居简出。施家父子和几个“雇员”则频繁外出活动搜集情报，他们通过各种关系到机关、工厂、街道等处搜集情报，对黄浦江附近特别感兴趣。他们来到浦江边到处乱窜，将人口密集的居民住地和码头记下来，又来到发电厂、造船厂、自来水厂等周边踩点，将厂址的方位标了出来，为台湾的轰炸机精确投弹圈定了目标。

这些情报通过罗炳乾及时发往台湾，台湾方面根据其提供的目标，不断地进行定点轰炸。轰炸机呼啸而去后，施家父子立刻赶到被炸现场，望着惨不忍睹的废墟和尸体，他们幸灾乐祸，回来兴奋地向罗炳乾汇报，罗炳乾又及时地向台湾电告轰炸的成果，邀功领赏。

当台湾方面获知杨树浦、十六浦码头、江南造船厂、英联船厂等单位被准确无误地击中目标，损失惨重，其周围民宅也被轰炸后，他们得意得手舞足蹈狂笑起来，还举杯庆贺道；“共军能打进大上海，但却守不住大上海！”

正当侦查员在审讯罗炳乾和施家父子之时，1950年2月6日，上海市区上空突然又出现了黑压压的一群美式轰炸机，16架飞机从厚厚的云层里呼啸而来，霎时，一串串炸弹雨点般地在黄浦江两岸骤然落下，地面顿时火光一片、响声震天，两岸的工厂和民宅顷刻成为一片火海。那些正在工厂里劳作的工人和在家的居民，还没反应过来，已是火光四射、血肉横飞、房屋倒塌、浓烟滚

被炸民居

滚，顿时陷入了一片混乱之中，其惨状见之令人撕心裂肺，悲愤满腔。

这是新中国成立以来大陆最大的一次美蒋敌机轰炸，上海的杨树浦、闸北、卢家湾发电厂和自来水厂被准确地轰炸，其周围1000多间民宅也被炸毁，死伤1600多人。

当上海市人民政府和上海市人民政府公安局的领导闻讯赶到那片被轰炸后的废墟上探望时，他们望着遍地尸体和倒塌的厂房、房屋，神情凝重，眼里含泪，内心更是万箭穿心，胆肝欲裂。

身着棉布黄军装的陈毅市长脸色凝重地望着还在冒着青烟的一片废墟焦土，他沉痛地对身边分管公安的副市长潘汉年和公安局的领导李士英和扬帆发誓道："我们一定要迅速挖出潜伏的特务分子，绝不能再让轰炸机的随意地轰炸我们的城市，残害我们的人民生命和财产，破坏我们的新生政权！否则，我们对不起党中央对我们的信任，更无颜向上海的父老乡亲交待啊！"

李局长紧握拳头保证道："我们一定竭尽全力早日破案，彻底挖出和严惩胆敢搞破坏的特务分子，为死去的同胞报仇！"

经过雷厉风行地审讯调查，"2.6"轰炸案目标是罗炳乾被抓获前提供的情报。为了严惩罪大恶极的国民党特务，上海市军管会于"2.6"轰炸惨案的第二天公开宣判了这群特务分子。参加公审大会的群众义愤填膺，振臂高呼，口号声响彻云霄。特务罗炳乾吓得弯腰颤抖，尿湿裤子，被判处死刑，立即执行枪决；施家父子、施丽华和特务帮凶亦分别被判处重刑。

之后很长一段时间里，上海的天空平安无事，湛蓝的背景里只有美丽的鸽子宁静地飞翔，未留下一丝痕迹。

追踪神秘的旗袍女人

这是一起当年轰动全国的案件，50多年过去了，用现代的眼光再来解读，感到了别样的滋味。当年小摊主和治保主任发现石库门里搬来了一个时髦的旗袍女郎，生理特征有点异样，颇为蹊跷。侦查员接报后，对其进行了三年追踪，终于揭开了旗袍女人神秘的面纱。

1

淮海中路旧时叫霞飞路，解放后不久改名为淮海中路，那时路两边的梧桐树绿荫如盖，街上的景象依然繁华热闹，橱窗里商品琳琅满目，时装引领着全国的潮流。商店里人流如潮，上海滩上的时髦男女大多喜欢来这里购物。

1953年的那个夏天，淮海路川流不息的人流里有个高挑的女郎格外引人注目，她身着红底白花的旗袍，烫着时尚的波浪长发，提着精巧的坤包，拐进雁荡路55弄的石库门，那些在门前做家务的邻居好奇地望着这位昂首挺胸的时尚女子，她却目不斜视地不与人打招呼，径自来到6号楼里，高跟皮鞋踩着楼梯嘎嘎响，

虽然这位旗袍女郎独往独来，从不与邻居来往，但邻居们都对她非常留意。清晨，这位旗袍女郎来不及做早点，总是匆匆地来到弄口的大饼摊买一根油条和两个大饼，拿在手里匆匆地消失在繁华的街道上。

大饼摊上的小师傅其貌不扬，但对于漂亮时尚的女子，总是颇感兴趣地多瞥一眼，故他对这位高挑女子印象深刻。小摊主每次见她都是穿着高领旗袍和长长的高筒丝袜，嘴上抹着口红，买了大饼油条不像有的顾客，买一碗豆浆，坐在摊边，边喝豆浆，边吃大饼，也不是边走边吃，而是匆匆地离去。

盛夏的一个清晨，可能是因为炎热，这位旗袍女郎来到大饼摊前买了一副大饼油条，忘了扣上旗袍高领结的拉斯扣，摊主惊讶地发现她的颈上有个隆起的喉结，这就引起了摊主的注意。摊主心想，这个旗袍女郎到底是女人还是男人？小师傅好奇地想发现这个女人的隐秘。

此后，旗袍女郎来买早点，摊主都会留心这个喉结女人，但每次她都死死地扣着高高的领结。摊主又留意她的胸部，都是高高地耸起，到底是真高还是假高？她的身躯被旗袍遮盖着，难以确定。有次，摊主终于又发现了新大陆，发现这个旗袍女郎穿的长筒丝袜里，膝盖下面的皮肤有着黑黑的汗毛，摊主心想，她是个女人家，怎么会有这些男人的特征，这些异常引起了摊主的警觉和疑惑。

在那个红色的年代，老百姓经过多年的宣传教育，普遍警惕性很高，小摊主对这个旗袍女郎引起了警惕，他那天见到淮海路派出所的户籍警反映了此事，户籍警及时写了情况反映，放在了牛皮大纸袋里，作为重点人口专门存放了起来。

大约一个星期后，治保主任沈大妈见了户籍警也反映了一件蹊跷的事。

那天下午，雷雨伴着大风过后，三四个五六岁的小朋友在水滩里跨越玩耍，突然有位小朋友见弄堂的地上有只女士用的胸罩，他好奇地怪叫："谁家的奶罩？"其他同伴凑过来看热闹，有个胆大的小朋友拿起粉色的胸罩好奇地观赏，见这只胸罩里面全部都塞满了棉絮，外面缝着绸布，因为使用久了，绸布已破裂，那个孩子从破裂处拉出里面的棉絮，还故意大叫："这个女人假装大奶子，里面都塞满了棉花，是假的。"在旁观看的小伙伴哈哈大笑，他们玩得兴起，还用小竹竿挑起那个胸罩就跑，其他的小伙伴跟在后面起哄。

这时，治保主任沈大妈路过见几个孩子在玩弄一个胸罩，她虎着脸大声道："你们在干什么？"几个孩子吓得一哄而散。沈大妈便拣起胸罩在弄堂里高喊："哪位大姐晾晒的胸罩被大风刮下来了，快来居委会取。"沈大妈沿着小弄堂来回喊了几次，有个高挑的女士从6号楼里出来，对沈大妈笑着说："沈大姐，是我丢的，被风刮下来了，不好意思，谢谢你。"沈大妈问她："你住在几楼？"她指指3楼说："住在3楼。"说罢就取走了胸罩。

这事如今可能很正常，但在那个年代颇为鲜见。因沈大妈细细观看那个的胸罩，感到有点蹊跷。那时女人打扮都比较朴素，时尚穿列宁装、布军装什么的，女人似乎很少有人隆胸，而这个胸罩似乎有点特别。

户籍警先后接到两人的举报后，马上查了雁荡路55弄6号3楼的户口，得知这个女人叫王秀娟，1951年从基督教青年会女子部宿舍迁来的，但她是从什么地方迁入这个住址的，过去是干什么的，一切还无从得知，户籍警便将其作为重点人口控制了起来。

2

1951年4月27日，上海公安局集中抓了一批特务、反革命分子，反运动犹如狂风扫落叶一般轰轰烈烈地开展起来，新政府已将浮在社会面上的特务恶霸、散兵游勇、反革命分子等扫荡得干干净净。1952年夏，为了进一步深挖潜伏特务、反革命分子，上海市人民政府公安局二处的侦查员余存熹和杨文元按照科长钱明的要求，下到卢湾分局淮海路派出所搞调查研究，希冀深挖隐蔽较深的敌特线索。

盛夏的上午，天气异常闷热，侦查员余存熹坐在淮海路派出所的资料室边扇着扇子，边翻阅重点户籍资料。余存熹是1951年的高中毕业生，原先他与同学商量好准备报名去机电局的，打算科学报国。那时高中生算是个知识分子，非常吃香，各部门争先恐后地招收高中生。那时大家都不愿意去公安局，戏称公安局是“三红”部门，即掰掰红绿灯、拿拿红薄子（户口内册）、开开红车子（消防车）。但是，那天扬帆局长给同学们做了个生动有趣的报告，提到了普陀区有位妇联主任三八妇女节在空地上做报告时，突然被天外飞来的硫酸瓶子击中，衣服胸口处顿时烧坏的案子，当时根据电线上留有痕迹，通过数学角度两点一线进行计算，推出是附近二楼一户人家扔出来的，上门一查，果然他家住了一个外地客人，经过调查挖出了一个隐藏的特务。

余存熹与许多同学被扬帆的报告深深吸引，当即有600多人报名要求去公安局，一会儿来了20多辆美国的道奇大巴，将600多名高中毕业生接到了福州路185号上海市人民政府公安局。培训了1个月后，余存熹如愿以偿地来到了市局社会处从事反间谍工作。

余存熹虽然年轻没有反谍经验，但他工作心细，反应快。他慢慢地翻阅一本本重点人口资料时，雁荡路55弄户籍警记录的两份群众举报的材料一下子吸引了他的视线。一份资料是雁荡路55弄口大饼摊主汇报的情况，一份是雁荡路55弄治保委员沈女士汇报的情况，两份材料时间相隔一周时间，内容都是反映55弄6号有个叫王秀娟的女人，从一些细节上发现她不像女人的情况。

余存熹认真看了材料，找来了楼上办公的户籍警小李，详细地问了一下情况，小李又陪着余存熹先后来到了大饼摊和居委会，向两位举报者详细了解了情况，余存熹听罢感到其中有戏，决定追踪下去。

回到单位，余存熹马上向科长钱明汇报了情况，这个特别的女人也引起了钱科长的重视，他对余存熹说：“对外严格保密，悄悄调查，一定要搞个水落石出。”

余存熹与搭档杨文元匆匆吃吧晚饭，当晚又回到了淮海路派出所，翻出王秀娟的户籍内册，首先沿着户口迁来地追踪下去，雁荡路55弄6号三楼的户籍资料上写的王秀娟迁来地是基督教青年女子部宿舍，时间是1951年1月。他俩马上赶到南京路派出所追踪下去，发现基督教女子宿舍的户口迁来地是上海交通大学女子宿舍，时间是1950年1月。

第二天一大早，余存熹和杨文元来到交通大学保卫处，查阅登记资料获悉王秀娟是通过交通大学任助教的陈老师介绍的，她从外地来到交大女学生宿舍居住了一个月，当时正好是寒假，同学们都回家过新年了。开学后，王秀娟又搬到了基督教女子宿舍，至于她从何地迁来，登记簿上却没有注明。

万国雄扮演新娘

陈老师是位男性，比王秀娟大十多岁，他俩到底是什么关系一时尚不清楚。侦查员不敢贸然找陈老师谈话，以免不打草惊蛇。

户口线索就此中断，陈老师也被纳入了视线。

侦查员又马不停蹄地来到位于大世界附近的基督教女子宿舍了解情况。经过询问，得知王秀娟从交通大学搬来后，住了近一年，便与同宿舍的陈筠白女子一起搬到了雁荡路55弄。经过侦查得知，陈筠白解放前曾与一个比她大10多岁的商人结婚，生有两个孩子。离婚后，她为了糊口做起了皮肉生意，沦为私娼。解放后，新政府查封了妓院，对私娼进行了管制，陈筠白无处栖身，便住进了价格便宜的基督教女子宿舍。

经过一段时间的跟踪，没有发现王秀娟与其他人有什么接触，也没有与交通大学的陈老师有过来往。她和陈筠白的生活来源主要是依靠在住所加工绣制的书签来维持，一般都是陈筠白去取半成品带回家，然后，两人在家里穿书签上的丝线，最后由陈筠白送回去，赚一点蝇头小利。

傍晚时分，王秀娟时常拿一点剩余的书签到热闹的南昌路口摆小摊，赚点外快。侦查员几次跟踪下来，没有发现王秀娟与来人秘密接头，只是发现她有次将一封信投入到邮筒里。经过检查，发现是一封投稿信，是投给香港一家报纸的，这家报纸热衷反共，倾向台湾。信里的内容主要是反映上海经济比较萧条，老百姓生活贫困，商品供应紧张，老百姓都凭票购买东西云云。

王国雄男扮女装的头像

余存熹与杨文元分析后推算，王秀娟可能是个男儿身，与比她大三岁的陈筠白在基督教女生宿舍相识后，为了不被人发现其隐私，她们在外租房同住起来，线索就此中断了，但是余存熹与杨文元没有灰心，他们坚信这个旗袍女人身上一定有戏，但是一下子没有什么新线索，他们只得将此案件挂了起来，又去忙其他案件了。

两年后，也就是1955年夏天，全国轰轰烈烈地开展了内部肃反运动，上海市人民政府公安局收到了一封成都市人民政府公安局转来的材料，为此，案件有了重大的突破。

成都市人民银行的一个职员向组织举报，说她的哥哥万国雄解放前是南京中央大学哲学系的学生，读书期间参加了国民党三青团组织。南京解放后，他就与家里失去了联系，家里以为他跟着蒋介石逃到台湾去了，但1953年初，家里突然收到了他从上海寄来的一封信，他告诉父母住在上海，一切都很好，请家里放心，不要牵挂。原来哥哥名字叫万国雄，这封来信的署名却成了女人的名字叫王秀娟，也没有留下上海的通讯的具体地址。家里人都感到奇怪，为什么一个男人家改成了女人的名字，又不留下通讯地址。

万国雄的妹妹是共青团员，在单位表现积极。1955年全国开展肃反运动后，她感到哥哥来到上海后不留地址，又改成女人名字，感到有点神秘，又联想到哥哥在南京大学参加过三青团的经历，引起了她是怀疑。于是，她向组织反映了此事。

真是踏破铁鞋无觅处，得来全不费工夫。余存熹一看是有关侦查对象万国雄的检举信后，大喜过望。这封来信可谓是天上突然掉下一个重要的线索，余存熹接到四川来信后，马上向钱科长回报，钱科长立刻命令他与杨文元当天下午赶往南京追踪万国雄的踪迹。

3

建国之初的火车还是蒸汽机车头，车厢内没有空调，热得像蒸笼。他俩赶到南京已是深夜，两人冲了凉澡后，来到街上小吃店喝起了啤酒。第二天大早，在南京市公安局一位同行的陪同下，他们坐吉普车来到已改名为南京大学的保卫处，调阅了万国雄解放前在中央大学读书的档案。

很快万国雄的档案被调了出来，侦查员翻开第一页，见上面的照片是一个带着帽子的男子标准像，与跟踪时见到的女子完全风马牛不相及。但是他们凭着第六感觉，肯定此万国雄就是彼王秀娟。万国雄是1946年从四川考进中央大学哲学系的，1948年大三没有毕业就离开了大学，到底去了何处，档案上没有记载。

通过花名册，侦查员又找到了万国雄在南京的几位同学，有位同学回忆说："万国雄在班里很活跃，他毕业前一年做了蒋经国青年军的随军记者去了广西柳州，他在学校期间参加了三青团，而且还是三青团中央大学分团部委员、三青团中央团部及国民党青年部主办的《中国学生报》社长等职，系三青团骨干分子。"据另一位同学回忆："万国雄与中央统计局的特务陈雪屏关系密切，经常来往。"陈雪萍是中统局颇有名气的特务，已逃亡台湾，现仍在国民党保密局谋差。他俩获悉这些线索后，兴奋不已，连夜赶回上海。

钱科长马上向王正明处长回报，王处长感到案情重大，马上立为专案重点侦查。

根据南京带回来的照片鉴定，万国雄与王秀娟系同一人；通过王秀娟和万国雄的字迹比对，也是出于同一人之手，可以确定王秀娟就是万国雄。

与此同时，杨文元马上赶往柳州追查万国雄的历史踪迹。火车慢得像蜗牛一样，沿着铁轨爬了几天几夜才抵达柳州。杨文元几天几夜没洗澡，身上黏糊糊的，来到招待所用脸盆痛痛快快地冲了个凉澡，来到街上吃了两大碗米粉，才缓过神来。

第二天大早，杨文元在柳州公安同行的鼎力支持下，查到了万国雄的踪迹。他是1948年秋天追随蒋经国的青年军来到柳州当随军记者的，在当地发稿频频，写出了许多大块文章，不久，他又离开军界进入《柳州日报》当记者。人民解放军如秋风扫落叶一般的解放柳州后，万国雄便辞去了《柳州日报》的记者，孤身一人来到了柳州郊区的半山腰上，找到了一个山寨里独居的大妈家住了下来，那里主要是壮族人居住区，民风淳朴，风景如画。

深秋的清晨，吉普车来到了柳州郊县，杨文元随着当地的侦查员走出小车，他被眼前的景色迷住了。只见朦胧的山上如烟如雾，河水倒映着青山如梦如幻。他们沿着小径拾阶而上。很快来到了一户山里人家，里面住着一位壮族大妈，她听说是打听有个叫万国雄的人，大妈摇头说："没听说过此人。"杨文元又问："那你听说过有个叫王秀娟的人吗？"大妈点头说："听说过，姑娘还在家里住了半年多呢。"

她告诉杨文元，这个叫王秀娟的女人吃住在她家，还认她为干妈，每天早晨坚持到那块平地上练嗓子，唱的什么听不懂，她告诉大妈是京剧，唱的花什么来着，叫花旦。姑娘住了大半年时间从没有间断过练嗓子。她来的时候就留着长发，平时喜欢对着镜子梳头打扮，一梳头就是半天时间，有时还下山去城里烫发。平时在家里帮大妈做点家务，星期天下山去买点吃的东西回来。没见过什么人来找过她。有次见她在小腿上涂药水，说是身上和脚上痒。姑娘大约是1951年的春节前离开的，说是到南京探望父母，还想找个工作安家立业。她走后从此没了音讯，也没来过信，还怪想念她的呢，你们回去问她好，就说大妈欢迎她有机会再回来住。

杨文元心想他可能是在身上和腿上涂去毛灵药水，为了不扫大妈的兴，他没有告诉大妈王秀娟是个男的，可能还是个潜伏的特务。

与此同时，余存熹来到了雾城重庆，找到了在人民银行工作的万国雄的妹妹，她长得与万国雄非常像，只是比万国雄矮了许多，万国雄约1.65米，他妹妹约1.56米的个子。她回忆说，哥哥自从1945年考进南京中央大学后，读大一、大二时，暑假里都回去，1948年以后就没有回来过。解放后，就来过一封信，没有写地址，我从邮戳上发现是从上海寄来的。最后，她反映了一个细节，说哥哥从小喜欢穿裙子和花衣服。

4

为了钓到更大的鱼，侦查员对王秀娟进行了一段时间的跟踪，但是没有发现新的线索。1955年国庆前夕，为了保卫节日的安全，市公安局开展了集中打击行动，王正明处长决定对万国雄收网。

那天晚上，月明星稀。深夜10时许，余存熹与杨文元等侦查员，轻轻地敲了万国雄的房门，里面传来了女人的声音："谁？有什么事吗？"余存熹平静地说："我们是派出所的，核对一下户口。"过了一会儿，电灯亮了，万国雄打开门，见来者身着便衣，疑惑地问："你们找谁？"余存熹递上逮捕证，严肃地说："就是找你！请在上面签字。"万国雄接过逮捕证惊讶地问："你们找错人了吧？"余存熹斩钉截铁地说："没有找错，就是找的你，万国雄。"万国雄还是佯装糊涂："我叫王秀娟。"余存熹说："你不要再装了，到里面你就清楚了，请你和陈筠白一起跟我们走一趟。"

警车去看守所的途中，借着皎洁的月光，余存熹和杨文元都好奇地审视了眼前的万国雄，怎么看她，都感到他是个女人，简直是惟妙惟肖，难以辨别。

万国雄和陈筠白被送到了预审处第一看守所，看守民警见是两个女人，随即将她们送往女监搜身收押。细心的余存熹见状，赶紧找到现场指挥的预审处长，对他报告说："那个叫万国雄的犯人是男儿身，他是个男扮女装的对象。"预审处长瞪着眼睛愣了一下，马上指令身边的民警，又将解往女监途中的万国雄转送男监关押，避免了一起男女混关的事故。

审讯时，万国雄倒也配合，承认自己参加过三青团，并当了中央大学三青团组织的组织干事，大三时，随青年军当随军记者来到了柳州，这些历史问题他都乖乖地认可，但是对于自己是否从事特务活动，他矢口否认，经过几天的审讯，他最终承认与中统特务陈雪屏有过往来，临走时，万国雄还到陈雪屏府上辞行，陈雪屏对他说："你随青年军去柳州吧，我会设法与你联系的。"大陆解放后，陈雪屏在台湾不知万国雄的下落，没法联系上他。

承办员最后问他："在柳州为什么男扮女装起来？"他说："我从小就喜欢扮女孩子。"

经查，交通大学的陈老师与万国雄素不相识，那天傍晚，万国雄坐火车来到大上海，举目无亲，又无处可去。他来到交大门前，见有一位面善的老师，便上前苦着脸说："我是中央大学毕业的学生，来上海身上的钱不小心被小偷盗了，无处可去，老师能否帮我联系学校里的住处，我等家里寄钱来后，马上就离开。"，正巧学生放寒假，陈老师见这位姑娘像个读书人，与人为善地帮助她联系了学生宿舍。

万国雄（左）陈筠白合影

不久，上海市人民检察院起诉，上海市人民法院以反革命罪判处万国雄无期徒刑，对长期与万国雄同住，知情不报的陈筠白判处两年管制。

为了教育广大群众提高警惕，防止敌特破坏和深挖隐蔽的反革命分子，1956年全市举办了镇反展览会，展出了这起特殊的案件，参观者簇拥在照片前，无不惊叹这个男子扮得太像女人了。

5

此案似乎可以结束了，但是1967年的冬天，正是"文革"如火如荼之际，余存熹因侦办特务案利用过特务打入敌特内部，被造反派定为"通敌之敌"、"放纵包庇"而被关押了起来。

一天半夜，军宣队突然将他从梦中叫醒，急切地问他："万国雄在上海有什么社会关系？”余存熹说：“有个同住的女人叫陈筠白。”军宣队告诉他：“万国雄从青海农场里逃走了，现全国在通缉他。”

之后不久听说万国雄被抓回后改判为有期徒刑15年。

1981年至1985年间，上海市人民法院先后收到了万国雄从重庆寄来的10多封要求复查平反的申诉信，信中诉说：

“我是上海肃反运动的典型，当年轰动全国的男扮女装的当事人。因为实未参加过任何特务组织，只是政治历史问题，并在解放前一年多，便与反动派关系恶化，对其潜伏活动茫茫然，一无所知。而我男扮女装是从小个性喜好的变态心理狂行，绝无特务阴谋和任何刑事犯罪，能够说清来龙去脉……”

1985年5月28日，上海市中级人民法院经过认真的复查，给万国雄寄去了一份书面通知，告知他隐瞒反革命历史罪行，并多次向境外媒体投寄反动稿件，证据确凿。为此，原以反革命罪判处有期徒刑15年是完全正确的。至此，这期案件才风平浪静了下来。

上海美女之死

上海美女被害案，在上海滩乃至全国引起了巨大的震动。上至总书记亲自批示，下至老百姓纷纷议论，满城风雨。美国之音也进行了报道，说美丽牌香烟的商标头像许秋韵女士被公安局刑侦队长所杀。其实，刑侦队长不是杀人凶手，而是破案的有功之臣；而真正的杀人凶手却是时任公安分局团委书记的周荣鹤。

1

大凡上了岁数的上海人大都还记得在解放前，上海滩上的“美丽牌”香烟闻名全国，其香烟壳子上商标的头像传说是一位美女许秋韵。开国大典后，美丽牌香烟便销声匿迹了。随着岁月的流逝，美丽牌香烟渐渐地淡出了人们记忆。笔者查过美丽牌香烟，发现是另外一个女人的名字，后来请教了一位喜欢收藏香烟牌子的老法师，他说美丽牌香烟有几个美女做过商标，笔者无法确定许秋韵是否做过美丽牌香烟的商标，但坊间都是这么传说的。许秋韵是不是美丽牌香烟的头像，不是此文写作的初衷，笔者行文的目的是为了揭示杀害许秋韵的凶手究竟是谁？

许秋韵解放后，与丈夫居住在沪西那幢高级公寓里，“文革”中，她和丈夫被打成反革命，家财被抄，那幢豪华气派的公寓亦被没收，她被赶到了工人新村那间底层朝西的小屋内。屋漏偏遭连夜雨，她的丈夫在“文革”中抑郁病死。

往事不堪回首月明中。这位美女最后落了个青灯伴孤影，在简棚漏屋里孤零零地度着凄凉的晚年。

“文革”结束后，许秋韵的丈夫被平反，银行发还了2万多元被造反派抄走的家财。那时还没有百元大钞，更没有刷卡之类的玩意，听说老太是用麻袋装回钞票的。政府还准备归还她被没收的洋楼，熬了十多年苦的许老太，生活刚出现了转机，却突然又遭意外……

1983年10月23日上午8时许，苏北路月村一位居民气喘吁吁地闯进苏北路派出所，找到辖区户籍警李涛惶恐地说：“月村40号的许秋韵几天没出门了，房门紧闭着，敲也敲不开，她家煤气灶上的《新民晚报》两天没人取，也没告诉过邻居她要出门……”

李涛闻讯即刻随他来到40号那间底层朝西的房间，见门口已挤满了好奇的围观人群，大家议论纷纷。

李涛拨开人群，敲不开房门，便来到天井的窗前，见里面拉严着窗帘，看不见里面的动静，他便果断地用砖块砸碎玻璃，打开窗口爬了进去。房间里面非常整齐，空无一人。细心的李涛见床上整齐地盖着床套，他小心地掀开被子一瞅，只见许秋韵张着口、瞪着眼，脸色苍白地躺在床上，脸上的表情又惊又惧，人已僵硬。

李涛见状吓得不轻，他马上打开房门，对看热闹的居民说：“谁帮一下忙，快到派出所向所长报告！”

楼内的居民一听许秋韵已死，一窝蜂地涌入屋内，现场被破坏得面目全非。半小时后，市公安局和分局的技侦人员接到报案，吉普车、摩托车风风火火地分头赶来，还带来了吐着红舌的高大警犬。

验尸、录像、拍照、收集痕迹。一切忙完后，拉走了尸体。

已是晚上9点多了，但苏北路派出所灯火通明，二楼的会议室里坐满了人。市局刑侦处裘副处长、分局陈局长、刑侦队薛副队长等有关方面的头头脑脑均坐在了会议室的中间。

“许秋韵对人民政府的态度怎么样？”陈局长首先开问道，现在看来有点搞笑，但在那个年代，领导还是习惯从政治方面思考问题。

“没有发现对政府有什么不满的地方。”高所长答道。

“噢！对了，1974年我当户籍警时，她对政府没收自己的财产和房子总是耿耿于怀。”分局政治处团委书记周荣鹤翻出了“文革”时的老账，他过去当过这里的户籍警。

“对于这样的敏感人物，应多从政治上去考虑。”陈局长政治敏感，他的话在分局一言九鼎，从政治关系入手成了首先的侦破方向。

2

虽然现场被破坏得面目全非，但经仔细勘查现场，还是找到了蛛丝马迹：一是床角处提取到一个公安大头鞋印；二是床边检获四滴血迹。

经法医鉴定：死者被人捂嘴卡颈窒息死亡，时间在21日晚饭后三小时。

周荣鹤听说分局会议室正在播现场录像，便急匆匆赶去一睹为快，刚走进大门，就被刑队指导员老唐架住了：“你不是侦查员，不要进去。”

“我要写政工简报，需要了解一下情况。”周荣鹤满脸堆笑地解释道。

老唐想想也有理，便大手一挥，让他进去了。

侦查员们正凝神注视着录像,各抒己见。

录像的画面慢慢推进:死者头埋在被子里,掀开被子,死者头上盖了一块毛巾,但毛巾上无血迹;被子上却有一滴清晰的血迹,这无疑是有人翻动过重新盖上去的毛巾;被子中间也有两滴血迹。桌子上有只白色透明的玻璃杯子,杯子里尚有五分之一的白开水。

刑队法医小周解释说:"这杯子上只有许秋韵的指印,烟缸里有香烟头,是勇士牌香烟。现在还有一个值得注意的痕迹,就是床边有另一个鞋印,是我们公安局里发的大头皮鞋的鞋印。"

"啊……"在场的人不由发出一阵惊叹。

"这很可能是我们的同志勘查现场时留下的。"周荣鹤颇有把握地解释道。

一场虚惊。

看完录像后,破案组成员又回到派出所专案办公室讨论起了案情。

市局刑侦处的裘副处长操着宁波口音开场白:"根据法医鉴定,死者脖子上有四个指印,鼻子上有血痕,脚上有两块乌青块。老太系他杀无疑,关键是什么性质的凶杀案,想听听大家的高见。"

"许老太落实政策后,外面风传她领到了几万元被没收的钱款和许多金银细软,可能是谋财害命。"侦查员沈亮首先发言。

"我看不像,因为抽屉和大橱里都没有翻动的痕迹,抽屉内的29000元存折也没有被拿走。"戴着细边眼镜、气质儒雅的刑队薛队长含着烟斗否定了他的意见。

"许秋韵是遐迩闻名的美女,又爱打扮,虽已至70岁古稀之年,但看上去却只有50来岁,是否有人强暴了她,遭到反抗被掐死。"刑警小邱推测道。

"不可能",法医小周抢白他,"许秋韵衣着整齐,阴道内未发现精虫。"

有人提出是仇杀,但片警李涛否定说:"许秋韵信佛教,与人为善,自觉打扫厕所和公共卫生,为人又谦让。有次她楼上人家的鱼被野猫叼走了,邻居责怪许老太平时不该买鱼喂野猫。许老太闻听后,特意买了两条大鱼给了楼上人家。所以她这种性格的人不会有仇人。"

"我看还是陈局长讲得有道理。这是一起政治性质的案件。许秋韵解放前与军统特务头子戴笠有瓜葛,知道不少国民党内部的机密。最近台湾间谍机关趁我们大陆改革开放之际,可能重新派人来与她联系,杀人灭口,不留痕迹,作案后还伪造现场,没有受过训练的人是不会这样老练的。"周荣鹤侃侃而谈,语出惊人。

"戴笠已死了多年,我看不像政治谋杀案。台湾也不值得派人去杀她这个没有价值的人"曾经负责侦破间谍案的裘副处长笑着否定了。

众说纷纭,莫衷一是。最后,这起案件被大家总结形容为是一个无凶器、无赃物、无痕迹,不像财杀、情杀、仇杀、政治谋杀的"三无四不像"案子。

案情犹如房间里飘浮的烟雾,缭绕模糊,朦胧不清。

最后,裘副处长操着宁波上海话不无调侃道:"看来这个作案者是个高明的艺术家,但我们侦查员应是个内行的批评家。现在有两条是可以取得共识的:一是被害人与凶手熟悉,二是被害人是晚上9时左右死亡。前者可以作为侦破范围,后者是审查嫌疑人的重要依据。"

3

案件侦破先从被害人的楼内开始。据邻居反映:死者的外甥媳妇是武汉至上海轮上的广播员,前几天刚来过。侦查员立刻坐火车追至安徽芜湖,赶上船后,一查,该女子确实于21日去过许家,但客船是当天下午5时离上海的,故不可能有作案时间。但她提供了另一条线索:许秋韵丈夫的小妹妹陈老师也去过许家,谈了关于归还洋楼一事,陈老师认为洋楼是父亲和哥哥的房产,自己也应有一半的遗产。为此,两人争论不休,结果陈老师悻悻离去。

侦查员迅速调查陈老师，发现这位英语教师体弱多病，手无缚鸡之力，本人不可能作案。然而不遗漏每一条线索的侦查员还是盯梢了3天，也没有发现她与外人有什么接触，线索又被否定了。侦查员们又先后调查了与许秋韵有关的246人，结果都一一被否定，许家的亲友均被排除了有作案的动机和可能。

于是，侦查员的火力又集中到许家周围的邻居们，经过逐户仔细排摸，从时间上否定了楼上居住的15户人家，唯独一楼许家的对门，父女俩撒了谎。其父老周自称10月21日晚上在厂里洗澡，其女自称当晚在夜校读书，但调查下来均不是。于是专案组决定对父女俩传讯，分别谈话。经侦查员再三启发，老周只得承认当晚与情人在逛马路，并在小店里与情人一起吃了排骨面；其女儿也无奈地承认与厂里的男同事在外跳舞，经过调查属实。于是，40号楼居民全部被否定。

正当大家茫无头绪之际，侦查员在死者的家中搜出一本账册，在一大堆日常开支的账目中，发现许秋韵丈夫的同事莫麟祥曾借过她1000元钱。据邻居反映，莫麟祥西装笔挺，头发梳得一丝不苟，时常与许秋韵去淮海路上的舞厅跳舞。这个莫麟祥引起了公安人员注意。经查，莫麟祥于10月17日，向自己的单位银行请了探亲假，但24日那天，他才离开上海去苏州探亲。此人有重大嫌疑，侦查员立刻开出收容审查证，警车一路呼啸直奔苏州。

当晚11点，莫麟祥被带到了分局刑队。这是个年已花甲的瘦高个，斑白的鬓发梳理得光可鉴人，戴着金丝边眼镜，西装革履，气质不凡，他坐在那里，态度镇静。

裘处长与薛队长亲自审讯，莫麟祥倒也坦率："我借过许老太的钱，开始借了几笔没还，她倒没在乎，后来一下子借了一笔1000元，不还她就不高兴。为了与她和好如初，我又与单位的同事吴月芬好上了，因为她的丈夫在外地工作，她比较喜欢我。但我不是对她真好，我只是为了借钱还债，利用这个女人而已。借钱的事，你们说我欺骗也好，诈骗也好，我都认了，希望你们能给我宽大,笔下超生。但你们说我杀许老太,我是放心的,我绝对不可能做这种伤天害理的事。”

莫麟祥双手一摊,继续道:“我为什么要杀她?为了1 000元我就杀了她,不是太可笑了吗?希望你们明镜高悬。因为许老太生我的气,不给我好脸色,我1982年5月至今,一次也未去过她家。”

莫麟祥说罢信誓旦旦地拍胸脯道:“我敢保证若有谁看见过我去过许家,只要拿出证据,那么许秋韵就算是我杀的。”

“有人见到过你去过她家。”裘处长冷不丁蒙他一下。

“那我没有办法了,我是屈死的。”

一个通宵审讯下来,没有抓住什么漏洞。这老头回答问题不紧不慢,滴水不漏,案情仍无多大的进展。

除了跑几个线索外,翻来覆去先后审了他20次之多,莫麟祥除了交代儿子莫兵给自己通风报信,借了另外几个人钱不还外,每次的交代都如车轱辘一样,翻来覆去地转。

最后请他赤足打印,他也笃悠悠地坦然处之。

侦查员们又去走访了40号二楼的秦女士,她肯定听到底楼许家曾有一男子的讲话声音,时间是8点40分。而莫麟祥的儿子莫兵讲他8点半睡觉的。这中间的十分钟时间,莫麟祥又没有自行车,如此短暂的时间里,要一口气跑完两家相隔两站路的距离,又要争吵一番再动手杀人,时间够吗?看来无论如何是来不及的。

看来原来对案情的分析有不周之处,抓莫麟祥进来可能轻率了一些。到底是已抓错了人,冤枉了人先放了他,还是等一段时间找个诈骗钱财的理由处理他,让他无话可说?

裘处长与薛队长的意见是一致的,我党办事的原则是实事求是,抓错了人就应该立即放人,向人家道歉,甚至是赔偿。

经过近一个月的审讯基本否定了莫麟祥作案的可能,正准备放人之际,那天周荣鹤又来询问案情。

薛队长抽着闷烟无奈地摇摇头道："看来那个莫老爷不像凶手。"

周荣鹤颇有把握地说："我看他像，他肯定是凶手无疑，不信我来试试！"

薛队长婉转地说："已经审了20来次了，每个环节也都核实过了，难以确定，只能到时放人。"

令薛队长为难的是莫麟祥受审一个月的期限还有两天就到了，如果要延长倒是可以再打报告，但实在是没有什么疑点了，都三番五次地反复核实过了。本着实事求是的态度，两天后就必须放人，实事求是说起了容易，但做起来有时确实很难，谁坚持实事求是谁就倒霉，甚至是要丢乌纱帽的。

到底要不要坚持实事求是，薛队长犹豫不决。经与裘处长商量，裘处长态度明确，可以放人。

薛队长踌躇不定地问："那怎么向陈局长交待？"

裘处长毫不犹豫地说："我去解释，你尽管放心办案。把心事用到破案上来，不用为官场上的事多操心。"

4

一个多月下来，东奔西逐，兴师动众，结果还是海底捞月一场空。大伙儿一个多月来没好好休息，加上精神上又失落，一个个懒散地躺在椅子上，无精打采地跷着腿，谁也不愿说话，自顾自地吞云吐雾。房间里浓烟迷漫，更让人不识庐山真面目了。

刑警沈亮先发开牢骚："人家外面说我们什么，你们知道吗？说我们公安局的只会破风流案，不会破杀人案。一个个都是饭桶，干脆把公安局改成粮食局算了。"

他的话引起了一阵苦涩的哄笑。

"我看你们都很高兴嘛，案子破了没有啊？"门口传来了浓重的山东口音。

大家的目光向门口扫去，立刻不约而同地站了起来："陈局长来了。"

"案子还没有破，原来的线索都被一一否定了，新的线索还没有跳出来。"薛队长恭敬地汇报道。

陈局长突然问道："那个银行里的老头审得怎么样了？"

薛队长谨慎地解释道："我与裘处长已经审了20来次了，结论还是否定了，过两天就到期了。"

陈局长不高兴地责怪道："那为什么不及时向我汇报？"

薛队长灵机一动地解释说："为慎重起见，我们想与市局裘处长再认真核实一下，过两天一定向你回报。"

陈局长听罢还算满意，口气缓和了一些道："对！对于杀人案是要慎之又慎，切不可草率行事，像毛主席说得那样，杀人不是割韭菜，割韭菜还可以长出来，枪毙人就无法挽回了。我们是共产党人，一定要讲实事求是，千万不能再像文化大革命那样草菅人命了。我文革中就挨了不少整，被关在看守所了，一关就是3年，外面发生了什么事都不知道，连老婆和孩子也不知道怎样了。但他们为我吃了不少苦，我对他们心里内疚啊！我自己也吃了不少苦，被造反派打，要我承认是叛徒，我是抗日的英雄，这么能承认是叛徒，所以我坚决不承认，他们就残酷地殴打我。"

说罢，陈局长撩起了裤子道，"你看那些造反派狠不狠？"

薛队长还不知陈局长有这段不幸的遭遇，对他的看法一下子改变了许多，便发自内心地道："陈局长真不容易，其坚持真理的精神令人敬佩！"

陈局长开心地道："不说了，那都过去了。我的意思就是一定要坚持实事求是，绝不能为了早日破案，就随便抓人，随便打人。那个银行里的老头如果查下来不是他，赶紧放人。"

薛队长悬着的心终于坠了下来。他心里想，这山东人尽管脾气暴了些，但为人还是直爽和光明磊落的，就是怕身边的小人。

"今天是几号了？"陈局长问。

"12月19日。"薛队长提醒说。

“噢，还差十几天就是新年了，年底务必要破案。命案不能过年，不能欠债。请大家再加把劲，最后再冲刺一下，薛队长！”

“是！”薛队长欠了一下身。

“到时破不了案，我拿你是问！”

“这……”薛队长为难地摊开了双手。

“我不管你有多大困难，破不了影响这么大的案子，我们怎么向领导交待？怎么人民交待？我还要你这个刑侦队长干啥？”陈局长的山东脾气又来了。

陈局长走后，周荣鹤特意留了下来，扔给薛队长一支烟，以慰藉的口吻道：“陈局长就这种直爽脾气，人还是很厚道的。”

薛队长嘴唇向上一弯，苦涩地笑笑。

周荣鹤提醒说：“这是个轰动国内外的大案，听说美国之音和香港的报纸都报道了此案，影响很坏。看来不破不行，难以向世人交代啊！”

“那也没有办法。”薛队长有点儿无奈地双手一摊。

“你不会找一只替罪羊吗？对外就说是苏州老头作的案，案子已经破了，这样对外好平民心和国际舆论；对内把这个人放掉，暗中再去调查。这样不就两全其美了吗？”周荣鹤以为自己的点子很高明。

“我参加公安工作20多年了，找替罪羊的事还从没有干过，也永远不会干这种事！你这不是叫我自己去坐牢吗？我宁可撤职也不干这种伤天害理的事！”薛队长说得有点激动。他不明白这位团委书记是开玩笑，还是真的幼稚无知。

沈亮见薛队长突然很激动的样子，想必周荣鹤又有什么花招了，便当着周荣鹤的面调侃道：“周书记有什么最新的指示，尽管吩咐。”

“小沈，你这是什么意思？”周荣鹤一脸不悦。

“没什么意思。我们这里都是实打实的，破不了案就得日夜玩命干。我们薛队长最近很忙，连觉都不够睡，你还是少来打搅他为好。”

“没什么，没什么，我只是找他随便聊聊。”周荣鹤苦笑着自讨没趣地走了。

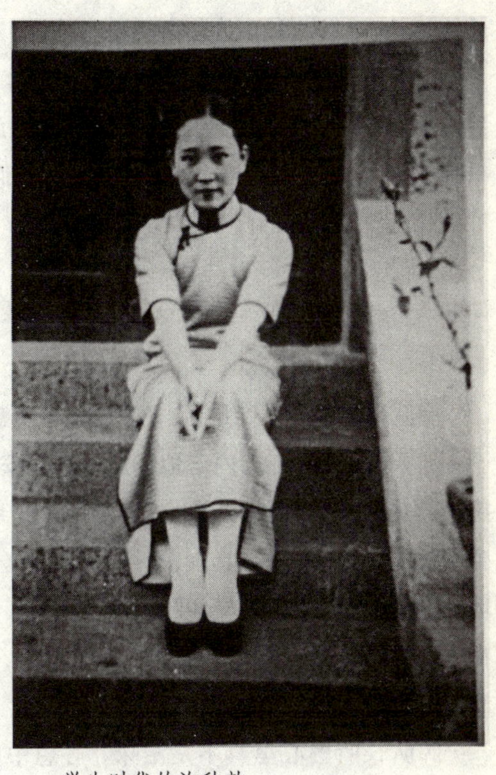
学生时代的许秋韵

薛队长见周荣鹤走远后，无可奈何地摇摇头，说："小沈，我讲了你多少次了，你就是听不进去。你这张嘴再不注意遮栏，以后够你吃苦的。"

薛队长的话一点不假。其实这苦沈亮早就尝过了。别看他干起活来玩命，对破案有种天然的兴奋，一上案子就不顾吃喝拉撒睡，整天在队里不回家。但案子破了，每次报上去沈亮的立功或嘉奖都被莫名其妙地划掉了名字。理由很简单，平时作风太散漫，穿牛仔裤，烫卷毛头，牢骚太甚。

辛辛苦苦了一场却都被自己的打扮与牢骚抵消了，干了再多也等于白干。还常常挨批评。如果不是他破案上有两手，看来早就被撤下去到派出所或调离公安局了。也多亏了薛队长的极力保驾和说情，才使他能在刑警队勉强干下去。

"这破案也要讲尊重客观规律的，不能不讲时间条件，随心所欲地限时限刻，这种领导作风我最看不惯。"沈亮非但不听队长的劝告，又开始嘲笑人人都威惧三分的陈局长了。

"他讲起来倒轻巧来，年底必须破案，让他自己来破破看。我们没日没夜地扑在案子上，老婆孩子在家没人管，我一回家老婆就吵，这些他一点也不关心，只会坐在办公室里发号施令，瞎指挥。还动不动训人整人！"

薛队长尽管心里颇赞同和佩服现在年轻人的见解和勇气，但还是摆出队长的架子道:“沈亮,不许你再胡说八道!”

沈亮对谁都不服,就服薛队长。他见薛队长真的不高兴了,便乖乖地坐到椅子上不再吭声。薛队长看着大家,知道此刻能让这帮小伙子打起精神的只有工作,于是提高声音命令道:“好了,咱们马上开会……”

5

薛队长与裘处长商量后,便决定放了莫麟祥。

那天,薛队长有点内疚地特意过来想安慰他几句,见了披头散发、胡子拉碴的莫麟祥后,尚未开口,然他却一个劲地打躬作揖地感谢道:“薛队长,感谢你主持公道,坚持真理,否则,我就要吃冤枉官司了。感谢政府宽大处理,我今后一定好好做人,再也不乱骗钱了。欠吴月芬的1 300元钱,我保证在一年内还清,哪怕一年不喝酒、不搓麻将,我也要彻底还清。”说罢一个劲地抱拳叩首。

薛队长听罢心里真不是滋味。心想中国的老百姓是多么的忍辱负重啊!他们无辜地吃了那么多的苦,受了那么大的冤枉,非但不上告,还如此本末倒置地一个劲地感谢你,薛队长表面上佯装着警察的矜持,但他的心里却在流血。

莫麟祥放回去后,线索又断了。

许秋韵的儿子叫陈群德,40岁许,是杭州歌舞团小提琴手,拉得一手好琴,回来探亲时,见母亲还在抽1角3分钱一包的勇士牌香烟,酸不已。

临别,陈群德给母亲买了一条最好的中华牌香烟。正当政府欲归还“文革”中没收的洋房,陈群德准备退休后回来陪陪落寞的母亲时,却传来了噩耗。几天来,他什么地方也没去,在家守着母亲的灵堂泪流不止。

他对上门来到的侦查员沈亮和小李道:“我获悉母亲被害的消息后,简直不相信自己的眼睛,几天来一直沉浸在万分悲痛之中。本想马上回上海的，但有两个演出一下子难以脱身，为了履约，我忍着巨大的悲痛演奏了莫扎特和勃拉姆斯的乐曲，我拉着拉着想起了母亲眼泪禁不住地流了下来。我演奏得那么投入，那么动情，演奏完后，观众站起来报以热烈的掌声，我泪水涟涟，观众还以为我是沉浸在乐曲中，但他们哪里知道我是在悼念母亲。”

陈群德说着说着流下了辛酸的泪水。

沈亮劝慰他道：“希望陈先生节哀，我们一定设法抓住凶手，替陈先生报仇雪恨。查了一个多月了可惜还没有查到有价值的线索，不知陈先生是否能提供线索？”

陈群德坐在那张红木太师椅上，向前来走访的侦查员沈亮和小李慢慢地回忆道：“三年前我回家探亲时，母亲曾对我说，派出所那位姓周的所长过去是这里的户籍警，曾经侮辱过她。我怀疑会不会是他……”

陈群德似有难言之隐，欲言又止。

“姓周的户籍警不就是分局团委书记周荣鹤吗？”沈亮似乎不相信自己的耳朵。

许群德说：“我认识他，不过那年我与母亲去派出所办理临时户口时，他正站在门口与人聊天，我母亲悄悄指给我说，就是这个姓周的侮辱过她。”

陈君德用手边比划，边回忆那人的长相特征：“身高好像1.75米，长方脸，小眼睛，大胡子，七十年代初期好像在月村当过户籍警，后来提了副所长，之后又听说调到局里……”

沈亮脑子里蓦地跳出了周书记的影子。肯定是他！他曾经在许秋韵住的地段当过户籍警，这次破案虽与他无关，但他却积极得有点过头，三天两头来打听消息，还主动帮助去摸线索，前一阵子还积极要求到苏州去抓人，那天晚上审问老头，他不请自来，还狠狠地揍他，还说反正是杀人犯打死了也不要紧。

沈亮一直对周荣鹤这类红人没有好感，相信这可能是真的，但他深知这非同小可，因为他不是一般的普通民警，而是局里的大红人，说白了就是局里的培养对象。

年轻时代的许秋韵

沈亮在回去的路上，一再关照小李："此事非同小可，对谁也不能说，一定要绝对保密，否则，案子就更难破了。"

小李也明白其中的利害关系，边点头边疑惑地说："我现在回过头来仔细想想，发现他对此案过分热心了，但他是凶手好像不太可能，毕竟他是警察，又是团委书记，平时给我们青年团员上课，讲得头头是道。"

沈亮一脸不屑地道："看人怎么能看表面和口头上讲的，主要还是看其一贯表现和关键时刻的行动。老实说，我就看不惯他平时那种对上过分殷勤，对下却一本正经的，唯领导是从。这种人干事不踏实，但却最容易得宠。"

被害人儿子提出一条惊人的线索，给破案带来了一线转机。

沈亮回到专案组悄悄向薛队长汇报了此事，薛队长眼镜镜片后的眼珠子惊讶得快掉出来了，悄声地问："你肯定没听错？"

"肯定没听错。"沈亮在破案时从不马虎。

薛队长闷在那里抽了一阵烟，感到事情重大，立刻给市局的裘处长打了电话。

薛队长说："我看这案子不是情杀，也非财杀和仇杀，更不是政府间谍案，可能是公安内部人员作的案。"

有着30多年警察生涯，负责侦破了上海滩上许多大案奇案的裘处长，听了薛队长的汇报后，也大吃一惊："闻所未闻！"

放下电话，裘处长就赶到分局，立刻拉上薛队长和沈亮连夜敲开了陈群德家的门。

陈群德又重复了一遍白天所讲的话。薛队长总怀疑会不会白天白讲，晚上瞎讲。但许秋韵的儿子说肯定没错。

许秋韵是个有心人，凡谁借过她的钱，什么时候借，还或没还；还有与谁何时龃龉等等，她都一一记录在案。

薛队长翻出她生前的记事簿，又认认真真地查阅了一遍，可惜没有此事的记录。

周荣鹤何许人也？现任公安分局政工科长，团委书记，系第三梯队成员，正培养他当副局长，是分局的大红人，可不能随意找来讯问的，即使暗地里调查他，也必须征得陈局长的亲自同意，但他是局长看中颇为欣赏的红人，陈局长会相信吗？

裘处长与薛队长为此事商量了半天，认为这事非同一般，为慎重起见，也为了减少环节，决定直接向陈局长汇报。

陈局长听完汇报，亮足了山东腔："这不可能！这是阶级报复，陷害人民警察。刚落实政策，钱、房子都还给她了，就翘尾巴了。'文革'中，俺也因别人的一句话挨了不少冤枉。我们伤害了多少无辜的同志，再不能让'文革'那种随便整人的事重演！"

陈局长坚决不同意对周荣鹤立案侦查。

无奈，他俩商量了一下，决定立刻到市局刑侦处向端木宏峪处长汇报。

闻名遐迩的老端木处长，原是国民党警察局的侦探，破案上确有绝招，曾化装毒枭黑帮头子，深入黑道虎穴，屡建奇功。解放后，政府念其破案有专长，且胆大心细，故盛情地挽留了他。他果然不负众望，在上海滩屡破奇案，深得领导的赏识，终于从一名小侦查员坐上了上海滩侦探界的第一把交椅。

老端木1.90米的大块头堆在那张大藤椅里，他含着一只红木的雕花烟头，神情威严地听着副手和分局刑队的薛队长反映周荣鹤的线索。

老端木"神"就神在他有一种奇特的感觉，他听罢部下的汇报，习惯地用红木烟斗敲两下桌子，激动地站起来道："立案侦查！"

薛队长犹豫地提醒道："可我们陈局长坚决反对，你看怎么办？"

"不要管他，出了事由我负责，如果他要处理你，你就到我这里来当队长。放心，我支持你！"老端木凛然正气深深地打动了薛队长，他豁出去了。

分局以开会的名义，请周荣鹤到申江宾馆开会。

周荣鹤进门见到的是老端木处长和一位身着笔挺西装的陌生男子。陌生男人头发梳理得纤毫毕显，架着金边眼镜，风度十足。他就是市局刑侦处一队队长谷在坤，在上海警界素有"审讯奇才"之称。他们端坐在桌子前，前面放着小方凳。周荣鹤一看这架势什么都明白了。

他说："你们不能这样对待自己的同志呀，你们这样做要犯错误的。"

老端木伸手"吱吱"两下，撕下了周荣鹤领子上的两块红领章，又摘下了他头上的大盖帽，愤怒地说："简直是给警察丢尽了脸！"

不料周荣鹤一反常态，恭顺地道："我交代，我全说。"

说罢从左上口袋掏出几张早已准备好的信纸，颤颤巍巍地递给了老端木。老处长展开瞄了一眼，见上面尽写些如何玩弄三名女性的事和放松了世界观的改造……

6

1974年7月，刚从海军东海舰艇队文工团复员回来的户籍警周荣鹤善于伪装，且精力充沛，他吃住在派出所里，没日没夜，没完没了地干，骗取了领导的赏识。1984年4月他被上级任命为副所长，分管派出所基础工作，即调解纠纷、户口管理等。在解决婚姻纠纷中，他总喜欢将感情的天平倒向女方，这倒并不是他牢固树立了保护妇女儿童的意识，而是生性使然。他总爱乘人之危，利用权利玩弄女人。

黄浦江畔、苏州河边、幽暗的小巷深处，都印下了他罪恶的足迹……

最近，每当夜阑人静，周荣鹤常常会从梦中惊醒，倏地坐起来，心还在“咚咚咚”地猛跳。他梦见了自己在全市“8.19”严打行动中，被公安干警带上铐子押进牢房的情景，禁不住吓出了一身冷汗。醒过来后，更后怕起来，不寒而栗。

许秋韵已人老珠黄，不会再惹是生非，其余三位女性均不是正经货，万一她们其中一位这次被“刮”进来，交代出与自己有染，这下岂不彻底完了吗？不能再这样束手待毙了，得设法去堵漏洞！

说干就干，周荣鹤急于要找的是李艳萍，因为这个女人最可能出事，她与许多男人有染，自己当初就是利用掌握了她的那些风流韵事，要挟迫胁她就范的。虽然当初作为交易，没有处理她，但现在自己离开派出所多年，谁能保证其他民警不掌握她这些情况呢？

夏夜的黄浦江畔，闪耀的星星和点点灯火映在江面上，迷离诱人。对对恋人组成了爱的堤坝，耳鬓厮磨，喁喁低语。

周荣鹤见到李艳萍还是那么涂脂抹粉、打扮妖艳，不觉怦然心动。面对李艳萍的一脸媚笑，他却一脸的深沉，开门见山地提醒她道：“最近一段时间，公安局要刮台风，望你留心一点，少与不三不四的男人来往，以免刮进去。”

“我知道了。谢谢侬的关心。”李艳萍感激地瞥了周荣鹤一眼。

尽管周荣鹤如惊弓之鸟，惶惶不可终日，但见了如此风骚的女人，又春心勃发地一把搂住她，闭住眼睛狂热地亲吻起来。

一阵疯狂的接吻后，周荣鹤又回到了眼前的现实中，便又虎着脸告诫道：“如果万一你被‘刮’进去后，千万不要咬出与我的关系。因为我们最近正在整党，我是党员，最多党内警告处分，而你性质不同了，你又有前科，这下又腐蚀革命干部，拉拢党员，罪加一等，肯定被押送至新疆去‘吃哈密瓜’。

如果你不咬出我来，我还可以出面帮你说情，早晚放出你来，你明白利害关系了吗？”

李艳萍那猩红的嘴唇向上一弯，不在乎地说：“你放心好啦，我怎么会供出你书记大人呢？再说我还指望你做我的靠山呢。”李艳萍说罢，又娇嗔地摸了一下周荣鹤的脸，用风骚的目光勾了一下他的眼睛。于是，两人便钻进了蚊虫云集的绿化地带。

周荣鹤又如法炮制，堵了其他两位女人的嘴。每个星期总要直接上门或电话提醒，反复关照一番，软中带硬地危吓一番。

7

面对裘处长和谷队长的提审，周荣鹤只说玩弄过三个女性的事，坚决否定侮辱许秋韵。

谷队长挥一挥手打断他话，点了他一下“穴位”说：“少谈这些芝麻的事，讲讲西瓜的事，比如关于美女的事。”

还是沉默。

谷队长指着报告提醒周荣鹤说：“你不要以为自己聪明，许多人常常是聪明反被聪明误。现场上的鞋印到底是谁所留，我们已有证据了。你是聪明人，自己看着办吧。”

周荣鹤一听鞋印的事，精神一下子崩溃了，突然“哇”地一下痛哭了起来：

“呜呜呜，我对不起人民，对不起党，也对不起陈局长对我的信任……”

他开始交代自己作案的经过和原因。

那天，跟着户籍警老张下段熟悉情况。当他俩来到辖区的小巷口时，老张指指前面那位妇女的身影，用手捂着嘴神秘地说：“别看这女人现在默默无闻，不引人注目，但解放前，在上海滩上可算是大名鼎鼎的美女，旧上海

‘美丽牌’香烟的商标就是她的照片。”

这里竟然还住着美丽牌香烟商标上的美女！周荣鹤脑子里冒出的第一个想法，就是赶上去一睹这位美女的芳容，看看美到什么程度。但老张却慢慢悠悠地踱步，无奈只好随老张紧跟其后。周容鹤瞪大眼审视着许秋韵的背影：云鬓高垂，细挑身材，身着一身黑色丝绸衣服，更加衬托出丰腴柔美的线条，姿态娉婷，雍容华贵。

虽然没有看到许秋韵正面的容颜，但她那华贵的背影早已铭心刻骨地嵌在他的脑子里了。几天来，许秋韵的背影似魔影似的萦绕在周容鹤的眼前。到了星期天，他实在憋不住了，便鬼使神差般地摸到了许秋韵住处，进门发现果然她美得摄人心魄，周荣鹤痴痴地凝视着那张脸，愣怔住了。

“你找谁？”许秋韵好奇地问这位不速之客。

“你就是许秋韵吧？”

“你有什么事？”许秋韵望着这位陌生的警察，有点担心地问。

“你是什么时候被扫地出门的？”周荣鹤答非所问。

“文化大革命初期，1967年。”

“被抄掉多少钱财？”

“所有的存折和金银首饰都被一抄而空。”

“旧上海美丽牌香烟上的商标是你的头像？”周荣鹤像调查户口一样地问。

许秋韵解释说：“那都是外面瞎传的，没有这回事。”

周荣鹤突然话锋一转，单刀直入地问：“听说你是戴笠的姘妇，是吗？”

许秋韵很反感，解释说：“那更是外面瞎编的，事情是这样的，那是抗战胜利后，美国总统派了陆、海、空十位将军来处理战后事宜，路过上海时，宋子文打电话要我的亲戚财政次长朱文熊请几个美女接待一下。朱次长的妻子就邀请我去了。戴笠是在舞会上认识我的，他不停地请我跳舞，就这么回事。”

许秋韵脸色很气愤。

为了缓和气氛，周荣鹤又问："那么你原来的房子在哪里？"

许秋韵说："在延安西路，是一套公寓。"

周荣鹤吐了口烟，煞有介事地说："如果你改造得好，我可以去打招呼。"

周荣鹤虽不懂房子政策，但他这么一唬，许秋韵还真信以为真哩，向他投来了感激的一瞥，尽管许秋韵已年过半百，但由于天生的丽质和后天保养得好，看上去像40来岁的女人，还是那么美艳动人。

周荣鹤说："现在外面流行跳交谊舞，你能否教教我？"

许秋韵确实颇善于跳舞，"文革"以后基本上就不跳了，但是她还是深深地记得当年的舞步。

许秋韵大方地说："我已经20来年不跳了，可能忘记了，那么试试看吧。"许秋韵站起来，拉着周荣鹤的手，开始叫他如何站立，如何拉手，如何起步。

许秋韵那妩媚的目光，撩拨得周荣鹤乱了方寸，不能自已。他突然双手紧紧抱住许秋韵，老鹰抓小鸡似地吻着她的脸和脖子。许秋韵猝不及防，偏头用手挡住他的嘴。

许秋韵被这突如其来的孟浪动作惊呆了。

周荣鹤厚颜无耻地说："你真是太美了，我实在是喜欢你。"

临别，周荣鹤神情严肃地说："今天的事，不准讲出去……"

关门时，他又补充说："房子的事，我会对房管所去讲的，你放心好了。"

月亮冷寂无声地挂在法国梧桐的树梢上。周荣鹤翻来覆去地在床上"烙饼"，想到几年前的鲁莽之举，很是后怕。侮辱这个是非女人万一被上面知道后，肯定会在局里引起轰动，甚至会被判刑的，他不敢再想下去。

8

周荣鹤如愿以偿地摆布了这三位女性后，心里稍稍平静了一些。但许秋韵却又成了他的心病。虽说那事已七年了，但今非昔比，当时在极“左”路线上，她绝对不敢乱说乱动，现在她已落实了政策，形势宽松了许多。

七年多来，许秋韵像魔影似的缠着周荣鹤，使他胆战心惊，一直到离开户口段才稍稍平静下来。没想到1983年夏天，全国将进行一场声势浩大的严打行动，周荣鹤见每个户籍警都在挖根刨地地收集地区里违法犯罪的材料，他担心自己七年前一时的鲁莽行为会被许秋韵揭发，万一她爆出冷门，不就功亏一篑了吗？到时不但当不上副局长，甚至会去吃官司，于是，他下定决心要去堵漏洞。

10月21日，周荣鹤匆匆扒完晚饭，又来到派出所，与值班民警海阔天空地侃了一阵，看看已是8点50分，便借故回家离开了派出所，出门后骑车直奔许秋韵住处，将自行车往西墙上一靠，便轻轻叩开了许秋韵家的门。

“啥人？”门内传来了女人的声音。

“是我。”周荣鹤不敢自报家门。

“吱呀”门开了。许秋韵一瞅周荣鹤兀立眼前，顿时愣住了。

“许秋韵，还记得我吗？”周荣鹤一边探头看里面有没有其他人，一边笑着说。

当他确信房内别无他人，便不由分说地进了屋内，顺手带上了门。

“啥事体？”许秋韵坐在台子边看电视，惊恐地问。

周荣鹤靠上前喃喃地说：“许秋韵，有件事想和你商量一下。”

“啥事体啦？啥事体啦？”许秋韵边问边警惕地向后退，以免再像几年前一样，再被他拖住侮辱。

“主要是我以前侮辱过侬的事，望侬原谅我当初的鲁莽。今朝来向侬打招呼。”周荣鹤很诚恳地说。

“打什么招呼，已经过去那么多年了，再讲我早就忘了。”许秋韵装得满不在乎。

“不，我老不好意思的，现在社会上正在打击刑事犯罪活动……”

“算了，算了。过去的事没什么可讲了。”

许秋韵夹着烟的手一挥，一星红点一闪一闪。

蓦地，隔壁“壳脱”响了一下，是势必灵锁打开的声音，接着有人开门出来。

“轻点，轻点。”周荣鹤打断了老太的嚷嚷。

“今天，你到底是来赔礼道歉的，还是来弄我的？”老太见他站起来魂不守舍的样儿，也随之站起来后退道。

“侬坐好，坐好。”周荣鹤伸手捂住她的嘴，另一只手又迅速夹住她的颈脖，“侬不要响，不要出声，再嚷出来要弄出事情来的。我要倒霉的。”

周荣鹤边说边狠命地将老太往死里掐。

老太死命地扳他的手，又用脚乱踢，周荣鹤便用两腿夹住了她的腿，许秋韵像小鸡一样无力地挣扎了几下，便瘫软下来不动了。

周荣鹤抽回手时，发现左手虎口上有血，立时蹑手蹑脚地去锁上门，回过身来见她从椅子上耷拉下脑袋，发现她鼻子正在出血，便掏出口袋里的白手帕，替她揩净后，又将许秋韵抱至床上，用手放在她鼻子上，感到还有微弱的呼吸，心想她醒来后，肯定会告发我，干脆一不做，二不休，更是恶狠狠地用棉被捂了很久才松手。

许秋韵头像

就这样，为了几年前吻了一下老太婆，在严打的形势下，想去劝她不要声张，结果酿出了如此的惨案。

周荣鹤交代后的第二天上午，沈亮与小钱来到政治处，依法对周荣鹤的办公室进行搜查。他们在政治处戴副主任的陪同下，开始搜查周荣鹤的抽屉和柜子，沈亮悄声对小钱说：“平时他总是教训我，今天，我终于扬眉吐气地检查他的东西了。”

虽然没有搜出什么有价值的证据，但沈

亮冒昧地对主任说:“戴主任,有个问题不知该不该问?”

戴副主任说:“尽管问无妨。”

沈亮大着胆子说:“平时周荣鹤老是批评我烫卷发,穿牛仔裤,因为我是天然卷发,喜欢穿牛仔裤,政治处就以貌取人,对我印象不好,我每次破案立功,报上来名单都被莫名其妙地取消了,我心里是有想法的。我想问一下戴主任,衡量一个人的好坏,到底是看他的外表,还是看其本质?”

戴副主任坦率地说:“你这个问题提得很好,对我们政工部门今后的工作有很大的启发。我们过去确实存在着片面看外表的问题,周荣鹤就是一个深刻的教训。看来,观察一个人,不仅要看其外表,也要考察其行动;不仅要看一时,也要观其长远。”

果然,破案后的两个星期,沈亮因破案起了关键作用,被记二等功。

美女被害案,在上海滩引起了巨大的震动,也传到了北京,甚至国外的媒体也做了报道。上至总书记胡耀邦批示,下至老百姓纷纷议论,满城风雨。美国之音也进行了报道,说戴笠先生的情妇许秋韵女士被公安局刑侦队长所杀。其实,经过调查,没有证据证明许秋韵是国民党军统局长戴笠的情妇,而是周荣鹤为了扰乱侦破视线,故意将外面的传闻带到专案组,以干扰侦破方向;刑侦队长也不是杀人凶手,而是破案的有功之臣;而真正的杀人凶手是时任分局团委书记的周荣鹤。

恐龙蛋，疯狂的焦点

西峡恐龙蛋化石群是大自然留给中华子孙的珍贵遗产，是无价之宝，是永远无法复制的稀世财富。作为龙的传人，历史赋予我们的责任，必须保护好这世界独有的文物资源，但是河南一个离休干部为了发财梦，竟然倒卖一窝九枚恐龙蛋，成了千古罪人。

西峡，豫西伏牛山皱褶里一个名不见经传的地方。

一位在西峡考察的南阳地质队的“老地质”，蓦地在路边发现乱扔的圆石头后，他捡了一块带回南阳地质队，请人鉴定，结果被证实为这就是稀世罕见的恐龙蛋化石。

精明自私的“老地质”，没有及时汇报这一重大发现，而是悄然返回西峡，对憨厚的山民慌称这些恐龙蛋化石是治病的“石胆”，怂恿农民去山里寻觅挖掘，以每枚1至5元的价格坐收渔利。在金钱的诱惑下，农民们四处寻觅，到处乱挖，孤陋寡闻的农民捧着稀世珍宝，像卖废铜烂铁似的，以最低廉的价格卖给了他，他又转手以高价卖给文物贩子，大发横财。

“石胆”是国宝的消息不胫而走，驻南阳的地质调查队员闻风而来，各地的文物贩子亦慕名赶来，大肆收购，从而引发了一场乱掘滥挖、抢购倒卖恐龙蛋化石的风潮。

老古董意识到赚钱的机遇来了

倒卖恐龙蛋化石的风潮，悄然刮到了河南省府郑州，引起了一位“老古董”的兴趣。这位老古董叫庄维民，是省贸易厅的处级调研员，平时喜欢摆弄些文物古玩，常常到文物小市场去淘些汉镜唐俑、宋器清瓷之类的古玩意，家里已收购了一大堆古色古香的小玩意。

1993年初春的一个礼拜天，庄老头又像往常一样，来到经八路古玩小市场遛弯儿，蓦地他在一堆小玩意中，发现一块巨大的鹅蛋形的大石头赫然其中。回头细瞅颇感蹊跷，玩了大半辈子古玩，怎么没见过这粗糙的大圆石？

那位农民装束的中年男子审视了他一下，神秘地道：“恐龙蛋化石。”

庄老头放下恐龙蛋，故意装着不在乎地样子问：“这石头蛋多少钱一个？”

“单个的450元，一对的600元。”农民边说边做着手势。

“这么贵！”庄老头吓了一跳。

农民用手捂着嘴神秘地说：“老大爷，你可不知道，这恐龙蛋是国宝，听说是1亿年以前的东西，稀世罕见。”

老头听罢心里咯噔一下，暗自思忖：看来行情还要涨。先买一个再说，但想想自己虽是个享受离休待遇的处级干部，但每月的工资加起来才五百多元，用一个月的收入买一块大石头，毕竟太贵，但他心里更明白这石蛋会为他生出更多的钱。于是，他狠狠地压价：“200元买一个。”

农民不屑一顾地道:“你根本不懂这玩意,现在上海单个的卖到1 500元,一对的卖到2 000多元。这已经算便宜了,要买就这个价,不买就算了。”

庄老头见对方寸步不让,知道这东西是值钱的玩意,又听说上海可高价出手,想到上海是自己的老家,何愁卖不出高价,便狠心花了450元买了单个的。但老头掂着石蛋担心拿不动,那农民答应送货上门。

在与农民返家途中,庄老头追根探源地问:“这化石是从什么地方弄来的?”

农民虽然穿着土得掉渣,但却有着商人的精明,摇摇脑袋说:“是山里挖出来的,具体是什么山不清楚。”

庄老头到家后,望着农民远去的背影,想到也许以后再也见不到这玩意了,便追上去大声叫住农民,又果断地买下了另一对恐龙蛋化石。

西峡:震撼世界的重大科学发现

15世纪前半叶,在德国南部普洛河斯、白垩纪晚期地层中,发现了第一枚恐龙蛋,轰动全球,为人类解开千古之谜找到了钥匙。在我国山东和广东南雄盆地,两处共挖出100余枚恐龙蛋化石,引起了世界的关注,至今,世界上仅发现报道了500余枚恐龙蛋化石。

而在西峡山区可能是我国目前发现的年代最早范围最广的恐龙蛋化石群。

中科院古脊椎动物与人类研究所研究员、国内研究恐龙的权威赵资奎教授立即率一批专家考察队,赶至西峡盆地进行实地考察。考察结果令与恐龙打了一辈子交道的老专家们激奋不已,西峡盆地恐龙蛋化石群分布面积达40平方公里,窝状分布,埋藏量达数万枚。其分布面积之广,数量之大,种类之多,原始状态保存之完好属世界罕见,举世无双。

赵教授用拐杖指着这块“风水宝地”,感慨万分地说:“这一发现对探索恐龙繁殖行为、生活环境和恐龙的起源、发展，以及对白垩纪中层的划分与对比，复原恐龙及时代的生态环境等，具有无法估量的科学价值。”

痛心，“恐龙部落”遗址惨遭蹂躏

西峡盆地发现恐龙蛋化石群的消息，经《人民日报》、《光明日报》、中央电视台、中央电台和美国之音、《朝日新闻》等国内外数百家的新闻媒介的传播后，轰动全球。西峡——这个深藏在豫西伏牛小皱褶里的小县城，顿时名扬世界，身价百倍。新闻媒介的大肆渲染，无疑为世界性的恐龙热推波助澜。广州、福建、上海、江苏、山东、河南、四川、湖南、湖北等各地的文物贩子闻风而动，蝇聚而来，他们以高价在民间大肆收购恐龙蛋化石，又一次掀起了乱掘滥挖，倒卖走私恐龙蛋化石的浪潮。

庄老头从《郑州日报》等报刊看到西峡发现世界上最大的恐龙蛋化石的消息后，兴奋异常。当然，他的兴奋不同于老教授们那种科学上重大发现后的欣喜，而是像金贩子发现了金矿后想暴发的疯狂。

1993年暮春的一天，庄老头乘出差之机，绕道而至西峡山区，凭着几十年对文物古玩的嗅觉，“不辞辛劳”地深入到大山深处，挨家逐户地探听恐龙蛋化石。“功夫不负有心人”，庄老头终于在一户山民家中，看到了一块70公分高的石盘上，浑然一体地镶嵌着9枚恐龙蛋化石，图案精致，浑然天成，实属举世罕见之珍品。老头以商人的精明，仅以600元，就从懵懂无知的山民手中骗到了这块国宝。庄老头又给了对方5元钱，让他将这块重达一百多公斤的巨石扛至五十多里远的县城招待所。当晚老头又打电话给女婿，让他带上蛇皮袋，连夜赶来扛回家。

这令人痛心的一幕，仅是倒卖、贩运大军中的一幕，更有甚者，驻南阳的地质调查队的队员，看到“美国正在寻找更为珍贵的恐龙胚胎”的消息时，竟然粗暴地用锤子敲碎浑然天成、次第有序的蛋化石群，使其科学价值一落

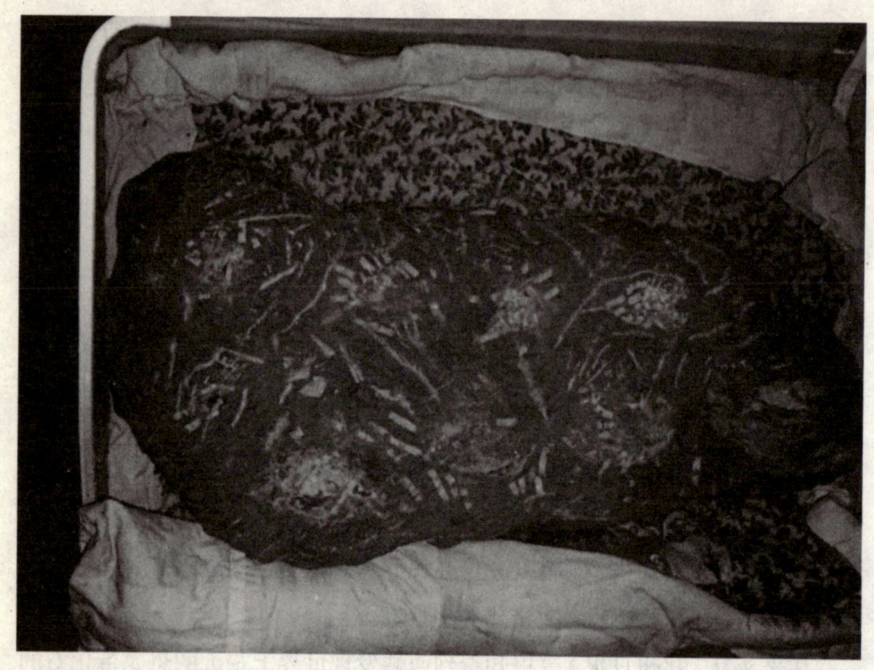

一窝九枚恐龙蛋

千丈，亦使我国寻找恐龙蛋胚胎的希望毁于一旦。

国家文物局副局长张柏听罢情况汇报，怒火万丈，一拳猛击茶几。

国家文物局当即与有关部门制定了一系列保护西峡恐龙蛋化石的有力措施，立即落实下去。在国务院领导的重视下，武警部队接令火速驻进西峡盆地，一场令世人咋舌、国人震惊的哄抢恐龙蛋化石的浪潮才得以遏制。

这些败家子，也得到了惩治。

寻找走私出境的“黄金通道”

春雨茫茫，像千丝万缕的银线，忙忙碌碌地为大地绣织鹅黄、浅绿的春装。庄老头踩着泥泞的小路，回到了阔别四十余年的故乡——上海嘉定县娄塘镇。尽管他身着笔挺的中山装，但还是有几分土气。许多邻居见了庄老头都“儿童相见不相识，笑问客从何处来”。

是的，年轻人当然不认识这位上世纪50年代初就远离家乡赴朝参战的老革命了，他在朝鲜战场上，冒着敌机的轰炸和子弹，冲锋陷阵，九死一生。他见到自己曾经苦恋过的女同学，更是感慨万千。女同学在家里谈完生活的不快，无奈地托庄老头：“庄处长，你在河南关系多，能否帮我儿子介绍点生意？”

庄老头拍着胸脯道：“小意思。”

老头天南地北、古往今来侃得天花乱坠，老同学的儿子徐永平听得一愣一愣的。

几天后，庄老头将初恋情人的儿子带到郑州，他悄悄地拿出了珍藏的恐龙蛋化石给小徐看，悄声对他说：“这东西值钱！”后又带他来到了女儿家，拉开了橱门让他看了一块大石头，神秘地告知他：“这块石头才是真正价值连城的稀世珍宝，里面嵌有9枚恐龙蛋，可以卖出高价。”

小徐被眼前这块奇石惊呆了。老庄趁着火候道：“你先带2对4只恐龙蛋化石回上海，找有钱的买主，最好是境外的买主。”

小徐用拉杆箱将恐龙蛋带回上海后，第一个想到的合伙人是生意场上搭识的杨建宝。此人家住杨浦区，娶了嘉定纺织厂的老婆后，借住在嘉定县300弄。通过几次来往，小徐发现杨建宝颇懂文物，见多识广，且善交际。于是，小徐上门找到了杨建宝，避开其妻，给他看了2对恐龙蛋化石。杨建宝果然颇懂行情，深知恐龙蛋化石在国内外炒得火爆，听说河南还有一块9枚的大化石，杨建宝贪婪地瞪着大牛眼道：“快！让他速拍成照片寄来，我来负责找境外人家（买主）。”

庄老头听到深夜门外有人敲门，有点纳闷，一问方知是小徐。赶紧打开门惊讶地问：“怎么这么快就回来了？”小徐告诉他：“找到一个朋友，他说能找到境外买主。”庄老头庄老头一听能找到境外的买主，顿时来了兴致，借了傻瓜机将家里所藏的恐龙蛋化石与那块一窝9枚的大化石都拍摄了下来。

第三天晚上，杨建宝看着一叠朦胧不清、灰暗模糊的照片后，喜不自禁。听说老头总共开价10万元，他只要2万元就可以了，杨建宝听罢更是欣喜若狂。

杨建宝兴致勃勃地来到住在静安寺的老朋友陈建民的家，一打听才知陈建民已东渡日本。杨根宝大失所望，但他在与陈父的聊天中，得知陈父亦爱做古玩生意，便将照片给了陈看父，托他帮助找买主。

陈父看罢照片，一口允诺，拍胸脯道："保证在几天内帮你找到境外的买主。"

保护好上帝的"恩赐"，是炎黄子孙的天职

在中国境内的西峡盆地发现了举世罕见的恐龙蛋化石群，实在是上帝的"恩赐"。这笔巨大的天然遗产是无价之宝，无法用金钱来衡量。但成千上万的蛋化石在金钱的诱惑下悄然消失，甚至流往境外，至今还有3l枚蛋化石结成一块的恐龙蛋化石不知去向！

黄土地在流血，中华民族在流血！罪孽啊！这是中华民族无法弥补的巨大损失，这是世代都不能饶恕的罪孽！

《人民日报》1993年10月15日报道："郑州市西史赵村农民李广岭收藏恐龙蛋化石二千多枚，有二十多个品种，大多出自西峡山区，创下了世界之最。"

新华社1993年6月6日电讯："来自中国境内的一个恐龙蛋化石将在美国接受最先进的高技术成像设备的审视……希望寻找更为珍贵的恐龙胚胎。"

河南省南阳市公安局组织精干力量进驻抢购恐龙蛋化石最烈的地质队追查，当场收缴恐龙蛋化石114枚；随之又集中力量打击了文物贩子和追缴恐龙蛋化石。仅4个月，就追缴了近300枚蛋化石。其中一次就缴获了120

多枚蛋化石。尤其令人欣慰的是：缴获了一块50公分见方的石盘，镶嵌着一个恐龙骨骼化石和3枚蛋化石，此石属罕见的稀世珍宝；另外，在西峡民间收回了散存于各处的恐龙蛋化石524枚，还收缴了一块很有科学价值的恐龙足迹化石和碎恐龙骨骼化石。

香港客开价45万买国宝

陈建民之父对杨建宝夸下海口之后，果然4天后就找到了香港买主王耀平老板。陈老头带着杨建宝来到了四星级贵都大饭店701房间。

王老板平头方脸，一身名牌西服，见了土不拉叽的杨建宝后，矜持地与他象征性地握了下手，便指指身边那位带金边眼镜，梳大背头50开外的男士介绍道："这位是我特意请来的文物专家潘教授。"

杨建宝小心翼翼地递上了恐龙蛋化石的彩照，潘教授定睛一看，两眼顿时发愣，虽然他见过不少恐龙蛋化石的资料照片，但眼前一窝9枚的蛋化石实属罕见。潘教授递给王老板一个眼神，王老板立刻心领神会，知道遇上了宝物，便指着大块恐龙蛋化石迫不及待地问："你准备要多少价？"

"40万。"杨根宝小心翼翼地说。

"好的。"王老板痛快地吃了下来。但坚持不收小的。

"那我就另找买主了。"杨建宝欲擒故纵。

经双方讨价还价，最后王老板一锤定音："45万全部吃进，再高我就不要了。"

临别，双方约定明晚7时在饭店的大厅里碰面。

翌日下午6时许，王老板就与潘教授早早地来到了饭店大厅，然而过了7时，不见杨建宝的身影，他俩大失所望地返回客房。

王老板满腹狐疑，不知那个环节上出了事。第二天一早，他就给介绍人陈老头挂了电话，结果陈老头也一问三不知。

原来，杨建宝找到买主后，急不可耐地找到小徐，催他火速去河南郑州取货，当晚两人便星夜兼程，直奔郑州。

庄老头将他俩先领回家中，先给了他们一对半3只恐龙蛋化石，提醒说："加上上次给的，共三对半7个蛋化石。"

小徐点头称是，杨建宝却坐不住了，插言道："那照片上9个蛋在一起的在哪里？"

老头毕竟比较老到，他趁杨建宝去厕所之际，警觉地问小徐："这个人可靠吗？"小徐拍着胸脯保证说："庄叔叔，你放心好了，绝对可靠！"

他们随庄老头来到他女儿家。杨建宝一见到那块一窝9枚的恐龙蛋化石后，牛眼愣愣地盯视良久，用双手一提，"啊哟！"根本抬不动，便叫小徐来帮忙一起抬，结果费了牛劲才抬起。

杨建宝担心地说："这么沉，怎么拿到上海去？"

但想到自己可以独吞近40万，便下决心一定要扛回去，即使累趴下也在所不惜。

于是，他们两人匆匆出门到百货店买了只带滑轮的大旅行箱，来到庄老头家小心翼翼地将一窝九枚的恐龙蛋装进了大旅行箱里，他俩用一块大被单包住大石块，庄老头又找出外孙女用的破被子，垫在外面。他们抬着它马不停蹄地返回上海。

他俩千辛万苦地扛回家后，已累得贼死，但杨建宝又担心因自己的失约，港客一气之下一走了之，便急匆匆给贵都饭店701客房挂电话，果然港客走了。但他不死心，立刻又给介绍人陈老头挂了电话，焦急地问："那两位香港人到哪里去了，怎么打电话一直无人接？"

陈老头反过来责问道："你让对方白等了足足4小时，人家生气了。"

杨建宝一听脑袋如炸开了一般，闷了，急切地问："那他们人呢？"

陈老头放下电话，立即给王老板挂了电话。王老板一听卖主又出现了，当即约定，明天下午2时在五星级锦沧文华大酒店701房见面。

放下电话，王老板也长长地呼了口气，因为他也同样担心这块将要到嘴的“大肥肉”突然丢失。

北京：震惊世界的重大科学突破

1995年3月中旬，北京大学生命科学院院长陈章良院长向全世界自豪地宣告了一个震惊全球激动人心的消息：北京大学生命科学院的一批青年科学家，从一枚特殊的恐龙蛋化石中获取了6个恐龙基因片断。

真是歪打正着！《人民日报》曾报道在郑州开了恐龙蛋展览馆的蛋化石大王李广岭，他无意间为重大的科学发现立下了奇功。一天，他在西峡农民手中，蓦地见到了一枚摔碎了的蛋化石。嗜蛋如命的蛋大王惊奇地发现这个蛋化石与众不同，别的蛋都是沉甸甸实心的，而这个蛋化石竟然摔破了流出黏糊糊的液体。他深知这块石与他见过的各种奇形怪状的蛋化石不同，别的都是形状各异，而这个蛋的内核有别于其他，立刻意识到这块蛋化石的特殊价值，高价买下这个蛋化石，七转八拐地转到了北大生命科学院教授张昀的实验桌上。张教授小心翼翼地提出少量黏糊糊的絮状物，放在电炉上烧灼了一分钟，局部焦化，测量一下，烧失量为19.39%，这说明絮状物内有水分和

嫌疑人徐永平

嫌疑人杨建宝

有机物。一个在地下沉睡了7000万年的恐龙蛋化石竟然还有生命信息，这实在是旷世奇迹，是科学上的天方夜谭！

张教授紧捏记录数据的纸片，欣喜若狂地冲进陈章良院长的办公室。陈院长听罢汇报，敏感地意识到这是历史给中国一个千载难逢的机遇，当即表态拨出10万经费全力以赴攻关，又立即组织了13位专家投入这激动人心的研究。

为了科学实验不受干扰地顺利进行，为了震撼世界的科学突破，科学家们封锁消息，夜以继日地躲在实验室里拼搏了两个月，终于发现恐龙蛋中的DNA，获取了6个恐龙蛋基因片断，为解开千古之谜迈出了关键性的一步。这一重大发现具有巨大的科学价值和深远的历史意义。

稀世珍宝，在出境前截获

初冬的上海，路边的悬铃木在寒风中发颤，残叶似金色的蝴蝶在路边翩翩飞舞，煞是好看。

1994年12月4日下午2时，杨建宝应约准时来到锦沧文华大酒店207房间。他发现潘教授不在场，便机警地问："潘教授呢？"

王老板漫不经心地说："老等你不来，家里有点急事，先回去一趟，我已经通知他了，今天就飞回上海。"

王老板边说边打开保险箱，让他看了里面的人民币。

杨建宝一见这么多的钱，一阵狂喜。王老板话锋倏地一转，突然问道："货是从哪儿来的？"

杨建宝知道生意场上不该问这些，但为了将手上的货早日脱手，便随机应变道："是河南西峡一位农民到安徽一个市场倒卖的，被当地工商局查获后，工商局长私吞了，托我找买主的。"

"噢！原来如此。"

杨建宝提议说："我们明天到嘉定去看货，潘教授能赶到吗？"

王老板说："潘教授今晚就可以赶到，这问题不大，问题是我们人生地不熟的，到你们那里安全吗？"

杨建宝拍着胸脯打保票道："王老板请放心，我岳父是嘉定警察署的署长，他与法院刑庭庭长是老朋友，绝对不会出事的。"

第二天早晨8时许，杨建宝带来了小徐，对王老板介绍说："这是一起去取货的铁哥们儿，绝对安全。"

寒暄一阵后，王老板、潘先生与他俩下楼，拦了辆出租车直奔嘉定，车至武宁路桥时，杨建宝突然惊慌地大叫："停车！停车！"

车尚未停稳，杨建宝拉着同伙小徐便急匆匆跳下车。杨建宝见香港客不知所措，一脸的茫然，便慌张地告知对方："我们被跟踪了，快跑！"说罢便如受惊的兔子飞奔而去，须臾消失在大楼后面。

王老板与潘教授听罢也如惊弓之鸟，作鸟兽散。

几小时后，杨建宝打电话责问王老板："怎么回事，我们被跟踪了。"

王老板如坠五里雾中，反问对方："到底怎么回事？我们被你弄得莫名其妙。"

杨建宝见对方不知所以然，便神秘地告知对方："我在上锦沧文华大楼前，悄悄地记下了周围几辆车牌号码，结果车至武宁路桥时，我从车子反光镜里突然发现跟在后面的那辆车牌号与我记住的一致。"

王老板一阵愕然，大惊失色地问："真有这事？"又责怪杨建宝道："是不是你取货时不慎，被人发现跟踪了？这可要慎重，否则，破财不算，还要吃官司的。"

王老板心有余悸地说："先看看风头，过几天再定。"

杨建宝怕夜长梦多，焦急万分地熬了一周，再也等不下去了，又急切地找陈老头，让他们再定地方，双方一手交钱，一手交货。

王老板见没什么动静，便于12月19日上午9时，在和平饭店与杨建宝碰头。但王老板魂不守舍地东张西望，一会儿提出不安全换地方，一连换了三次，最后在外滩的塞纳河咖啡馆才算静下心来，最后决定12月24日上午11时半，在沪纺大厦602号房间一手交货，一手交钱。

"一言为定！"双方满意地握手话别。

杨建宝又在急切地等待中煎熬了5天，12月24日总算到了，杨建宝为了独吞巨款，支走了小徐，拉老婆前来做搭档。

他俩抬着沉重的箱子，拦了红色桑塔纳"的士"，车到沪纺大厦，杨建宝与老婆又搬下沉甸甸的箱子，气喘吁吁地扛到了602房间。

"验货吧！"杨建宝喘着粗气，大汗淋漓，也顾不上擦，打开了箱盖。

戴着金边眼镜、颇为文人气质的潘教授不紧不慢，一件一件仔细端详，尤其是那个一窝9枚的蛋化石，老教授更是手摸细瞅，结果他抬起头来，对王老板满意地说："这15个恐龙蛋货真价实，可以放心买下。"

王老板听罢，走到窗前，拉开厚厚的窗帘对潘教授道："你看清楚了吗？光线这么暗，再仔细看一遍，45万元哪，不是闹着玩的。"

潘教授自信地点点头。杨建宝见状高兴地等他们一手交钱时，门被猛地撞开了："不许动！"随声呼啦啦一下子冲进了9名持枪的男子。

杨建宝夫妇顿时脸色苍白："这是怎么回事？"

一位国字脸的男子从内袋里掏出了上海市公安局的警官证，对他们说："我们是公安局的，你们倒卖国家一级文物，被逮捕了。"

杨建宝顿时愣住了，他的妻子哭着对警察说："我不知道这是文物，我是被老公叫来帮忙的。"

"进去再说。"公安人员给两个倒卖文物的人铐上了锃亮的手铐，押上了警车。杨建宝幻想的发财梦，在尖厉的警报声中彻底幻灭了。

不久，同伙小徐、庄老头也先后落网。

杨建宝望着铁窗外的残月，反复琢磨，还是弄不清到底是哪个环节上出了纰漏，至今还蒙在鼓里，他哪里知道这两位香港客就是上海市公安局静安分局派出的"角色"：王老板是侦查员，潘教授系上海自然博物馆的文物专家。

经国家文物鉴定委员会鉴定：一窝9枚恐龙蛋相当于国家一级文物，6

枚相当于国家二级文物；一枚相当于国家三级文物。

1995年8月7日，上海市中级法院对这一宗倒卖恐龙蛋化石案作出一审判决，以投机倒把罪判处庄维民有期徒刑5年6个月，并处没收个人财产2000元；徐永平、杨建宝各被处徒刑5年，并处没收个人财产1 000元。缴获的5件16枚恐龙蛋化石予以没收。

经国家文物局批准，西峡将建立世界级恐龙蛋化石博物馆，上海收缴的5件16枚恐龙蛋化石将回到恐龙的故乡——西峡盆地。

西峡恐龙蛋化石群是大自然留给中华子孙的珍贵遗产，是世世代代的无价之宝，是永远无法复制的稀世财富。作为龙的传人，历史赋予我们责任，必须不惜一切代价保护好这世界独有的文物资源，否则，我们就上无以对苍天，下无以对子孙，成为千古罪人！

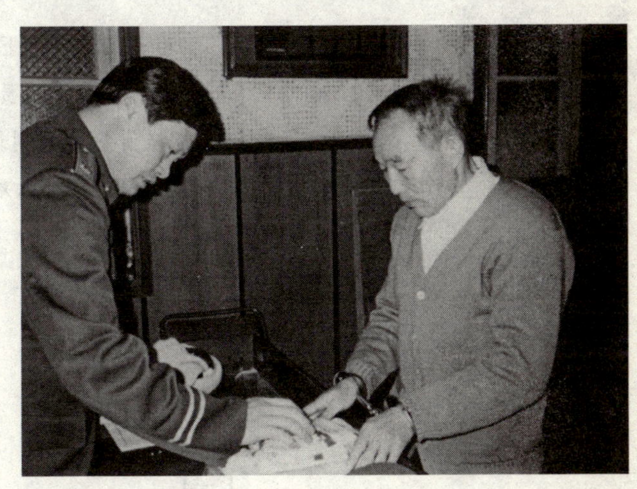

嫌疑人庄维民

韩国人被害案中案

这个案子发生在上海,盗枪在云南,案犯却在沈阳擒获。侦查员们经过500多个日日夜夜艰辛侦查,从南到北穿过了整个中国,七下云南,破得实在是太艰难了。

(一)

1995年11月23日,是上海市公安局刑侦总队副总队长王军的43岁生日。忙碌了一天准备下班之际,他想到部下跟自己没日没夜东奔西走了多年,便有一种想与他们喝杯酒叙叙衷肠的强烈愿望。于是,他抓起电话给涉外的三支队队长凌致福、大案支队的刘道铭等老同事拨了电话,约上副支队长、探长一起到食堂里小酌一番。王军知道酒和烟对身体不好,但它们却是侦查员须臾难离的两件宝。破不了案就抽闷烟,抽得雾烟瘴气;破了案就大杯喝白酒,喝得热血沸腾。

刚和患难与共的同事们碰杯换盏之际，王军身上的手机突然响了起来，他预感到可能又发生大案了，一接电话果不其然，长宁区虹桥宾馆发生涉外凶杀大案，正巧三支队长、探长们都在，案情是命令，大家立刻停杯放箸，拉响了警报直奔发案现场。

一行人风风火火地来到虹桥宾馆1408房间的发案现场，只见一男子满身是血地倒在电视柜旁，客房的大玻璃被砸碎。死者的双手、双脚均被黄色的封箱胶带缚着、嘴巴也被牢牢封住。侦查员翻看了死者的住宿登记表，得知死者叫李相奉，35岁，是韩国三湖物产株式会社食品事业本部综合研究所的代理。

血案惊动了上海！上海市公安局常务副局长易庆瑶、副局长毛瑞康、刑侦总队长张声华先后赶到现场；上海市委、市府的领导闻讯后也来电关心询问。

总队刑科所的痕迹专家明德茂赶到现场后，经仔细勘查，他在现场找到了一枚弹头、两枚弹壳、四发子弹。经验丰富的老明从弹壳底部的编号断定：犯罪嫌疑人用以杀人的手枪系五四式，是云南登记在册的枪支。

老明又在大楼消防楼梯门上发现多处血迹，12楼把手上还留下一枚血掌纹，楼底有分布广泛的玻璃残屑。

上海市公安局立刻给云南省公安厅去电，请他们协查枪支号码。很快云南省公安厅来电告知，这支编号的枪是二年前云南德宏州潞西县轩岗乡党委副书记丢失的枪支。

侦查员从总服务台了解到，与李相奉同来的还有一位旅行社导游裘小姐时，便去电将她找来。裘小姐赶来后，惊恐地介绍道：客人是今天上午10时30分从韩国抵沪的，由她去虹桥机场接机，12时左右，裘小姐陪李到宾馆办理了住宿登记，一起用了午餐，又陪他去了外滩拍照游玩，大约4时一刻在上海大厦门口为李叫了辆出租车，让其单独返回宾馆。

李小姐还回忆道：李相奉携一只古铜色小型密码箱，还有一架尼康相机。与他一起用餐时，看到他随身携带的钱包里有不少美元和韩币，具体数目不清。

从现场勘查情况来看：那只密码相、照相机和大量现金已失踪，死者口袋里也一无所有，连护照也不翼而飞。据此，侦查员断定：作案者系为财而来，作案性质系持枪杀人抢劫；作案时间确定为23日下午4时40分至5时5分之间的25分钟内。

现场勘查访问结束后，侦查员在宾馆召开了案情分析会，大家七嘴八舌，各叙己见，儒雅的沪上名探、刑侦总队长张声华却一言不发听大家众说纷纭。在详尽听取了各路侦技人员的汇报和意见后，他看着笔记本条清缕晰地分析道："此案看来非职业杀手所为，因为职业杀手决不会使用射击时反复卡壳的劣质枪支，况且职业杀手作案也不会与被害人交谈，更不会徒手搏斗；从被害人财物被洗劫一空来看，此案的性质可定为杀人抢劫，而且流窜作案可能性较大，因为案犯与被害人交谈过，说明案犯懂朝鲜语，所以作案人不太可能是上海人，可能是东北的朝鲜族人或懂朝鲜语的汉族人。"

房间里鸦雀无声，烟雾缭绕，唯独张总队长不抽烟。他慢条斯理地分析，切中要害，点到穴位，使大家佩服，使人颇受启发。最后，张声华总队长根据被害人到上海后活动均坐出租车却被案犯跟踪，案犯作案后又坐出租车逃离现场，为了清洗血迹可能再到旅馆去等情况的推断，要求大家从寻访本市出租车与旅馆为重点，同时又要求老专家明天直飞云南枪支失窃地，查清失窃的枪支是否是凶手所使用的枪支。

这里还有个插曲。说来可谓是无巧不成书。侦查员从宾馆的登记本上又发现了1419房间，11月21日入住过一位与被害人同名同姓的韩国商人李相奉，11月22日退房离沪前往湖北黄石。不但同名同姓，服务员反映，他们的年龄外貌和身材似乎都相像，这样的巧合确实罕见，侦查员想到了会不会是杀手杀错了对象？

面对如此多巧合，王军决定派探长顾智敏与侦查员顾崧明天飞赴湖北黄石，对与被害人同名同姓李相奉开展调查。

侦破案件的前提是首先明确案件的性质，然而根据其性质再制定侦破方向。如果判断不准，侦破方向就会错，结果只是劳而无功，贻误战机。现在案情已清楚，接下来是布置侦破方向。

(二)

不知不觉东方已露出曙光，大家虽然一夜未瞌眼，但神经异常兴奋。吃早餐前，根据张总的布置，王军决定兵分四路对本市进行大海捞针式地模排细查：一是在案发宾馆周围走访，了解经常与韩国人接触的辽宁、吉林、黑龙江人，尤其是朝鲜族人，逐个摸底；二是在全市出租车行业发动排查，要求每个出租车司机回忆11月23日这天是否曾尾随他人出租车至虹桥宾馆，当天下午5时许是否载过从虹桥宾馆出来身染血迹的可疑对象；三是在全市宾馆、旅社大清查，要求摘抄11月22、23日全部住客的名单，重点是东北人；四是对现场遗留物黄色封箱胶带进行鉴定调查，查明它的生产地。

侦破方向虽然明确了，但若大上海有成千上万的宾馆旅社，有3万多辆出租车，靠三支队的现有人手查一个月也来不及，破案讲究的就是“准、快”两字。好在刑侦系统有一套网状机制。第二天总队立刻召集了全市各区、县局刑侦队长会议，把要求迅速布置下去。如有线索立刻向设在市公安局指挥大楼1301室“11.23”指挥部汇报。

各分、县局的刑侦队长会后雷厉风行地展开调查。三支队则在年过半百的凌支队长的率领下重点调查黄色封带和前科人员。各分、县局协助排查出租车和住宿情况。一张大网撒了下去，很快就收了起来，其结果是：

一路侦查员排出了虹桥宾馆周边地区经常与宾馆内韩国人接触的东北籍人数人名，经逐一摸底结果全部排除了嫌疑；同时，重点摸排了宾馆开业以来共被开除的员工计21名，经核查无一人具备作案时间，又查遍了宾馆数百名员工，无一人与云南枪支失窃地有任何联系，对100多名长包住宾馆人员排查，也全部予以否定。

另一路侦查员化了约一周时间，查遍了全市各出租汽车公司3万多辆出租车，结果没有一位司机反映在案发时间接载过身染血迹的疑犯，也没有司机尾随他人出租车去过虹桥宾馆。

还有一路侦查员访遍了上海生产黄色封箱胶带的产地，还去了浙江义乌、昆明等批发市场，取回的197种胶带，经鉴定都不是现场遗留物，通过采用ATR红外谱图像和电镜检测，竟无一种与遗留物吻合，最后技术人员断定现场的遗留物系三无产品。

几条线索经过昼夜奔波，一一被否定，最后就集中到清查全市宾馆、旅社上来了。3个探组的侦查员白天在外四处奔波，晚饭后全部集中到指挥部1301房间，王军听取各路走访的汇报后，与大家一起讨论分析，再布置明天的任务。之后，大家把分、县局收集上来的住宿登记从11月22日至23日在上海住宿的客人名单一一制作成卡片，每天工作至凌晨一、二时才回家，有的干脆住在办公室。约化了20天的时间，共制成14 659张卡片，全部输入电脑，以便随时抽查。同时，对数百个外地住宿怀疑对象一一发函，请求当地公安帮助排查。

数字是枯燥乏味的，但这些数字背后却凝聚着侦查员们所付出的心血和无数个不眠之夜。只有干侦查这一行的人才真正能体会到其中的甘苦和侦查员的家属所做的牺牲。

近一个月下来，上海方面经过了地毯式的疏篱子，结果是一无所获，侦查员们颇感沮丧，王军内心其实也着急和烦躁，但他不能表现出来，如果一个指挥官都没信心，那部下怎么还会有信心呢？多年的破案实践，锻炼了他战胜各种困难的意志，也坚定了他一定能破案的自信。

在没有线索走投无路的情况下，市局刑侦总队又召开了两次区、县局长、刑侦队长、治安科长会议。刑侦行家们经过反复讨论后一致认为案件的突破口应该放在云南失窃地，必须先查出盗枪者，由枪查人员；二是在发案前后重复留宿上海的外来人员。鉴于外来人员流动量过大和流窜作案的性质，仅靠上海一家破案难乎其难，必须走大刑侦之路，依靠全国各地的公安部门协同作战。

王军副总队长受张总队长的委托，带上材料飞到北京向公安部刑侦局局长卓枫汇报了案情和设想，请求部里支持。刑侦局长听了汇报后，非常重视，同意召开全国部分省市刑侦部门领导参加的专案侦察会议。

12月15日，京、、辽、青、黑、滇等16省市公安刑侦处长、技术科长群贤毕至云集上海，在公安部刑侦局领导的主持下，王军向与会者汇报了案情，分发了协查人员名单，各路刑侦专家畅叙高见，提出了诸多新思路，大家一致认为破案的重点仍是失枪两年后的这把杀人手枪，由枪查人是唯一选择。

各路刑侦专家又走访了现场，最后王军将心中的疑问向全国刑侦专家、公安部刑侦局大案处处长乌国庆老师和盘托出，王军指着床上的一块血迹问他："这是怎么形成的？"乌老师反复观察后，一语惊人："这是作案者将手枪放在床上形成的。"他的这个判断在案犯抓住后审问中得到的印证。大家打心眼里佩服乌老师的细微观察力，事后有人问他这神来之笔是如何来的，乌老师笑曰：经验和感悟。这是外话。

（三）

此次全国刑侦专家诸葛亮会后，总队决定移师云南。根据专家明德茂云南回来后确定的失枪地，王军带领三支队副支队长毛立章、探长顾智敏于12月16日飞至德宏州潞西县轩岗乡。当地的公安部门很热情地配合工作。县公安局迅即召回了二年前参与破案的人员，因为当初负责破案的所长和人员大多已调走，连破案的材料也在一次大火中被付之一炬。

侦查员首先向失窃者轩岗乡原党委副书记李发宗了解了失枪情况。他也因丢枪过失被撤职调至县城。老李向人家回忆了二年前丢枪的经过。那是个秋高气爽的秋夜，那天参加派出所组织的抓赌行动，至深夜12时回到家后，因为疲惫，随手将五四式手枪挂在了靠窗不远的墙上的铁钉上，一觉醒来后才发现枪支丢失，怎么也找不到，后来组织了人员全力侦破，最后分析是报复作案，因为工作关系得罪人多，定性为故意报复。结果久侦不破，一直悬而未决。

王军听罢要求亲自去现场观察，去老李家时，发现他的家是在乡政府的大院内，且又是最后一排房屋，走进去有一段很深的小路，直觉告诉他不像外来人口作案，一定是熟悉地形的人干的。来到那间失枪的卧室，侦查员仔细查看了挂枪的钉子周围，至今还遗留有划痕，根据推断这是偷枪者用竹竿伸进来钩枪时留下的痕迹。卧室在一楼，窗口也不高，窗外有坐破败的围墙，墙后是一片农田和大山，山上是景颇族的寨子，窗下有个小坡，从通往寨子的小路上很难发现窗前的小坡。

据丢枪者老李介绍，当初窗外有根丢弃的3米长的竹竿，追查是谁家的竹竿一直无人承认。当初怀疑是这排房屋第一户人家的，但该户矢口否认，调查后排除了作案的可能。老李还说当初乡政府大院30来户人家现在搬走了不少。

侦查员综合现场勘查和访问知情人后，得出了是顺手牵羊的盗枪案，对象是本地人，且有盗窃劣迹的结论。其理由是：老李平时枪都放在枕下，只是偶然一次深夜挂在墙上，报复者不可能知道老陈就这一晚枪挂在墙上；其次是这条路外人不熟悉地形一般不会深入至这幽深的小路。为此，王军决定改变侦查方向，围绕有盗窃劣迹的本地人开展调查。

在当地派出所的积极配合下，根据年龄段的劣迹人员，一共排出了数百来人，侦查员认为山寨里的人是重点，因为只有深夜山寨的人才走这段小路，回寨子路过此窗口时发现墙上有枪顺手用竹竿挑走的可能性颇大。当地派出所的同仁告知，这山寨的人很厉害，有次外地检察院的人没有打招呼直接进寨子里抓人，结果被一帮寨里的人用锄头、农具团团围住，结果只得放人悻悻离去。

争取老百姓的支持是中国破案的特色，也是破案的关键所在。为了能得到当地村民的支持和协助，在当地派出所所长陪同下，王军特地去拜访了山上景颇族山寨的村长和山下傣族村的村长，他言辞恳切地向他们介绍了案情，强调了破案的重要性，同时又请他们一起喝了酒，当地喝酒用的是大粗瓷碗，大家真诚地向村长们敬酒，表示添麻烦了。为了破案“宁伤身体，不伤感情”地一饮一大杯，对方见上海侦查员如此怀有诚意，酒过三巡之后，便拍胸脯保证道：“王总队长，如果需要我们帮忙，只要你一声吆喝，不管抓谁，我来带路，保证你不会有麻烦。”听罢，王军一仰脖子又是一大杯“咕嘟咕嘟”一饮而尽。没想到那地方土酒后劲特厉害，王军回住处头晕得天旋地转，吐了一地，直到第二天中午才从昏睡中醒来，虽然人难受，但心里却踏实了许多。

侦查员们住在当地县公安局的招待所里，条件很简陋，没有洗澡间，公用厕所臭气熏天。这些都无所谓，最困难的是每天出去走访交通不便，一走就是大半天，时间都浪费在路上。当地派出所很热情，把所里唯一的一辆五六十年代上海早已淘汰的三轮摩托借给他们，这破车真可谓是“懒驴上套屎尿多”，不是发动不起来，就是半路熄火。一路风尘东奔西窜，有时熄火只能下车人推车、有时下雨，泥泞小路“步履蹒跚”，还溅了一身泥。在华侨农场和山上山下排出了上百个怀疑对象，逐一排查。靠这辆破车帮忙，带回对象，在山上派出所的破房里连夜审讯，还常常停电，只能点上蜡烛作笔录。还有一个令人头疼的问题，当地的土话上海人一点也听不懂，简直比英语还难懂，好在有专人陪同，又当司机又做翻译，没日没夜令人感动。

由于长期白天黑夜连轴转，加上吃不习惯，当地的菜辣得受不了，有时只能买方便面充饥，吃得上火便秘。这时，王军副总队长最先发起了烧来，毛立章第二个发起烧来，后来顾智敏也发烧了，烧到39度多，白天到医院吊盐水，吊好了坚持走访排摸。三人带病奔波，大家的工作劲头和吃苦精神令当地公安同仁深深感动。他们说没想到养尊处优的大城市人还这么吃得起苦。

通过近一个月的深入调查，对住宿名单、封箱胶带、贩毒、盗窃上百名对象逐一排查，结果大多被否定，还有几名对象不在本地，难以查实，尤其是一位重点贩毒贩枪对象颇为可疑，但他已出境去了缅甸。无奈，侦查员们请求当地公安布置了力量，一旦发现他回来立刻扣押。上海警方从当地带回了894名失枪期间到过当地或与当地有密切联系的各省、市人员名单，以便回上海后分头查证。

(四)

回沪后，专案组虽立足云南，但没有放弃上海本地的调查。对本市作的1.4万多张外地住沪和云南带回的怀疑对象名单一一发函请求各地同行协查。数百封信雪片般地飞来，但都一一被否定。云南方面迟迟没有消息。

案件暂时挂了起来，但“11.23”案子一直是大家最牵挂的案子，侦查员们不言放弃，始终关注着案件的进展情况。

第二年的8月下旬，云南警方传来令人高兴的信息，告知有一重大嫌疑对象。王军听完汇报后立刻令毛立章与顾智敏探长率员第二天飞赴云南。

经侦查，嫌疑人谭某系个体户，常到乡政府玩，有赌、嫖恶习，债台高筑。其妻子与枪主妻子系同事，两家关系比较密切，后嫌疑人因违法行为被李发宗处理，遂怀恨在心，有报复李的动机。正巧嫌疑人在李发宗失枪后突然失踪去了缅甸。谭曾扬言自己有把枪，还托人帮买子弹。在调查中还发现谭有一位华侨农场朋友在上海案发期间两次来沪，并托人去取一个用布包着的密码箱。王军听到电话汇报后，兴奋不已，下令不惜一切代价要抓住他！毛立章副支队长与当地警方深入到缅甸境内。对象在大盈江深山老林里做木材生意，其木材场在山下深谷中，内有大象出没，天热39度，进去要打预防针，他们准备以做生意之名设计请君入瓮。9月2日，谭不请自入终于在中缅边境的拉咱被查获。连夜对谭的强化审讯，一连审了五天，这块硬骨头才开口，但在关键时间段里，都有数名证人证实谭无盗枪时间；上海发案期间，也无谭的熟人滞留案发地，农场朋友的那只密码箱是棕色的，与死者箱子的颜色不一样。至于枪与子弹，谭说是自己吹牛，因为常在外奔波，想吓吓人壮壮胆。子弹确实帮人搞过，都给境外商兵，用来换木材指示……

王军接到毛立章的电话后，大失所望，怅然若失，但他还不死心，为确保万一，决定将对象带回来审讯。

对象一到上海连夜审讯，结果一切均被否定，侦破更陷入僵局。10个月悄然过去了，专案组尽了最大的努力，还是劳而无功，大家身心都疲惫了，但张总队长对大家说，不能放松吸气，一定要咬住不放。专案组分析案情时，首先鼓舞士气，再研究决定，扩大侦查范围，从旅社住宿人查起，再度大海捞针。9月26日，专案组成员由毛立章带队，第四次赴云南。

与当地警方交流分析后，决定以失枪地为中心，扩大辐射范围和时间，再次调查失枪时间前后到达该地周边地区的外省人员。由于二年前住宿登记不全，难以使侦查工作做到百密无疏，四处奔波了一个月后再次无功而返。

毛立章等一行拖着疲惫的身躯打道回沪，尚未消除疲劳，10月底，云南警方又传来一条发现一名重大嫌疑的信息。据当地羁押场所的一名在押犯严某揭发：当地有一位赵医生，嗜赌成性。有次严某上门讨债，无意中从赵医生的枕头下摸出一支手枪，正好奇地端详时，赵医生进门见状一把夺回手枪，神色严厉地说："危险！里面有子弹！"说罢又叮嘱万不能说出去。否则要坐牢的。枪是什么型号严某一无所知，几经辨认，严某指认为"五四"式，同时，严某还见过赵的儿子曾玩过一个照相机，而赵医生又恰恰是曾在失主李发宗家帮过忙的女孩的亲戚。王军听到这个消息后，像注入了兴奋剂一般的激动难抑，看看毛立章因为长期在外，人折腾得又瘦又黑，心里很痛惜。30多岁的顾智明从云南回来不久，几天后突然中风，幸亏及时抢救活了过来，但已瘫痪在床，连话也不能说。王军知道这是积劳成疾的结果。但为了案子只有请毛立章再次出马。

毛立章闻讯也欣喜若狂，顾不得疲劳又率员五下云南。

经侦查，失枪时间与赵医生藏枪时间吻合，医生又具备进入现场的条件，因他系少数民族，又是人大代表，但为了破案，我指示毛立章，边侦查边履行法律手续，不要打草惊蛇。

几经周折，查清了赵医生的枪是向境外商人借的，赵携枪出境时被境外武装势力没收，几经辗转，枪又回到了枪主手中。毛立章一行与云南警方一起又到畹町市，通过多方关系，以做生意为名，诱嫌疑人返回境内。经核实枪支，该枪号虽是“五四”式，但无枪号，上面只有“W”记号。同时也查明赵儿子的照相机系其姐男友寄放的，型号也是尼康。

那天晚上通话时王军了解到这一令人沮丧的结论时，他放下电话愣了很久，一次次的希望，一次次的失望，难道凶手真的变成鬼找不到了吗？每遇这种关键时刻，他都提醒自己，成功往往孕育在无数次的失败之中，一定要坚持顶住，只有指挥官充满信心，不气馁，手下的干将才会不失望。

（五）

转眼已到了新年春节。在新年招待会上韩国驻沪总领事见了上海市公安局长问起此案，他内疚地说：“正在全力侦破。”

张总队长接到朱局长的催问电话后，实在是无颜见领导，更无颜向被害人家属交待。这个悬案成了总队的心病，也成了三支队的心病。

那天，三支队队长凌致福来到王军的办公室，他们又老声常谈起这个悬案。老凌将自己琢磨了长久的想法和盘托出：“在云南边陲这个贩毒猖獗之地，一般的毒贩为了自我保护，都购枪对付警察，会不会盗枪者是毒贩子。”这话正中王军的下怀。张总队也同意他们的分析。

5月初，年过半百的老将凌致福恳求亲自出马，想到瘫痪在床的顾智敏，王军担心起他的身体能行否？他一拍胸脯吟词道：“廉颇老矣，尚能饭否？”那种辛弃疾的豪情与不服老的精神打动了王军，他果断地紧紧握住老凌的手，千言万语凝缩成三个字“多保重！”

5月7日，凌队长率技侦人员六下云南。

老凌来到轩岗与当地警方谈了侦破新思路，对方豁然开朗，把警力重点投入至缉毒案中。5月18日，当地县局缉毒大队在侦破一起毒品案件中，获得了重要线索。据情报反映："有一位准备贩毒的对象，曾在1994年贩卖过枪支……"

"枪！"立即触动了侦查员敏感的神经。当地徐安局长果断决定，先破枪案，为上海警方破案提供条件。据情报反映该枪是从轩岗方向卖出，后经一境外人卖给了一个外省人。侦查员咬住线索顺藤摸瓜，获悉境外买枪人叫张金绍。此人出境做生意，于几年前举家迁至境外，定居澡塘河。经过深入侦查，了解到张金绍社会关系复杂，枪、毒均染手。

毛立章与当地警方冒充商人出境来到缅甸，翻山越岭时，正巧缅军在调房，很危险，他们躲过了一批批当地武装人员。当地派出所长生怕他们出事赶紧找来，一起以购枪为名设计将张金绍诱骗回境内。但老奸巨猾的张金绍虽对枪支生意颇感兴趣，但却不轻易表态。暗中他却派人入境摸底，以探虚实。

5月18日后一直杳无音讯。一晃十多天过去了，三位队员因水土不服病倒了。5月23日老凌送他们回上海时，王军打电话让老凌也与他们一起回上海，但他坚持再留二天。果然似有神助，5月24日，张金绍答应入境交易。一入境就被警方擒获。

立即审讯，张却抵死不开口。几经交锋，张金绍终于架不住警方的凌厉攻势，交代出枪是花2 500元从潞西风平乡别村公所老光寨人郎小四手中买的。后又以3 500元人民币卖给一位东北人，具体姓甚名谁已记不清了。但有名片放在畹町住处。

专案组立刻兵分二路。一路迅即密捕郎小四，一路至张金绍家找购枪者名片。

先说专案组随张金绍来到其住处，搜查到了两张名片。名片上印有许庆国的名字。一张名片印有沈阳沈河区友好大街5号的住地和电话，一张名片印有山东韩国公司翻译，真是上苍助我也！终于露出了破案的曙光。

另一路擒获郎小四后，郎小四先是撒谎乱编故事，最后如实招来：枪是1992年11月27日晚，郎小四送女友回她叔叔家返回途经轩岗乡政府院小路时，大约11时，见有一户人家灯还亮着，窗户没关，他就转回去看看有什么东西可以偷。当他发现墙上挂着一支枪时，兴奋不已，就地取材找了根3米长的竹竿从窗口挑出手枪。当时床上挂着蚊帐，不知里面是否有人睡着，郎小四拿了枪溜之大吉。后经人介绍，把枪卖给张金绍……

对象开口后，凌队长立刻给总队王军拨了电话，在电话里听完这些情况，他兴奋的心情是难以言喻的，有种苦尽甘来长夜破晓的喜悦感。当时的感觉是只想流泪，这种兴奋之情没有亲身经历的人是无法体验。

(六)

根据云南传回的沈阳人许庆国的消息，王军立刻布置毛立章去查1.4万多张制作的住宿卡片。经过汇总，这个年龄段的沈阳人发案那年的11月22、23日住宿上海的共有六人。毛立章像翻牌似的一连翻了五张全都不是，剩下最后一张时，他闭起眼睛默默祈祷这张是许庆国的，屏住呼吸心情紧张小心翼翼地一翻，上天有眼！果然是许庆国的大名，他兴奋地立刻打电话向王军报喜，王军闻讯亦欣喜若狂。

6月3日，张总队长亲自主持会议，部署追捕许庆国的行动方案，决定兵分三路。王军带一路赴沈阳，直接抓捕案犯；第二路去山东烟台，至许庆国所在的韩国公司搜查有否赃物；第三路至失枪地布控，以防案犯被惊动后潜逃出境。

6月5日，王军率凌支队长、毛副支队长等5人抵达沈阳，沈阳警方给予了鼎力配合，迅速将其家密控起来，然整整四天不见其踪影。

因为案犯身上有枪，王军定下了智取为上的抓捕方案。为防止惊弓之

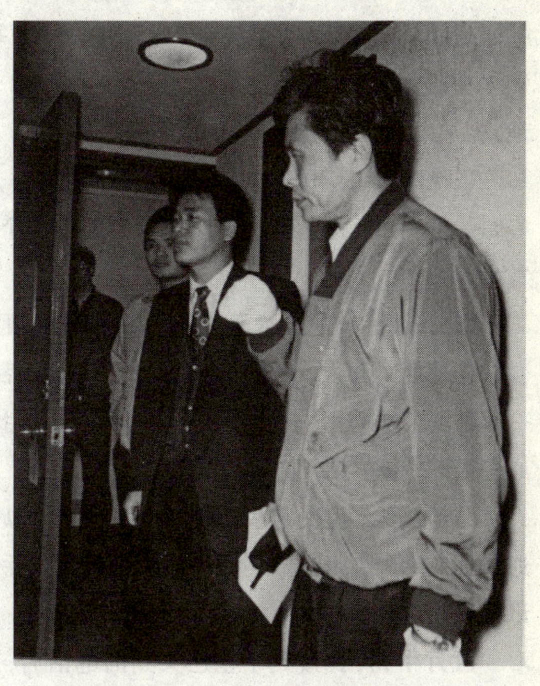
时任刑侦总队长张声华勘查现场

鸟闻风远走高飞，上午9时许，侦查员以做生意名义打电话至案犯许庆国的家里，许庆国亲自接的电话。于是，王军一再叮嘱毛立章，一定要注意安全，做到万无一失。毛立章点点头，怀着壮士赴汤蹈火的悲壮与15名化装成便衣的防暴队坐着民用小车悄然来到许家楼下。

他们三三两两地先后来到四楼，监视着三楼的许家，见铁将军把门，硬敲门闯进去显然不行，于是就守在四楼监视，楼下也有人守住。大约十时许，铁门突然开了，毛立章一行准备冲上去，却见是一位年近花甲的老头，等看清后老头已锁上铁门下楼了，只能等他回来。直守到中午还是不见有人出来，胆大心急的防暴队员手持微冲想强行冲进去干脆制服对手了事，但毛立章却坚决要求，耐心守候，以静制动。他们一行早已忘了吃午饭，耐心等待着最佳时机。

至下午3时许，老头终于从楼梯下出现了，当他打开铁门和房门的瞬间，防暴队员如饥虎扑食猛地扑进房门，一脚踹开房内的门，只见一男一女睡在床上，对方尚未反应过来，几个大汉已牢牢地按住了早已看熟照片的许庆国，这时老头大声呼救："快来人，打劫啰！""我们是公安局的。"防暴队员亮出了工作证，老头说你们抓错人了，这时毛立章已在书橱里找到了那支"五四"式手枪和李相奉的护照。王军也顾不上吃饭，心急火燎地守在电话机旁，当他抓起惊心的电话后，只听到毛立章大呼："人到位了！枪到位了！

护照到位了！”“千万注意安全，马上回来！”王军也不知是怎么放下电话的，瘫坐在椅子上，长长地呼了口气，悬在心上18个月的沉石终于一下子坠了地，就像压紧的弹簧突然放松似的轻松。

当晚审讯许庆国，这位东北汉子倒也爽快，他说我太累了，今晚让我好好睡一觉，明天我保证全部交代。见他很有个性，侦查员便也果断地表示首肯。

第二天上午，他果然不食言，一股脑儿地倾巢般倾吐全部案情。

我是朝鲜族人，大专毕业后几经波折，最后因能操韩语，被山东烟台的一家韩资公司聘用。我干得不比韩国人差，但我的薪水比他们少很多，我的心态很不平衡。

那年夏天，我决定买枪抢劫一笔巨款，以便自己开公司做橡胶生意。通过朋友介绍结识了张金绍，请他帮我买支手枪和子弹，并给他留下了通讯地址。

11月中旬，我接到手枪已买到的电话后，兴奋地赶赴云南德宏州，化3 500元买到手枪后，又乘车转道至上海。因上海至沈阳火车票难以买到，便决定改乘飞机返回沈阳。23日下午，我来到机场观察，发现带枪难以通过安检。这时，我发现有位女士接一位韩国乘客，我见来者有高级相机和密码箱后，心想箱内一定有巨款，便决定尾随他们，抢劫他。

当我从调度员口中听到对象去虹桥宾馆时，我便坐上后一辆出租车，在毗邻的宾馆下车，然后来到虹桥宾馆大堂，见他们正在登记住宿手续。他们办完手续上楼时，我感到抢劫两人不安全，便静坐在大堂内静候，想等女士走后再下手，未料他们双双出门而去。见他俩钻进出租车消失的踪影，我决定再等一会，至下午4时许，还不见对象回来，我开始犹豫了，但想到已等候多时，好不容易觅到猎物，干脆死等下去，至下4时45分，李先生单独一人走进了大堂，我一振兴奋，便尾随至其住处，我用朝语叫开门后，对方以为是来客请我入座，我乘其不意迅速拔出手枪向他索钱，未料他却摸出一美元来打发叫花子一般，我顿时怒从中来，用枪柄猛击其头部致其昏迷，并用黄色封箱胶带封其口，绑其手脚，然后翻密码箱，未料他从昏迷中醒来后，掐断手上的封带，冲至客房的大玻璃窗前猛砸玻璃，以引起别人注意求救，我惊慌中失去了理智，当时连开六枪，当场将他击毙。

作案后，我虽然满身血迹，但因我身穿黑色皮夹克，鲜血颜色未能明显反映出来，故未能引起宾馆职员及出租车司机注意。

到达火车站附近某宾馆后，我用自己的证件登记入住，然后用死者的护照订购了当晚上海至沈阳的火车软卧票。

进入客房后，我清洗了身上的血迹，整理了劫物，休息至9时45分许退房离开宾馆，乘火车离沪返沈。

许庆国一口气交代完后说，案子二年快过去了，本以为没事了，未料还是被你们抓了。

将对象押上火车上时，王军安排两人一组看住戴手铐的对象，但四人兴奋得根本没有睡意。侦查员们一路上兴奋地回忆起500多个日日夜夜艰辛侦破的经历，大家都感叹这个案子是杀人在上海，盗枪在云南，案犯却在沈阳擒获。从南到北穿过了整个中国，七下云南。破得实在是太艰难了。总结回顾成功的地方是案件定性准确，"由枪找人"的侦破思路对头，坚定不移七下云南的韧劲，还有能在茫茫人海中找到贩毒人的巧合，和许庆国留下那两张名片的疏忽，以及上海制作的1.4万张卡片上跳出了许庆国的名字。这些就像铁链一样，一环扣一环，少了其中的一环也不行。大家只感叹真是运气好，如果没有这一连串的巧合，再下工夫也破不了此案。有人说破案是七分艰辛三分运气。确实有许多偶然因素很难说得清楚。但有一点是可以肯定的，那就是运气往往青睐那些屡败屡战，紧咬不放有韧劲的人；青睐那些不畏艰难，尝遍千辛万苦的人。从这起案件中，大家的感悟就是艰辛加韧劲。

此案的成功侦破是集体智慧的结晶，也是公安大协作的体现。主要是得到了云南、沈阳等地公安同行的大力支持，上海警方心里一直心存感念。天下公安是一家，这话大家现在的感受尤为深切。为此，破案后，专案组又特意到云南，向当地的公安同行深表谢意。

公安部对这一疑难大案的侦破给予了高度评价，为此，“11.23”专案组荣立集体一等功，王军、凌致福、毛立章也荣立了二等功。奖章如今只是放在橱里成为点缀摆设，但破案中总结出的成功经验和失误教训却成了今后侦案的宝贵财富。

爱断逃亡路

1995年岁尾，一个被警方通缉多年的逃犯从国外冒险回来，为营救白粉知己计划到上海监狱劫狱，警察获悉后巧施计谋，嫌犯自投罗网。

东瀛归来，冒险回上海营救白粉知己

那是1995年一个秋高气爽的日子，一架从日本飞往中国的空中客机的后排座位中，坐着一位留平头、着一身黑色西装的中年男子，他漫不经心地翻阅了几页画报，便躺在座椅上闭目养神起来。他叫王华平，看似平静的外表下，他的脑海里却萦绕着尽是在日本与心爱的上海女人颠鸾倒凤、吸毒痉挛的刺激镜头。那个上海女人叫阿芳。此次，土华平抱着侥幸心理冒险返回上海计划营救阿芳，到底凶吉如何，他早以顾不上了。

那是两年前一个风雪之夜，一个中国人最热闹的大年之夜。在东京住处的那个拐角叫稻花香的小酒馆里，刚与这位风情万种的上海女人相识还颇有戏剧性。那晚，王华平打了一天工，精疲力竭地来到那家价廉物美的小酒馆喝几口闷酒，酒馆里很热闹，邻坐的日本男子彼此碰杯，大呼小叫狂喝滥饮，而他则身单影只颇感孤独，每逢佳节倍思亲，此时此刻，他想起了在大陆的父母和朋友，想起了在上海过年的愉快经历，禁不住悲从中来。他无意中发现坐在角落里的一位美丽女子也孤苦零丁地自斟自酌，他定神细瞅，从打扮细节上判断这位少妇肯定是中国人，她正以泪洗面。一种异地见同胞的亲切感和同情心顿时涌上心头。

他上去搭讪地问："你是从中国来的？"

普通话里夹杂着上海口音，对方一听先是一愣，抬头惊讶地审视对方，又欣喜地操上海话说："我是上海来的，听口音侬也是上海人。"

王华平不住地点头称是，在日本老乡见老乡，禁不住两眼泪汪汪。两人激动地握手，又赶紧坐在一起聊了起来。如久旱逢甘霖，他们聊起了对家乡的思念，对亲人的牵挂，又感叹在日本谋生的窘迫和无奈。

阿芳在异地见到上海同乡，有一种天然的亲近感。满腹的苦水向这个同样落魄的自家人一倾而出。我曾是一家剧团里的演员，虽然观众越来越少经济效益不景气，但日子还是蛮好过的。都怪我自己不好，耐不住寂寞，为了摆脱拮据的日子，随着一阵出国热，我一时脑热，辞去了单位的工作，申请去日本打工。后来听日本打工回来的人说，中国人在那里很难找到好工作，男的只能在工地上找些体力活，女的只能在餐馆寻些洗盘子的活，很辛苦、很孤独，许多女人无路可走，结果只能卖身赚钱。我本来就身体单薄，又舒服惯了吃不起苦，无奈没了工作只能背水一战了。在朋友的指点下，我通过婚姻介绍所认识了一位50多岁的日本男子，为了远渡重洋过上天堂般的生活，也谈不上什么恋爱，以嫁到日本可以定居为条件，便匆匆完婚远渡重洋来到这里。

我天真地以为从此可以过上天堂一般的生活了，未料，仅过了一个月我就开始后悔了。虽然这里物质生活很富裕，但精神生活实在是太难过、太寂寞了。整天在家闲的没事，语言又不通，日本老头子只知道上床发泄从不顾家，而且为人精明小气，每个月只给我少量的日元仅能维持生计，我开始后悔嫁给了这样的男人，但又无可奈何，离开他吧，我又难以自己谋生，被逼无奈，我也只能以他为跳板办了定居手续，两人便分居了。闲得实在无聊，出来喝点闷酒，以酒解乡愁。

“同是天涯沦落人，相逢何必曾相识？”两个命运相同的天涯孤旅一晚上就成了知己，碰杯喝酒，互诉苦衷。

但王华平却没有轻易暴露自己为何来到日本的缘由，他隐瞒自己犯罪、越狱的可怕经历，介绍了自己在上海的“光荣历史”：“我是学化工专业的大学生，因厂里效益不好，那时充满了憧憬和抱负，想到发达的日本来闯荡一番事业，依然辞职东渡扶桑打工挣钱，回家再找个老婆过安稳的日子，未料日本并不是我想象的可以靠化工专业知识赚钱的天堂，我根本进不了他们的化工研究室，只能找些化工厂出力气，帮他们扛钢瓶，赚些基本的劳务费，现在后悔也晚了，回去工作也没了。”

阿芳从对方的言谈中，获悉这位眉清目秀上海老乡是个大学生，且尚未婚娶，心里咯噔了一下。真是天赐良缘，心里萌生了可以嫁给他的想法。直至夜阑人静，两人才昏昏沉沉地离开小店，王华平抢着买单，虽然钱不多，但比起小气的日本男人来，阿芳感到了上海男人的可爱。

天上的星星与街上的霓虹灯互相辉映，阿芳步履蹒跚，王华平大胆地搂着她送其回家，阿芳也顺其自然搂着他，彼此越搂越紧，寒风吹在脸上，酒清醒了许多，不知不觉已到了阿芳的家门口，已是凌晨2时多了。

阿芳满口酒气含情脉脉地对他说：“这么晚了，天又冷，干脆住下来不要走了。”这话正中王华平的下怀，他喜不自禁地来到屋中，两人犹如干柴烈火，紧紧地拥抱着燃烧了起来。

从此，他们同居了。

阿芳来到日本后，因闲得无聊在酒馆里认识了几个贩毒的中国广东人，开始他们免费请阿芳吸食白粉，阿芳知道这玩意不能沾染，但她寂寞无聊，禁不住对方的诱骗:"你这要一吸上这东西,什么人世间的烦恼都烟消云散了。"阿芳在他们的怂恿下,好奇地尝了一下,没想到确实过瘾,人突然有种轻飘飘上天的感觉,如梦如幻、如云如雾。

第二天下午同样的时间,阿芳身不由己的又来到这里寻找广东人,对方似乎知道她会来的,便又无偿地请她吸食白粉,仅两次吸食她便染上了毒瘾。从此以后,不用邀请,阿芳都会主动来到这里恳求对方给她白粉,但世界上没有免费的午餐,这次广东人开出了5 000日元一包的高价,已经上瘾的阿芳根本无法抵御白粉的魔力,只得乖乖地掏钱,且每天必来购买。

虽名存实亡的老公给了分居的阿芳一笔生活费,但这点积蓄怎抵得住毒品的高价诱惑,很快积蓄便荡然无存。王华平认识阿芳后,经过几次的云雨之后,真正被这个上海女人所吸引,也像阿芳迷上白粉一样迷上了阿芳。他与阿芳的厮混中也染上了毒瘾,从此一对瘾君子日子过得更加艰难。

王华平每天在两家餐馆打两份工,一大早睡眼惺忪地赶到一家餐馆打工,晚上又连轴转赶到另一处餐馆打工,整天累得哈欠连天,眼皮红肿,但这点钱实在填不了吸毒这个无底洞。为了生存和过瘾,阿芳瞒着王华平悄悄做起了皮肉生意。机灵的王华平发现情人来钱如流水时,心里明白了几分,但为了毒瘾只能牺牲情感了。

春节前夕,阿芳回上海探亲,带回去的白粉很快吸完,结果在杨浦区马路边购买毒品时被公安一网打尽,她出示了日本护照请求公安网开一面,但因其中毒很深,为了挽救阿芳,最终她被送进戒毒所强制戒毒。

首次越狱,见家乡变化惊人溜之大吉

银燕在上海的上空盘旋,机舱内的广播里传来了空姐甜美的声音:"本次航行即将到达上海,地面的气温是摄氏16度,请各位乘客系好安全带。"

王华平激动地从舷窗口鸟瞰故乡的天下,只见鳞次栉比的高楼大厦似玩具般地一块块地堆在苍茫大地上。阔别多年陌生而又熟悉的故乡就在脚下，王华平此刻的心情是惊喜参半。喜悦的是马上就要见到久违的老父母和几位老友，尤其是朝思暮想关押在戒毒所的情人阿芳；惊慌的是1990年夏天，从新疆监狱逃跑后，警方一直在追捕自己，尤其是1994年底又从澳门越狱后，警方又在报纸上通缉自己，虽然这次冒险回来，护照上已化了名，但不知过关是凶是吉？

这位化名叫王华平的小个子，推着大旅行箱，排队来到入境通道，忐忑不安地随着人流缓缓前行，来到安检窗口交上护照，边检警官习惯地抬头审视了他一下，王华平强作镇静，只见警官扫视电脑，王华平心慌如兔，上窜下跳，结果警官还给了他护照，悬在天上的心倏地坠了地，王华平强抑住内心激动，推着大箱子迅即向出口处疾步走去。

出租车司机熟门熟路地把这个海外游子送回家，王华平急切地推开陈旧的老屋，见老父母已然满头华发地坐在破旧的沙发上看电视，家里还是60年代的破家具，桌子上堆放着各种药罐，尤其是老母还捧着盐水瓶取暖，王华平见之心里一阵酸楚。老母见望穿秋水的儿子又黑又瘦地突然而至，一时竟反应不过来，继而呜呜大哭起来。

王华平回家的两天里，老父母忙里忙外，尤其是老妈高兴得合不拢嘴。王华平心里闪过报答父母养育之恩的念头，想留下来赚点钱好好孝敬老俩口，但他却经不住女人和白粉的诱惑，像死猪一般呼呼睡了一天，第二天匆匆吃罢晚饭便打的赶到情人阿芳父母家送东西，急切地打听阿芳的近况。

阿芳的母亲见到女儿日本的好友前来探望，说着说着难过得老泪纵横。

王华平劝她道："不用担心，无非破点费。"

说罢他又拍着胸脯保证道："姆妈，我一定托朋友想办法把阿芳弄出来。"

阿芳妈像找到救星似的向他诉了一番苦，临走一再嘱咐："托朋友需要钞票就来告诉一下。"

王华平原名王文炳，原住在上海南市区，在某化工厂当工人，上世纪八十年代初考上了夜大学化工专业，白天干活，晚上上课，疲惫地回到家里，又秉烛夜读，这时的王文炳是个要求上进的好青年。经过三年劳其筋骨、苦其心智的刻苦读书，终于苦尽甘来拿到了毕业证书，但厂长以其工作散漫为由，没给他调动工作。王文炳读书的目的就是想改变车间里出苦力，调到科室当个技术员，但他为了读书，经常不请假早退，他以为读书早走天经地义，但领导认为他有文凭，不好好工作有什么用，所以就是不用他。王文炳感到领导故意在作弄自己，非但不思改进，反而破罐破摔，随一帮狐朋狗友整天沉溺在麻将桌上，输后便与人斗殴，甚至持刀抢台面。1983年8月19日，全国掀起第一次"严打"狂飙时，他被南市区公安局逮捕，以流氓抢劫罪被判10年徒刑，送往新疆阿克苏监狱服刑。

在"大漠孤烟直，长河落日圆"的苍凉沙漠上劳动改造，王文炳开始后悔过去的胡作非为，以拼命地劳动来洗刷自己的罪过，狱警见他有悔改的表现，又是个大学生，便让他当老师教犯人文化。王文炳如鱼得水认真教书，赢得了在押犯人的一致好评，苦苦熬了七年，取得了下至狱警、上至监狱长的良好印象。

1990年春节前夕，为了奖励他对监狱所作的贡献，监狱领导网开一面地特例放他回家过春节。王文炳听到这一好消息时，先是感到意外，继而喜不自禁。他千里迢迢地回到阔别多年的上海，发现家乡变化惊人，许多朋友辞职经商发了大财，王文炳闻之心动不已。15天的假期眨眼过去了，在上海的日子犹如天堂一般，想想还要回到荒无人烟的沙漠里，实在熬不住寂寞和劳累，他便不讲信誉地溜之大吉。他跟着朋友倒卖化工原料发了一笔小材，日子过得颇为滋润，但他心里却后怕警察随时会来抓他，故不敢久留上海，便远赴珠海闯荡，又通过亲戚花钱坐快艇偷渡至澳门。

在澳门王文炳化名为王华平，带去的一万多元想在澳门蒲京大酒店赌它一把，结果输个精光。身无分文的他开始在赌场闯荡谋生，在社会上瞎混。

有次有个花哨女郎主动上来搭讪："先生，是否需要借钱？"

王华平正愁无处借钱，急切地说："要的，要的。"

女郎嘴唇一弯，笑着说："利息百分之二十，到底要不要可想好了？"

王华平犹豫了一下，但还是禁不住赌场翻本的诱惑，便咬牙说："想好了，借我10万元。"

女郎马上让马仔取来钱给他作为成本让他去搏一下，他这次比较慎重，没有蛮干，而是先观看揣摩。经过一段时间的观察和琢磨，他摸到了一点窍门。王华平开始谨慎下注，果然赢了五万元。如果这时他见好就收日子还是可以过下去的，但赌博这玩意就像磨盘，上去了就下不来。结果几天里，他输得连本带利荡然无存，掏出口袋里所有的钱，只够吃几顿饭，他想到了溜之大吉。晚上，他提着箱子还没走出几步，早已被几个五大三粗的大汉打得鼻青眼肿，但他不畏强暴拼死搏斗，对方见他是个硬汉子，反而请他喝酒拉他入伙，迫于生计他稀里糊涂成了14K黑社会成员。从此，王华平在蒲京大酒店扮演打手角色，虽人矮精瘦，但打起架来却楞头不要命。软的怕硬的，硬的怕楞的，楞的怕不要命的。王华平不要命的表现成了那里小有名气的小头目，并且与一个广东来的年轻女子同居在一起，混得有声有色。

一次，他见台湾商人李先生赌博时一掷千金，便盯上了这个大款。第三天，王华平拉上自己的女友和另一个夜总会女郎合谋抢钱，两名女郎打扮妖冶地来到皇都酒店勾引李商人上钩，正当李商人与两女郎调情作乐时，王华平杀气腾腾地闯进房间，手持利刃威胁道："你胆敢强奸了我的妹妹，简直是狗胆包天，今天你只有求赔偿她的处女损失费10万元台币，才能走人，否则，白刀子进去，红刀子出来。"

李商人不服与之争辩道："不是我强奸她，而是她自己找上来的。"

王华平见对方反抗，结果对准他的肚子就是几刀，台湾商人顿时一命呜呼，王华平卷走他身上的3万元台币，与两女郎逃之夭夭。

不久，那个夜总会的风尘女子卖淫时偷对方钱币，被嫖客抓获，报警后女子被带回警署，几个回合后便供出了同谋王华平，他与女友当晚被抓，结果王华平被判20年徒刑，两女郎被判缓刑3年。

再次越狱，与同伙密谋奇迹般地胜利大逃亡

澳门的监狱较之新疆的监狱条件虽优越许多，每人一间房间，内有收录机可以听音乐，有手机可以往外通电话，但王华平被关押了半年实在是受不了孤独寂寞之苦。在新疆阿克苏监狱关押时，是许多犯人同住一室，平时虽为小事打架斗殴，但人与人交流减少了空虚，同时白天还参加各种劳动，整天累得精疲力竭，晚上回家一倒头便呼呼大睡，哪像这里，昼夜只身一人关在小间内，没有劳动，人与人之间缺乏交流，开始还听听音乐、打打手机来解解闷儿，但时间一久便忍受不住了。于是，黄昏放风时，他便找人打架发泄。有次有位姓周的14K同伙被一个牛高马大的犯人打得鼻孔流血，王华平毫不犹豫地上去玩命地帮周打架，矮小瘦弱的他竟将五大三粗的对手整得趴在地上，结果对方俯首称臣。从此，王华平在监狱里名胜大震，也与周同伙成了生死之交。

1994年圣诞前夕，周狱友提前大赦。那天临别放风，他与王华平道别时悄声说："我明天就要出狱了，虽然我们相处日子不长，但我发现你很够哥们，尤其是那天你帮我出了口恶气，还有安老弟也是个坦诚相见的兄弟，为了报答兄弟们的热肠仗义，我想出去后救你们俩出狱。"

王华平听罢大喜，于是，他们三人密谋起来。周狱友与王华平边走边观察，他们发现围墙高耸，上面又有电网，不远处还有岗楼，里面有荷枪实弹的警察站岗，翻墙越狱犹如攀蜀道一般难以上青天，根本不可能。看来强闯不行，只能巧干。他俩又来到牢房里仔细观察，从楼上鸟瞰下去，只见高墙外是茫茫大海，高楼与高墙之间相距不远，王华平见之灵机一动计上心来。他设想如果有一根粗绳从楼上窗框铁架与高墙外的大树联在一起，然后再攀绳滑下去，就可以胜利大逃亡。两人密谋好之后，紧紧握手一言为定。

1994年12月25日圣诞之夜，当地的人们都沉浸在狂欢之中碰杯喝酒欢

度佳节，如血的残阳冉冉地沉入海底后，正是监狱放风之际，所有的监房窗口洞开，王华平和安老弟早已守在窗前望穿秋水等待暗号。

安老弟等不急地发牢骚道："他会不会开大兴?"

王华平深信周的为人，指着安老弟骂道："你小子别不识好人心，人家主动提出来帮我们逃出牢狱，应感激不尽才是，怎能起疑心。"

话刚落音，高墙外果然传来了两声鹧鸪的叫声，两人与墙外周狱友接上了暗号，王华平与安老弟紧紧地拥抱在一起。王华平先将录音带从录音盒里拉出来，从三楼将盒子扔出20米远的高墙外，外应者周狱友接过录音盒，将录音带与细绳绑在一起，然后再扔回高墙内，王华平将录音带小心地收回窗里，取下细绳，又将手表与绳子绑在一起，然后又扔出墙外，周狱友再扎上粗绳扔回高墙内，王华平再拉回粗绳，打死结将粗绳牢牢地固定在窗架上，墙外的粗绳又被周狱友绑在了大树上。只见王华平像飞贼一般从三楼滑向高墙之外，紧接着安老弟也拉绳滑向高墙外，这时正巧有位狱警巡逻至此，他发现有黑影像飞贼般滑绳越狱后，举枪惊呼："不准动，再动开枪啦!"

安老弟听到呼喊声，一惊吓得双手一松，从三楼重重坠地，顿时头破血流，不省人事。

高墙外的王华平与周狱友见事不妙，也顾不了他了，便飞奔至海边，登上早已准备好的快艇，胜利大逃亡。

安老弟被警方送至监狱医院，经两天抢救终算命大活了过来，但已摔成重伤。安老弟就是1991年5月9日轰动澳门的消防区长大李士被枪杀案子的杀手，被判18年徒刑。

王华平乘快艇逃回大陆珠海横琴岛后，与周狱友拥抱分手后，丧魂落魄地逃至当地一渔民家租房暂时住下，他又经上海朋友护送潜回上海，他深知罪孽深重，在上海不敢久留，通过黑道上的朋友，花巨款买了"剃头护照"(真护照假照片)，成功地偷渡日本，准备在日本混一段日子，正当他痛苦地为将来的命运犯愁时，不料艳遇上了风韵十足的少妇阿芳，于是，他铁了心与这位白粉知己在异国他乡了却一生。

如今,他冒险救美,那天下午,他来到上海市殷高路戒毒所打烊,见高墙铁丝,高楼上武警荷枪实弹,防备甚严。王华平感到上海监狱太严,强攻难以成功,他心生一计,便想花钱贿赂内部看押的警官,以求里外配合再次出现奇迹救人成功。

花钱贿赂,"英雄"救美人自投罗网

2004年12月7日,离圣诞之夜还有18天。上海市公安局虹口公安局接到信息,说有位日本归来的留学生,与朋友喝酒时托人找戒毒所狱警帮忙,准备花钱救关押在戒毒所的情人,朋友答应帮助打听一下后,此人高兴地与朋友碰杯一干而尽,酒过三巡,便开始吹自己的传奇生涯,忘乎所以地将两次越狱、杀人之事当光荣历史来炫耀。

上海市公安局虹口公安分局刑侦支队得到信息后,一时难以查清事实真相,但刑警的思维都是宁可信其有,不可信其无。他们准备赴澳警局了解,但手续太繁杂,时间不允许。刑警突然想到查澳门的报纸,因为杀人犯越狱报纸肯定会作为特大新闻报道,刑警们驱车来到上海图书馆,找出每年的《澳门日报》合订本,仔细地翻看每年圣诞节前后的报纸,老天不负有心人,果然在1994年12月26日的《澳门日报》上查到了头版头条新闻,新闻的标题是:《两杀人犯三楼攀绳越狱》,副题是:《其一堕地重伤一犯逃逸》。报上详细登载了王华平杀人越狱的经过,还刊登了逃犯的照片。报纸上的照片与王华平本人长相吻合。

虹口分局及时向上海市公安局刑侦总队五支队、三支队作了汇报。刑警通过走访了戒毒所,经了解果然确有一个30多岁从日本回来的女士关押在戒毒所。

张警官向前来调查的刑警反映:"一周前有位熟人来电,说有个日本的女子因吸毒关在你们这面,是否能花点钱放人?我答应帮他问一下。"

张警官说罢又解释道:“不过我与说情者关系一般,未当一回事。只是应付他一下。”他听了刑警的介绍得知托说情者的人是一名重大逃犯后,立刻表示愿意协助刑警将其擒获。刑警向他传授了将计就计之策。

那天下午,戒毒所张警官约来了说情者,煞有介事地悄声告知他:“澳门马上就要回归了,听说我们大陆要大赦一批人,现在放人正是时机。”

来者欣喜不已,没有客套开门见山地问:“侬看需要多少钱能摆平?”

张警官假戏真演,若有所思地掐指算道:“大约8 000元差不多,主要是送朋友,我倒无所谓。”

来者听罢大喜过望,他原来听说对方想出十万、八万元巨款救人,没料到上海警察胃口这么小,只要8 000元就搞定了,便胸口一拍道:“没问题,朋友帮忙,绝对拎得清,成功了会厚报朋友的。”一言为定,握手告别。

12月26日晚,虹口分局刑侦支队刑警和嘉兴路派出所民警早已来到戒毒所,嘉兴所张惠副所长脖子上挂着小牌,煞有介事地扮演着看门人,其他警察则躲藏在对面办公室守株待兔。

按照约定时间,说情者一路畅通地直接来到张警官办公室,一阵寒暄后,最终以8 000元敲定。来者马上以成功者姿态打电话给阿芳母亲让其立刻送1万元钱来。

张警官立刻制止道:“老太太来可不行,年纪大了话多不牢靠,还是叫牢靠的朋友来保险点。”

来者又按吩咐拨通了王华平的电话:“阿芳姆妈,侬来了也讲不清,还是让阿芳的朋友小王来吧。”

王华平接到情人妈的电话,不知是计,匆匆忙忙到阿芳家拿了钱,又风风火火打的赶到戒毒所,王华平握着张警官的手一阵感激后,便从包里取出一叠百元大钞,笑着说:“小意思,先拿着,等阿芳出来后一定再重谢!”

张警官假戏真做地认真地数起钱来,王华平心里腹诽道:“真他妈的贪小,还真一张张数起来了。”没想到此刻天兵神降,三名便衣冷不丁冲进办公室,一个擒拿动作,紧紧锁住王华平的咽喉,哗啦上铐,此时此刻,王华平才知晓上海的警察胃口为何这么小?

在押往虹口分局嘉兴派出所的路上，王华平在警车内不停地大笑，他精神镇定地说:“不就是花几个钱收买警察吗，何必如此兴师动众?”

警官直呼其名地告之:“王华平，你睁眼仔细看看，为这么小的事我们会这般架势?”

王华平才回过神来，继而大哭起来，不住地大呼:“这下完了，真是自投罗网!”。

来到审讯室，王华平鼻涕眼泪如雨下注，毒瘾大发，民警给其一叠餐巾手纸让其擦净，他提出抽根烟，民警递上烟后，他猛吸几口，吞云吐雾毕，便一股脑儿倾吐而出。

交代毕，他痛哭流涕地恳求民警:“千万不要将我送往澳门监狱，那里太寂寞难挨了，我宁愿自杀，再也不愿过那种地狱般的日子了，还是让我回新疆算了，再苦再累我也不怕。”

到底应该押回新疆，还是应该押送澳门，虹口公安局局长也吃不准，上报至上海市公安局也拿不准，最后又上报至公安部，经法律专家研究，最后决定将案犯王华平被押回新疆监狱服刑。

三个月后，阿芳走出了戒毒所。她听说情人冒险回来救人的“壮举”后，感动不已，专程携带一大包东西来到虹口公安分局刑侦支队，声泪俱下地恳请办案刑警允许她与王华平见上一面，刑警见这位美人儿应吸毒而面容憔悴不堪，脸色惨白，眼圈发黑，心里颇为同情，并为之深深惋惜，同时亦被她的一片真情所打动，便特意安排他俩见了一面。

王华平手戴铐子萎靡不振地从监房里走出来，以为又是刑警提审他了。有气无力地来到接待室，蓦地见到铭心刻骨的心上人兀立眼前，混浊的眼珠倏地发亮起来，未语泪先流，结结巴巴语无伦次问阿芳:“侬好哇?”

阿芳见到心上人惨白的脸上顿时飞红灿烂起来，激动得难以自抑，时断时续地嘱咐王华平:“我蛮好，侬放心。到新疆后千万当心身体，听管教的话，好好改造，我一定等侬回来。嫁给侬，与侬白头偕老。”

王华平听罢痛哭流涕，一步一回头恋恋不舍地离开会面室，阿芳也伤心地泪流满面，此情此景，令见多识广的刑警们也禁不住心酸起来。

愿年轻女子珍惜美好人生，珍惜美好青春，切莫视爱情如儿戏，视婚姻为跳板，饮泪心痛，更不要视白粉为安慰品，轻易吸食，最终悔恨终身！

大学生王华平则咎由自取，他自以为聪明，先后两次越狱，又胆大妄为地回上海救人，竟视法律为儿戏，却未料聪明反被聪明误，最终还是难逃恢恢法网。

作家戴厚英之死

呼唤人性觉醒的著名女作家戴厚英最后竟丧生于歹徒的刀刃之下，全国震惊。此案虽然过去多年，但至今人们还时时提起她。虽然当年报纸连篇累牍地发新闻，但没有完整详细地介绍过破案过程。笔者当年曾采访过办案的刑侦队长与具体办案人，以最翔实的第一手资料披露此案详情及戴厚英那动人心魄的情感世界。

著名女作家寓中被害震惊全国

1996年7月，蜚声文坛的著名女作家戴厚英，从电视上看到家乡安徽水灾的消息后，心情沉重，寝食难安。于是，她不顾酷暑和年迈（已58岁），匆匆赶赴安徽颍上县南照镇老家，捐上了自己呕心沥血积攒的4万元稿费。这位崇尚人道主义的女作家凝望着茫茫泽国和挣扎中的父老乡亲，禁不住潸然泪下，为此她冒着炎炎的烈日在安徽奔波了一个月，为家乡父老乡亲四处筹款。不久戴厚英见乡亲们安顿下来后，才放下那颗悬着的心，于8月25日清晨6时返回上海。

戴厚英太累了，她想好好地睡一觉。住在她家的弟弟戴厚泉和妻子茅维林，为了让姐姐好好休息，便出去逛街，其女儿戴惠则留在家里。

晚上7时15分许，戴厚泉夫妇逛完大街后高兴地满载而归，然门久敲不开，他们便来到前楼的复旦大学教授吴中杰家取钥匙。因为戴厚英平时颇马大哈，出门常忘了带钥匙，于是她配了把钥匙放在吴教授家。戴厚泉夫妇从吴家取来钥匙，打开门一看，立时惊呆了，只见姐姐戴厚英倒在血泊中。夫妻俩顿时慌了手脚，戴厚泉惊慌失措地跑到吴教授家告急："吴老师，不好了，我二姐被杀害了！"

吴教授听罢大吃一惊，立即让妻子拨打110报警，自己则匆匆赶至戴家，他第一个念头就是搭戴厚英的脉搏，看是否还有救，然而，这位才华横溢的女作家的心脏已永远停止了跳动。

忙乱中，门外有人提醒道："快出来，保护好现场。"房内的人都退至邻居家等候刑警，吴教授蓦地想起小戴惠，急切地问戴厚泉："你的女儿呢？"他哭着道："也在里面啊。"吴教授焦急万分地说："那还不赶快进去啊，看还有救否？"老实巴交的戴厚泉无奈地说："现在不让进去啊！"吴教授对他说："那你快去叫公安局的人进去看看。"

此刻，派出所的民警已及时赶到，他们来到北间看后说："血都从房间流到外面了，没有了呼吸，哪还有救？"

戴厚泉夫妇得知唯一的女儿也被害后，更是悲伤，痛哭不止。

一个才华横溢、正直善良的女作家的生命就这样被轻易地毁灭了，令人扼腕叹息。

戴厚英遇害的消息，立刻见诸全国各家报纸，震惊了社会各界人士，甚至连美、英、法等诸多国家的新闻机构也争相报道了这起凶案。

好人一生不平安

戴厚英出生于江淮大地一个叫颍上县南照镇的戴氏家庭，她排行老二。因家境贫寒生存都成了问题，读书更成了奢望，然而，戴厚英有幸读了几年私塾，便考上了临泉一中，她刻苦好读，加上天资聪颖，学习成绩名列前茅。1956年，这个戴氏家族中第一个读书人幸运地考上了上海华东师范大学中文系，大学生涯使这位乡妹子大开眼界，她一头扎在书海里不知疲倦的以苦作舟。1960年上半年，上海作家协会召开49天批判会，批判修正主义文艺思想。华东师范大学的教师钱谷融因为在《论‘文学是人学’》一文中宣扬了人道主义思想，成为主要的批判对象之一。正在华东师大读书的戴厚英因成绩优秀、能言善辩而被选中作为“革命的新生力量”来批判她的老师，天真盲从的戴厚英充满激情对老师的人道主义观点进行了彻底的批判，因而深得上级赏识。这年她幸运地分配在上海文学研究所，从事文艺理论研究。

戴厚英与中学时代的同学结了婚，丈夫在芜湖工作，生有一女。戴厚英视爱情神圣如生命，当她偶然发现分居的丈夫对爱情不贞时，断然决定离开他，倔犟地带着4岁的女儿过起了孤儿寡母的艰难口子。

婚姻的失败，使她一度消沉失落，然性格犟强的她全身心地投入到文学事业中，很快走出了失落的阴影。她连续发表的几篇见解独到、文笔犀利的文艺评论，在上海文坛初露头角，成为当年上海“四大青年文艺评论家”之一。

“文革”伊始，血气方刚的戴厚英参加了偏激狂热的“造反派”，成了大批判中闻名的“小钢炮”，甚至当了上海作协“造反派”的小头头。上海作协诗人闻捷的妻子杜梅芳受迫害自杀，戴厚英受上级委派，前往关押闻捷的管教所，向他通知了其妻子“自绝于人民”的死讯，闻捷听罢，悲怆至极。小悲喋喋，大悲默默。闻捷失去亲人后的坚强表现给戴厚英带来了灵魂深处的震动。"革命小将"戴厚英毕竟是女性，一个有思想的知识女性，残酷的现实使她动了恻隐之心，是她对"革命"产生了怀疑和动摇。

1969年，刚解放的闻捷和戴厚英都下放至郊区奉贤县"文化系统五·七干校"劳动改造。在人心叵测、充满陷阱的环境中，已47岁的闻捷还是像孩子那么天真单纯，依然保持诗人的坦诚和率真，对谁都信任，与他朝夕相处的戴厚英被他的才情和童真所吸引，竟冒天下之大不韪，与这个小布尔乔亚诗人坠入情网。此时，戴厚英才32岁，比闻捷小15岁。

当时主管文艺的市委书记徐景贤得知此事后，作为阶级斗争新动向的典型，明确表态这是资产阶级拉拢腐蚀革命小将，必须彻底批判，并要求戴厚英站稳阶级立场，积极革命的戴厚英这次却一反常态的反叛和执迷不悟。单纯而又执着的闻捷面对一次次挂牌批判的困境，悲愤郁闷，他既为自己的爱情受挫悲痛万分，更为戴厚英受自己的牵连而内疚担忧，他的心里有种兵临垓下的悲怆，但宁可玉碎而不可毁其清白，他在悲愤中毅然选择了自尽，保持了一个正直的知识分子的尊严和骨气。

狂热中的戴厚英从这件事中受到了震撼，她突然感觉到了良心的颤动，听到了灵魂的呻吟。猛然间，她感到了心中的神圣在摇晃，精神支柱终于顷刻倒塌。绝望之余，她想一死了之，追随心上人而去，她的好友高云陪了她7天7夜，才使她的情绪慢慢稳定下来。她从此一蹶不振，开始感到茫然，常常一人坐在屋里发呆、痛哭、失望。她又一次扎进书海里泅渡，以此来抚慰那颗泣血的心。经过一段时间的反思，她开始怀疑起"文革"，怀疑起自己过去的所作所为，她终于发觉自己是个有血有肉、有爱有憎、有七情六欲和思维能力的人，而非"驯服的工具"。

《人啊，人!》

粉碎"四人帮"后，经过冷静反思的戴厚英，没有凭朴素的热情人云亦云地声讨这场灾难的恶果，而是思考如何会出现这场灾难的原因。她想到了一个大写的“人”字！人性、人情、人道主义常常盘桓于脑际，挥之不散。

戴厚英如梦初醒，骨骾在喉，不吐不快。于是她拿起了笔，开始写小说，来发泄积压于心中的苦闷和爱憎。她袒露无余地将自己与闻捷之恋的大喜大悲的情感历程一气呵成地倾泻出来。她说自己对闻捷的爱至今无悔，她认为再痛苦的爱情也比没有真正的爱情令人感到幸福。然而，这部取名为《诗人之死》的长篇处女作在上海人民出版社付梓时，却受到了一位领导的干扰而“难产”。福建人民出版社得知后，支持戴厚英，决定为她出版，然而，福建人民出版社也受到了来自上海某方面的干扰，小说又一次“难产”。当时任中共福建省委书记的项南，主持正义，在他的支持下，1980年《诗人之死》终于呱呱坠地。

《诗人之死》尚未问世，戴厚英又以更加冷静的思考和全新的表现手法，写出了她的代表作《人啊，人！》，1979年“老二”在花城出版社先于“老大”而“顺产”，此书一出，立刻在社会上引起了轰动，并被翻译成英、法、德、俄、日、韩等多种文字，在国际上广为流传。

1979年，戴厚英调至复旦大学中文系任教，一年后，她又调至复旦分校上海大学中文系教文艺理论。她讲课时观点深刻独到，充满激情，讲到动情处，禁不住声泪俱下，学生们受其感染，纷纷呜咽，故她上课深受学生们的欢迎，常常是课堂外的走廊里都挤满了恭敬的学生。

戴厚英戴副银丝边眼镜，梳一头短发，表向上看文弱瘦削，然她的个性却刚强执着，豪爽坦诚，从不向厄运低头。在辛苦的教学之余，每天坚持“扒格子”，已出版12本书，其中有《人啊，人！》、《诗人之》等7部长篇，两部中、短篇小说集，两本散文集及一部自传《性格—命运—我的故事》。她在热衷于教学、写作事业的同时，还要抚养教育女儿戴醒。她以柔弱的肩膀和顽强的毅力支撑着这三副重担，长期的劳累使她积劳成疾，脸色苍白，面对苦难，她痴心不改。一场肝病使她的身体更为孱弱，然她还是执着地固守着一个文学梦。

好在女儿戴醒颇为争气，在母亲含辛茹苦抚养和循循善诱的教育下，她在复旦大学读完了研究生，又赴美读完了博士后，并在美结婚定居。在女儿的劝说下，戴厚英去了美国享受生活。虽然美国的物质生活是一流的，但异国的文化和习俗，毕竟使受过中国文化深深熏陶的文人难以适应。住了一段时期，终因留恋生她养她的故土、思念风烛残年的老母和一帮文学知己而平静的返回了上海。

蛰居上海滩，孤身一人埋头写作，她常常会感到莫名的孤独和些许的感伤惆怅，面对孤独和清贫，许多文人或出国、或下海，或炒股，热衷于繁花似锦的富贵，而她却潜心研读起老庄哲学，信奉佛教，悟道怡情，手里戴一串念珠，很是虔诚，独守着一份悟透人生后的宁静和淡泊。她的心似乎已进入一尘不染的禅境了。几十年来，对爱情的体验，对生命的感悟，心绪已化为了一种不以物喜，不以己悲的圆融境界，那是一种对生命真谛的了悟之美。

她还在写，在搜集材料，准备续写多卷本小说《流泪的淮河》。从容地沿着生命之河顺流而下，倘若这次不死于非命，我们深信她的作品一定会达到一种新的境界。

警方内部出现三种侦破思路

8月25日晚7时35分，上海市公安局虹口分局刑侦支队的技侦人员接报后，迅即赶至现场，勘查现场后，在客厅的橱门上和被害人戴惠的眼镜镜片上分别取到了清晰的指纹；在柜子的抽屉内觅到了一双带血的白纱袜及41码的“力度”牌鞋印，在客厅内的小桌子上有只带灰尘的杯子，里面有半杯白开水；房门没有撬、蹬的痕迹。

戴厚泉向侦查员哭诉：“下午3时半，曾打电话告知女儿，晚上不回家吃饭了。桌子上的杯子是专门用来接待客人的。”

邻居向警方提供：“当天下午3时50分，曾见戴厚英从超市出来。”

侦探们综合觅到的痕迹和各种信息后分析推理出初步的结论：一是作案人是“软”进门，他与被害人相识，可以排除流窜作案的可能；二是作案人到处翻动，窃走存折、首饰、手镯、手表、随身听，连邮票、小挂件等小东西也不放过，证明作案人目的是窃财，且属低层次案犯。

基于以上线索，警方内部出现了三种侦破思路：一种观点认为重点在戴厚英亲属身上寻找，她刚从老家捐款回家，嫌疑人知道她很有钱；第二种观点认为重点是戴厚英的上海熟人，尤其是她的学生；第三种观点认为重点应是戴厚英的侄女戴惠的同学，尤其是男同学。

因戴厚英是特殊人物，为慎重起见，公安局投入了大量警力，兵分四路，以期广种“博”收。

8月26日上午，“803”大案队刘道铭队长和虹口刑侦支队的杨璐副支队长率10多名技侦人员直奔戴厚英老家安徽颍上县南照镇，10多名侦查员分头扎进23个行政村、4个居委会，向戴厚英、戴惠的亲友、同学上数百人摸底，凡是外出打工者一一登记在册，共登记了980多人，其中去上海打工的330人，经过16天艰苦卓绝的筛选，结果全部被排除。

一路人马到戴惠所在的卢湾区职校调查，了解到戴惠正派检点，学习成绩优异，是班里的学习委员，戴厚英对侄女管教甚严，戴惠有点惧怕姑姑，平时从不敢带同学来家中，也排除了其同学作案的可能。

另一路人马在戴厚英的人海关系中捞针。戴厚英的信件有一麻袋，来往的人员多是报刊主编、诗人作家和所教的学生及慕名而来的人。主编作家大多年龄较大，又系文弱书生，实无作案可能；所教学生成百上千，尤其是1993年那一批，经过对380人逐一摸排，没有跳出有价值的线索。

第四路人马在戴厚英居住的虹口区凉城新村蹲点摸排。侦探们对新村586户居民像梳篦子般逐一走访。一邻居反映，当日下午3时45分许，曾两次听到屋内有男女吵架声和女子的惨叫声。另一位12岁的小女孩在花园里溜旱冰时，曾看见一位圆脸、谢顶、络腮胡子、身着红衬衣的中年男子进入17号门，大约是当天下午4时许。

茫茫人海，何处觅踪？

侦破陷入了僵局，案件犹如山间的云雾，缥缈缭绕，朦胧不清。

戴厚英是遐迩闻名的作家，是个特殊人物，因此这个案件成了特殊案件，中央书记处书记、中央政法委书记任建新，上海市委书记黄菊，公安部长陶驷驹均对此案予以高度重视，作出批示，务必尽早破案。

告别仪式场景悲愤哀痛

1996年9月3日上午，上海龙华殡仪馆大厅内外云集了来自四面八方的各界告别人士，约400多人。

追悼大厅正门的两个大石柱上悬挂着巨幅挽联："辞乡四十年几番风雨几番恩怨犹有文章激鬓眉江淮自古出人杰　断肠三千里如此才情如此亲情竟无双手当贼刃南北至今说音灵。"

戴厚英的女儿戴醒特意从美国飞回，与戴厚英的弟弟、弟媳等亲属悲痛欲绝，当场晕厥。上海大学文学院，华东师范大学中文系、上海作协等60多个单位以及戴厚英生前的师长、学生、好友等送了花圈、花篮，堆放在大厅两侧，成了两座雪白的小山。前来与女作家告别的人们表情肃穆，惊诧叹息。

戴厚英上海大学文学院的同事中文系主任邓牛顿泪流满面地在追悼会上说："戴老师平时敢于直言，对社会问题，如腐败现象疾恶如仇。我强烈的感觉是她对国家、民族、人民有一种突出的爱。她在文学上的成就很高，我去年写了《戴厚英论》一文。"

戴厚英的另一位同事邹平也不住地摇头喟叹："真可惜！真可惜。这样一位好人，一位有才华的作家就这样去了。她曾为家乡水灾花了一个月时间进行筹款，其实她自己生活得很清苦。平时教学著书相当勤奋。近几年则把兴趣转到佛教、老庄哲学上，心态平稳，与人为善，应写出更好的作品。可惜却这样去了……"

上海滩"怪才"作家陈村如是评价：70年代末、80年代初，戴厚英的小说是较好的。她尽其所能地跟着时代前进，较为熟悉有毛病的知识分子，较之其他同时代作家，她显得有些不一样。她们这一代作家比后一代作家更关心社会变革、关心特定时期的人文关怀。显然她认为'文革'是错误的，并尽量超越私人的恩恩怨怨。

著名散文作家赵丽宏则认为厚英是个非常有个性的作家，对人生、社会有独特的见解。

《小说界》副主编、戴厚英生前至友左泥先生流着泪颤颤地说："戴厚英是一个心地善良的人，嘴巴凶，腰杆子直，她这个人不大会做人，太耿直，脾气急，和人交往还是做学生时那一套。戴厚英是个有缺点的人，但大家都承认她是一个透明的人。她的错误缺点就像清水里的杂草，一眼就能看到底。虽然脾气急，但她是一个很正统的女人，对父母有孝心，对兄妹有感情，对家乡人热情。"

几乎所有来参加追悼会的人都认为戴厚英性格直爽，快人快语，没有心计，为人正直，老作家萧乾所写的那幅挽联概括的最为精当："敢想敢说敢做敢为为民诉疾苦，大彻大悟大喜大悲悲我挽厚英。

一本日记本使案情柳暗花明

16天过去了，案件没有进展，上级天天晚上听汇报，全社会瞩目，侦查员们压力巨大，一筹莫展。

28日从美国匆匆赶回的戴厚英女儿戴醒，在其母亲的遗物中，发现了三本日记，她逐字逐句细读，把怀疑的来往人中摘出54个名字写在纸上，于9月13日交给了警方。侦查员提出要细看日记本，然戴醒认为日记本记载着母亲的个人隐私，不愿对外公开，警方作了耐心的说服工作，晓以利害，保证只许专人看，决不外传，她终于顾全大局地交出了三本日记本。

陈申东副支队长与老侦探徐一中对三本日记进行字斟句酌地审读，于第三天，这个注定作案者倒霉的日子，日记本里跳出这样的文字：1996年4月25日，我中学时代的老师李文杰的孙子陶锋，带来其爷爷的一封信，要我多多关心。陶锋本人是厨师，要求帮助在上海找个宾馆打工。

老侦查员徐一中读着日记蓦地想起在查阅戴厚英的来信中曾见到过有张便条，立刻翻出信件：我的孙子小锋在五角场工作，望多关照。署名李文杰。便条上还附有：陶锋，住宝山区呼玛一村。

侦查员迅捷跟踪追击赶往该处寻找线索。最后了解到陶锋系安徽临泉人，1974年1月27日生，春节至8月中旬一直在上海南京路、山西路口的"政通餐厅"打工，现已回老家。据一位老乡反映，见他身上曾挂过一只"爱华"随身听，25日晚7时半来过，当晚11点坐去阜阳的火车走了。

政通饭店老板反映：陶锋圆脸、秃顶、络腮胡子、穿红衬衫，这些特征与戴厚英住处的小女孩描述的完全吻合。

案件终于有了转机。

作案嫌疑人在安徽界首落网

9月24日上午7时半，刑侦总队重案支队陈申东副支队长、虹口分局刑侦支队杨璐副支队长和两位侦查员开着尼桑警车，如离弦之箭，直射安徽。深夜12点20分，一行人员风尘仆仆地赶到安徽界首。

临泉厨师职校的老师在上海提供一个线索：有一个叫陶锋的学生，25日晚上，回安徽后，曾打来传呼，告知与同学张玉飞一起在界首找到了工作，不回上海来了，并留下了电话号码。

疲惫不堪的侦探们顾不上旅途劳顿，一大早就去查找电话号码，原来是界首邮局打出的电话，线索又中断了。

陶锋的爷爷李文杰住在界首，为防止走漏风声，打草惊蛇，侦查员决定让安徽省公安厅刑侦总队的警探张晓东冒充陶锋的同学找他。李文杰见孙子的同学前来，热情有加，告知陶锋不在家，现正在昌盛宾馆打工。

警方为防止对象逃跑、行凶、自杀，决定冒充食客来到宾馆用餐。侦查员们点完海货后，以海货是否新鲜为由，4人来到昌盛宾馆厨房寻找陶锋。只见厨房里，有一圆脸秃顶、身着白衣的青年正在烧菜，特征与对象吻合。两名侦探交换了一下眼色后，如饿虎扑食猛地一下扑上去，紧紧抱住猎物。

秃顶青年第一句就问："你们是什么地方的？"

"我们是上海市公安局的！"对方一听一切都明白了，吓得脸色惨白，浑身瘫软。

侦查员让其打指纹，陶锋有气无力地说："不用打了，戴老师是我杀的。"

侦查员当即在陶锋的裤兜里搜出了戴厚英的2 000元钱和500美元存折，并在其宾馆的住处搜到戴惠的"爱华"随身听，又在其爷爷李文杰住处的黑包内，搜出了大批的金银细软和所盗的零碎物品及一双"力度"牌黑皮鞋。铁证如山，至此，震惊全国的著名女作家戴厚英被害案，经过21个日日夜夜的艰苦侦查.终于画上了圆满的句号。

搜查完陶锋爷爷家的住所，侦查员押解陶锋至楼道口时.正巧遇上了其爷爷回来，陶锋立刻跪下来悲痛万分地对爷爷道："爷爷，我出事了。"

"出什么事？"爷爷急切地问。

"我杀了人。"

"杀了谁？"

"杀了戴老师。"

爷爷听罢顿时如五雷轰顶，两手握拳放于腰间，惊讶得一时不知如何是好，愣怔片刻对孙子安慰道："好好向政府交代。"

说罢自己又突然跪下，向侦查员恳求道："希望不要将我的名字公开，否则，我就无脸活下去了。"

侦查员回答说："我们尽量保密，但是新闻记者追得那么紧，恐怕难以保住。”

侦查员走后，老头还愣在那里，突然身后传了痛哭的声音。

将案犯押上警车，陈副支队长一看手表，指针正巧指在12点，他按捺不住激动的心情，立刻掏出手机拨通了王军副总队长的电话，王总听后似乎不相信眼前的现实，他在2小时以前在接陈队长的电话时，还是茫然无绪，转眼却把人抓住了，他不相信自己的耳朵，再一次大声问："凶手抓住了？"

"抓住了，"对方坚定地说。

抓住凶手的消息迅即传开，上海警方听到擒获凶手后，无不欢腾雀跃。

这天正是戴厚英女儿奔丧后飞赴美国的日子。上海警方上门通知戴醒抓获凶手的消息时，邻居告知她刚离开去虹桥国际机场，准备回美国。为了让戴醒及时得知破案的消息，侦查员拉响警报，一路飞奔直冲机场。以最快的速度赶至机场候机楼后，很快找到了戴醒，侦查员将这一令人振奋的消息告知了将要出境的戴醒，她听罢顿时潸然泪下，为母亲死于非命，更是为警方神速破案。

戴醒带着欣慰的心情飞回了美利坚。

戴厚英最后的警言："你会后悔的"

陶锋谢顶圆脸，络腮胡子，粗壮皮黑，中等身材，手大脚大。在大量的证据和科学的鉴定面前，他深知无法抵赖，便一股脑儿地交代了作案的动机和全过程。

1996年春节期间，陶锋听说上海到处都是宾馆，到处可以淘金，他自持会厨师的手艺，便兴致勃勃地来到上海"扒分"，然而，盲目地来到大上海后，自己瞎闯了半天都感到收入不理想。回家探亲后，爷爷告知陶锋自己有个学生在上海很有作为，随手写了张便条让陶锋去找她。陶锋的爷爷系解放前上海交通大学的学生，1947年曾因参加学潮被国民党报纸通缉，他让陶锋请戴老师帮助查找一下这份报纸。

1996年4月25日，陶锋揣着爷爷的纸条满怀希望地找到了很有作为的戴厚英，没想到她的家如此简陋。戴厚英见到老师的孙子找上门后，听到要帮助其找工作感到很为难，她一介书生，平时很少与人打交道，又不熟悉宾馆、饭店的老总，但她没有扫对方的兴，还是口头答应去问问，但又婉言自己是个不出门的读书人，恐怕难以如愿。

陶锋离开戴厚英家后，大失所望。没想到很有作为的人没有什么能耐。他好不容易地找了一份工作，干得好好的，没想到餐厅的老板为了招上海厨师，随便打个招呼就无故解雇了他。陶锋愤愤地离开餐厅后，一时找不到理想的饭店，便开始仇视上海人。他看到上海人这么富裕，心态极为不平衡，最后想筹一笔钱偷渡到台湾去打工。他向老乡借1万多元却被婉拒。走投无路之际，他蓦地又想到了戴厚英曾答应给他找工作的承诺。

8月25日下午3时20分，陶锋敲开戴厚英家的门，见戴惠一人在家，戴惠见是认识的老家人，就泡了一杯水，与之聊了起来。其间戴惠的妈妈来过电话，告知去外婆家吃饭，不回家吃饭了。戴惠返回客厅，调电视机之际，陶锋见其穿很短的裙子，遂起歹念，上去从背后掐其脖子，致其昏迷后将她抬至北面小间内，又返回客厅翻箱倒柜。

4时许，戴厚英从超市买东西回来，见房间凌乱，发现陶锋在屋内，戴厚英惊讶地问："你干啥？"陶锋一时慌了手脚，惊慌中突然随手抓起一只香水瓶砸向戴厚英，戴厚英与之反抗，但毕竟年老体弱，不是对手，陶锋猛掐戴厚英的脖子，使其昏迷后，他又到厨房间抓起菜刀狠命砍戴厚英的脖子。

戴厚英睁开眼睛有气无力地告诫他："你这样做会后悔的。"

然而，失去了理智的陶锋根本听不进去，又是一阵猛砍，一个著名女作家的宝贵生命在这个野蛮无知的厨师手下永远地结束了。

在北间床上昏迷的戴惠被客厅里的响声惊醒，她果断地从门后抓起打蜡的把柄，见陶锋举着血淋淋的菜刀砍来，文弱的女孩毫不示弱，用拖把柄拼命反抗，但19岁的少女毕竟不是强壮厨师的对手，也惨死在凶手的刀刃下。

起获的赃物

陶锋失去理智地一口气杀了两个鲜活的生命后，脱下带血的衣服和袜子，清洗了身上的血迹，更换衣服后，卷起劫掠的钱物，慌忙逃逸。

9月17日下午3时半，嫌疑人陶锋被押回上海，虹口公安分局门口早已是人群成墙，群情激动。当嫌疑人陶锋从警车上押下来的一瞬，四周的镁光灯闪亮不止，人群簇拥，争相一睹这个可恶的凶手。

1997年10月18日，上海市第二中级人民法院以杀人罪和抢劫罪一审判处陶锋死刑。

几天后，一声清脆的枪声结束了这个恶魔的生命。

铁血刑警勇擒黑帮老大

上世纪九十年代末，上海曹安地区半年内一连发生14起小车被盗案件，警方伏击守候多日。终于现场抓获一名可疑人员，于是抽丝剥茧，内幕惊人……

1

1999年2月14日，虎年的腊月二十九。上海市公安局普陀局为遏制辖区曹安一带机动车被盗案的频频发生，针对犯罪同伙都有“春节前捞一把”的心理，组织了多个守候小组在案件多发地段昼夜设伏。凌晨2时许，一辆昌河小面包车开至停放在小巷内的桑塔纳轿车前戛然而止，车上跳下一黑影，悄然来那辆桑塔纳前，熟练地撬开车门正待跨入，突然4位守株待兔很久的民警一拥而上，将其制服擒获。那辆未熄火的小车见此景，挂挡加油一溜烟消失在夜幕中溜之大吉。

当晚对犯罪嫌疑人进行审讯，犯罪嫌疑人性格刚烈，人高马大，操山东口音，坐在凳上一脸的坦然，任你是严厉训斥，还是晓以理，他都一问三不知，死不“开牙”。

通过几天的审讯，这个坚硬的蒜头终于被掰开了一条缝，吐了自己的名字叫程亮，系山东苍山人。从程亮身上搜出一本通讯录，警方组织力量对上边的30多个“黑名单”进行了大量的外围调查寻踪，并通过对诸多信息综合分析，初步推断在曹安地区疯狂盗车的系以山东苍山籍人员为主的盗窃团伙所为。

普陀刑侦支队“2·14”专案组以通讯录为全案的突破口，紧紧咬住其中两名可疑人员，对其进行跟踪和监视。3月初，对象赵大平因欺行霸市殴打商贩时，被真如警方扭获。专案组获悉后，立马将其带至曹安派出所审讯。又是一个坚硬的大蒜头，审讯一连僵持了七个昼夜，赵大平一直是顽强抵抗，沉默到底。至第八天深夜，在专案民警的凌厉攻势下，他的抗审防线才被攻破，交代出一个由庄楚为主的山东苍山籍人员盗、销机动车的团伙。

此案涉及人员约20余名，警方果断决定对主犯庄楚、周建设公开通缉，将他们上了“网上追逃”的名单，加大了追捕力度。并请当地刑警全力协助配合，共同抓捕案犯。

一张抓捕大网在上海、山东两地同时全面撒开。

5月下旬，徐启水在山东苍山老家被捕获：李音、李斌从苍山潜回上海不久，在沪太路被刑警擒获；6月28日，周建设在北石路一歌舞厅刚一露面当即被扭获，通过周又引蛇出洞，将沈文武抓获；7月22日，毛力也在嘉定地区落网。改团伙成员如多米诺骨牌似的一个个倒下来。

警方的经验是“一人作案是铁门；二人作案是木门；三人作案没有门。”虽然山东大蒜头颇为坚硬，上有层层保护皮，大多难以剥开，但耐心剥去层层表皮，彼此间分赃不均的矛盾渐渐露出，对准缝隙互相瓦解，一块块蒜头终于被掰开。这个犯罪团伙的基本组成逐渐清晰，所犯罪恶亦渐渐水落石出。

这个以庄楚为首的团伙不仅盗窃了25辆机动车还涉及凶杀、爆炸、抢劫、盗窃、欺行霸市等诸多案件。

——1998年2月，几位浙江人打入曹安市场做水芹生意，早已垄断水芹生意的庄楚气势汹汹地上前责令他们明天收摊走人，否则就炸了他们的运输车。几位浙江人生意正做的红火，财源滚滚岂肯轻易罢手，也根本不相信他的狂言，依然我行我素。未料，这个黑帮老大决非戏言，果然在第二天，浙江卡车飞驰在318国道上时轰然爆炸。经查是车上易拉罐内的炸药所致，浙江人吓得再也不敢进上海滩“淘金”……

——庄楚与加油站老板打架，混战中被“五四”式手枪击中左胸膛，正巧口袋里装有驾驶证、身份证和一厚叠钱而幸免于难。庄楚找了私人医生开刀取出子弹，休养生息一阵，开始了复仇计划。1998年2月12日，山东苍山一加油站内停有一辆女神牌面包车。加油站人员见车许久未动，便上前探望，见车上无人，于是几人将车推出油库门外。须臾，面包车突然爆炸，引起熊熊大火，大火烧毁了国防通讯电缆和地下电缆，价值200多万元。所幸未引起油库爆炸。经勘查，车内装有400公斤炸药，系庄楚主谋……

——曹安蔬菜市场系上海最大的蔬菜批发市场，其吞吐量占上海市蔬菜销量的四分之一。庄楚可谓该市场霸主，公然收取保护费。他不让谁卖谁就得乖乖走人，有的菜贩不服，庄楚一声令下，手下小喽啰就上前，轻者货被扔甩，重者还加遭一顿毒打。于是，庄楚成了人见人怕的老大，没人敢不“孝敬”他。他钱不够花了，到市场上走一圈，见人开口就索要成百上千元，甚至更多，给钱便太平无事走人，不给钱马上遭殃。为了求太平，小贩们没钱也得去借钱“孝敬”这位地霸大爷。庄楚虽27岁，但不论长辈还是青年，都称他庄大哥……

——1998年，为垄断十六铺水产市场，发生两伙人群互殴，对方一人被刀戳死，其余人俯首称臣，斗殴背后的主谋又是庄楚……

无锡手机商店上百只手机被盗；普陀区一油漆仓库被撬，一房间油漆一夜间被悉数搬尽；旁氏化妆品仓库价值30多万元化妆品不翼而飞，都是庄楚手下所为……

2

这个无恶不作的犯罪团伙已具备黑社会性质，不彻底铲除这个毒瘤，上海决无宁日，山东亦决无宁日。擒贼先擒王。小喽啰像滚雪球一般先后落网，唯有老大庄楚逍遥法外，不抓住匪首，案子等于没破。

上海警方两赴山东擒贼王，但刚到当地境内，庄楚就获悉情报。他非但不躲避警察，反而纠集一伙兄弟，携土枪带炸药，开着车到处寻觅沪警——8250警车，玩起了老鼠抓猫的游戏。

为了抓获团伙主犯庄楚，5月中旬，上海警方的确派出抓捕组开着沪警——8250号车星夜兼程赶往山东，请求当地公安局刑警大队协助擒贼王。"天下公安是一家"。何况山东人有古道热肠的遗风，山东省公安厅刑警大队李大队长自然鼎力相助。李大队长告知，庄楚系当地油库爆炸案主谋，已被我们刑警列为头号攻坚案，盯了他一年多。这小子胆大妄为。但他又绝非李逵式的莽汉，读小学时，他一周只上两三节课，且每次考试均名列前茅。他凶险中兼具狡诈，有反侦察经验，不断更换手机号码，又狡兔三窟，使我方难觅其踪。他虽被通缉，但是照样大摇大摆频繁出没在当地一带，逍遥自在。

因李大队长全力相助，不久，上海警方抓捕组擒获了庄楚麾下的各喽啰，准备利用他来诱捕庄楚。计划尚未实施，李大队长却接到了庄楚主动打来的电话，口出狂言道："你先放了我朋友，否则我先炸死你两个兄弟。并警告你李大队长，不准协助上海警方抓我。"说罢便挂了手机。李大队长听罢心中五味杂陈，自己虽不怕死，但兄弟们却是无辜的。这个亡命之徒说干就干。无奈两方商议后，只得施缓兵之计，同意放人。

不日，上海警方追捕组获得信息，庄楚带着一帮小兄弟、携土枪带炸药，正在寻找沪警——8250，准备实施报复阴谋。为防不测，追捕组只得换上当地警车牌照，一天换一个住处。最后，只能白天在当地侦查，晚上开车到当地以东三四十公里的临沂去住宿。考虑到警力不足，上海警方命令人员先撤回上海。

3

6月期间，全国掀起了追逃狂飙，上海刑警趁此东风，又二下山东追缉庄楚。这次追捕小组接受上次教训，借了山东省公安厅的警车牌照，悄然驰进当地境内，像地下党一般，只与山东省公安厅刑警李大队长单线联系，人住在临沂，以防不测。

这不是上海警方谨小慎微，而是因为庄楚在当地有着盘根错节十分复杂的社会关系网，故上海警方一到那里，他就能得到信息。上海来的四名侦查员心急如焚。李大队长派便衣去与庄楚接触，这位便衣握着李大队长的手发自内心地说："李大队长，我这次去抓庄楚，一家老小就全拜托你了。"这位壮士与庄楚周旋，效果不佳，又从郯城县公安局请来刑警副大队长，冒充黑道购车老板，打进庄楚的圈子，但狡诈的庄楚仍然不轻易露面。摸到庄楚在枣庄的信息，上海刑警直扑枣庄，可惜来迟了；闻讯庄楚去了江苏邳州市其朋友处，上海警方又马不停蹄追踪而去，又只差一步未能抓获，令警方扼腕叹息。第二次进山东前后共28天，结果还是无功而返。

决不能让这个凶残无比的逃犯逍遥法外至新千年，反之，如果不抓获他，上海曹安派出所的安全也难保证。为此，上海警方铁了心，分局张局长下了死命令，一定要在新千年到来之前抓获首恶庄楚。

摔跤冠军陈杰、优秀射击手陈君红刑警领衔出征。铁血刑警们怀着"壮士一去兮不复还"的悲壮三赴山东，追捕跌宕起伏，一波三折……

知己知彼，百战不殆。姚支队长深知手下爱将各有所长，对付庄楚绰绰有余。但我们刑警人生地不熟，加之对手又是不计后果的亡命之徒，故要想不伤自己擒获对手，强攻不行，智取才为上策。于是，他决定物色一名庄楚信得过的朋友贴靠上去，引蛇出洞，巧妙智取。

这个人选谁？颇令人踌躇。万一这人出卖我们，刑警的生命就有危险。庄楚的老乡都是骁勇刚烈的山东汉子，那里有重江湖讲义气之遗风，故不会轻易为我们所用，再说他们亦怕老大报复，不敢轻举妄动，看来只有选择山东籍以外的同伙协助，才是理想人选。

但这种能取得庄楚信任，又非同乡的人，上去哪儿找呢？令人发愁。调来庄楚的犯罪资料。筛来选取，专案组掌握了上海虹口地区有位方姓浙江人与庄楚有生意上的来往且关系密切。普陀刑警风风火火赶至当地警署，一查卷宗，方国强（化名）因销赃被传唤过，这样更印证了他与庄楚的关系。

通过虹口分局的协助，立刻将方传讯过来，讲明利害关系。方国强缄默许久，权衡再三，答应配合警方工作，并以所销东西不知是赃物为由，请求警方不予追究。专案组回答他，只要有立功表现，可以考虑。

方国强立刻打手机与庄楚联系。庄楚接电话后自称在青岛。方为取得对方信任，旧话重提："上次讲好的去陕西做一笔咸笋生意，现与对方已谈妥，你出车运输就可以了，我算了一下可以赚15万，你拿10万大头。"庄一听，只要派车运输，不费吹灰之力就唾手可得10万"大洋"，立刻来了兴趣。方让庄楚来上海接头，庄说目前不能来，前几天开车去上海，10公里的路被查四次，不吉利。最后电话里约定在安徽蚌埠碰头。

为了顺利抓获这个疯狂的对象，做到万无一失，姚华支队长精心挑选了13名干将，分三批行动。大家出征前无不怀着复杂的心情，即万无一失的信心，挂一漏万的担心。

8月26日，第一批由曹安派出所徐培根、赵建华等四人着便衣尾随方国强赴蚌埠与庄楚接头。火车离开上海不久，方打庄楚的手机取得联系，庄楚答应一定来蚌埠见面。到了蚌埠，在安徽省公安厅的鼎力相助下，两方警察将宾馆围得铁桶一般，只待庄楚入瓮，纵然他是飞人，也插翅难逃。然而，等方再与庄楚手机联系时，庄楚却突然变卦了，改为在济南接头。

第二批人马以陈君红带队急赴济南。尚未进济南站，庄楚又变卦改为第二天在济南长途汽车站碰头。第三批人马又直奔济南长途汽车站。

三批人马从不同方向直奔济南长途汽车站，终于赶在接头时间之前会合到一起。济南汽车站门口被牢牢封住，方已在汽车站内焦急地等候庄楚进入包围圈，上海刑警和济南刑警都各就各位，万事齐备，只欠人到。真是度时如年，饥肠辘辘地静待3个多小时不见庄楚踪影，难道又走漏风声？

下午3时40分，方国强正在碰头地点魂不守舍地来回踱步时，围墙外传来了“国强、国强”的呼叫声。小方循声朝围墙外瞅去，只见庄楚在一辆2000型桑塔纳内伸手招呼自己并让他赶快爬过去。庄楚深知自己重案在身，已上了“网上追逃”的名单，成了惊弓之鸟，故他不敢贸然开车进入汽车站内，只在墙外停车，未熄火以防不测。

方国强来不及给守候警察发信号，无奈只得“遵旨”跳出围墙钻进轿车内。分散在四周的便衣怕暴露目标，只能眼巴巴地看着小方上了庄楚的车，冒着青烟绝尘而去。

正当大家茫然无绪之际，济南市局的王科长对当地颇为熟悉，根据车子离去的方向判断，认定庄楚肯定去了海边小镇。于是，果断决定，王科长带领济南的4名警察与上海来的华钢、陈杰、张雷、邱开熔等5人直扑某市小镇而去，另一批人留在汽车站待命。

4

警方的普通桑塔纳轿车紧追慢赶，终没能跟上性能良好的2000型。当小车悄然驰进海边小镇，已是晚上9时许。刑警们已是饥肠辘辘，只好停车等待下一步的消息。众人来到饭店狼吞虎咽开来，有位刑警纳闷地问服务员，这么多饭店真有那么多食客。服务员小姐神秘地一笑：“不是吃饭，而是‘吃’人。”经打听，这里之所以游客络绎不绝，风尘女子多是公开的秘密，遐迩闻名，且价格低廉。

晚上10时半，刑警接到小方见缝插针打来的手机，告知庄楚在渤海湾入海口处的度假村302房间。这个宾馆离小镇80公里，等待已久的刑警早已急不可耐，立刻向度假村扑去。下得车来，在宾馆候车处蓦地发现了庄楚开的桑塔纳，令刑警们欢欣鼓舞，总算发现了猎物的踪迹。

一辆小车悄然停在了庄楚的小车旁，车内留下摔跤冠军陈杰、华钢等四名敢死队员守株待兔。射击手陈君红则带5人闯进度假村直奔三楼客房。宾馆门口也悄悄布满了刑警，等待猎物出现。陈君红等人来到客房，只见小方与一少女躺在床上。方国强告知。庄楚与另一朋友给我找了小姐陪玩，刚走。之前了解到庄楚有寻花问柳的喜好，每到一地都要到舞厅泡妞。陈君红一行立马直闯舞厅，没人；桑拿浴室，没人；保龄球馆，没人。刑警们急了，这小子难道又得到消息溜了？

果然如此，当庄楚来到大堂时，有位服务小姐讨好地告诉他："好像公安局的正在抓逃犯。"庄楚调侃道："不会是抓我的吧！"说罢哈哈大笑起来，轻松地走出宾馆，从口袋里摸出遥控器，轻轻一按，那辆被守候刑警们死死盯着的2000型车"嘟"地响了一下，锁开了。庄楚潇洒地拉开门刚想钻进车内，一直在另一辆车内监视着的陈杰、华钢等人见此，迅即下车扑上前去，将这个将近一米八的大汉摔倒在地。然而，强壮如牛的庄楚一下子明白了自己大限已到，岂肯束手就擒，如困兽发狂竭力挣扎，且膂力过人，让4人一时难以制服。到处寻觅不见庄楚的陈君红正好赶到，冲上来拔出手枪，鸣枪示警。庄楚置若罔闻，手伸进了口袋。陈君红撩起一枪，枪响人倒。庄楚躺在地上如困兽绝望地发出哀鸣："打中了！"于是，才乖乖地让戴上手铐。

鲜血从庄楚的左手臂和肚子上冒了出来。为人道起见，追捕组当即将庄楚送到小镇医院救治。深夜12时，值班医生立刻检查止血，结论是子弹穿过庄楚左臂又穿至肠子。医生刚刚动手术，内科主任的电话来了，他是庄楚的叔叔，要求手术医生尽量拖延时间，以生命危险为由不让上海警察带走人。

此前，上海警方早就摸了底，庄楚的伯伯系此处一个相当级别的干部，其背后的微妙关系自然明白。庄楚在该市与另3人撬窃了十多个保险箱，案值近百万，其余3人都被一一抓获，有的枪毙，有的被判无期徒刑，唯有庄楚逍遥法外多年。庄楚偷盗的桑塔纳大多开回老家销赃，对象都是地方上的头头脑脑，一辆车只卖一两万，先后有百余人掺和了此事，却无一人报案。针对这种现状，上海警方为以防万一，此次行动连当地公安局也没有通知。

为保证顺利带走犯罪嫌疑人员，上海警方追捕组立即与山东省公安厅刑侦总队联系，请求给予工作支援。

当地公安局领导接到省厅的电话，立即赶到医院。两地警方简单碰了头，决定："动完手术马上就走，不要隔夜。"医院院长亦如是说。

历经艰险，上海刑警终于将疯狂反抗的庄楚牢牢捕获。刑警们脸上刚绽出苦尽甘来的胜利微笑时，却节外生枝，多方人员来电或来人干扰不让带人，经过上峰交涉终于将案犯押回上海。

为确保途中万无一失，追捕组向医院借了辆救护车，院长还派了一名医生和一名护士随护。当夜，几辆警车警灯闪烁着直奔上海。

庄楚被抓后，只说了三句话：第一句话是我已用了200多万享尽了荣华富贵，死不足惜；第二句话是我完蛋了；第三句话是要让我开口是不可能的。

在上海市监狱医院救治了一个多月后，庄楚被押回普陀公安分局审讯。几个月过去了，警方用尽了手段和智慧，庄楚也仅仅只是避重就轻地交代了六七个案子，且都不是他亲自参加的，只是别人打着他的旗号。问他为啥都打你的旗号，答曰，因为我有影响力。是的，这个黑帮老大的确有影响力，不过尽管他死死闭口不说，但其同伙已陆续吐出实情，许多证据已形成的证据链是可以佐证他所犯的深重罪行。正如庄楚自己说的那样，他终究逃不了完蛋的命运。

历尽艰辛，上海警方终将庄楚擒回；但抓捕过程中许多弯弯绕，却令办案民警百思不得其解。

新千年元月10日，上海市公安局刑侦总队专家评审会上，普陀公安分局刑侦支队长姚华绘声绘色地介绍完此案后，引起了会场上一阵议论和骚动。

经各路刑侦专家评审，该案被评为上海1999年度精品案件。在热烈的掌声之余，满头华发的老刑侦专家感慨万千地叹道："我办了几十年的刑案，抓捕了数百名犯罪嫌疑人，还从未遇到过如此离奇猖狂的。过去我们抓歹徒都是光明正大警灯闪烁地上去围住'哗啦'上铐，带人便走。再疯狂的歹徒最多在抓他时顽抗一下，但从没有敢于在光天化日下，公然携枪到处找警察报复的。真是老鼠抓猫，本末倒置；闻所未闻，令人震惊！"

记者闻讯好奇地追踪至普陀分局刑侦支队采访了大案队长陈君红。这位眉清目秀、身材高挑的射击冠军，开门见山地将压抑心中已久的话一下子打开了："我们抓歹徒却像旧社会地下党一般，东躲西藏，单线联系，简直成了滑天下之大稽的笑话。"说罢，他激动地站起来，猛击桌子道："我就是不明白，庄楚的猖狂劲，是谁娇纵的？我就不信邪。那里难道不是共产党的天下！"陈队长说罢脸上充满了愤懑之情和凛然正气。

在曹安派出所，记者见到了体魄健壮、平头方脸的副所长华钢，说到此次抓捕的艰辛，华钢口吻平静，沉着中透出自信地说："回过头来认真反思前后经过，当初不可思议的许多东西现在想通了。当初我们的秘密行踪都很快被对方得知，使我们设的一个个诱捕计划都莫名其妙地付之东流，令人费解；使人更难以理解的是这小子闻风不逃，竟公然持枪找上门来欲干掉我们；让人更加难以忍受的是我们千辛万苦出生入死地擒获这个对手后，却有不少人为他明里开脱暗里使绊。好在有上级领导大力支持和兄弟单位的鼎力相助，终于将这个恶贯满盈的恶霸押回了上海。"

庄楚被顺利擒获并押回上海，最终他将受到法律的严惩也已成为不争的事实，但抓捕过程的背后，一些令办案刑警百思不得其解的现象，恐怕已不是公安民警们能够解决得了的……

高空偷渡

这个听起来似天方夜谭的童话故事，确实是一件令人难以置信的偷渡案件，不用申报就已被坊间载入世界吉尼斯纪录

1998年一个夏天的晚上，上海国际机场发生了一起震惊中外令人无法想象的偷渡案。犯罪嫌疑人汪明山趁着夜色潜力入国际机场禁区，藏匿于起落架舱内，随着呼啸升空的飞机偷渡出境。飞机在日本机场着陆上客时，偷渡者因在万米高空被严重冻伤，无奈地向人呼救，被装货工人发现，最后偷渡者被日本警方当场拘押。

一

安徽郎溪县汪寺村的汪明山与村后的小梅青梅竹马，爱慕已久。可到了提亲关键时刻，未料小梅的父亲却嫌汪家太穷，不肯把女儿嫁给汪家的小儿

子，于是，汪明山发誓一定到外面的世界去好好闯闯，赚了大钱再回来，等老头子主动上门来提亲。

1997年春节刚过，汪明山在村后的小河旁吻别了心上人小梅，并流泪发誓："不赚大钱决不回来，一定像模像样地回来娶你！"汪明山恋恋不舍地离开小山村，来到了大上海。

随着滚滚的打工潮涌向城市，汪明山也兴致勃勃地随着人流走出了城市车站，同车的老乡都有各自的方向，不是找建筑工地的老乡去，就是到讲好的饭店去打工，而汪明山却没有归处。晚上，独自一人悄悄躲在车站旁的大桥下，裹紧破旧的棉衣瑟瑟发抖地睡了两宿。白天像无头苍蝇到处找工作，不是被吆喝一边去，就是吃闭门羹。他这时才发现上海并不是他想象中的天堂，一个多月过去了，身上带的少得可怜的盘缠已荡然无存，结果还是没有找到工作。

就在汪明山失望的当儿，他在火车站大桥底下露宿时，听那个"同是天涯沦落人"的打工仔绘声绘色地说："台湾赚大钱特容易，上海有许多台湾老板做生意，都是大款，都在上海买了别墅，养了小老婆。"

汪明山听得津津有味，两眼发直，便好奇地问："怎么去台湾？"

对方用手挡在嘴边悄声说："先到福建厦门，然后再找人坐船偷渡过去，只要到了那里，保你发大财。"

汪明山听得心里痒痒的，在失望的黑洞里，仿佛见到了一线曙光。晚上作了梦，梦见自己在台湾发了大财，还衣锦还乡地回了老家娶了小梅做媳妇。

清晨，汪明山从美梦中冻醒，饥寒交迫的他，用双手搓着污秽的脸，萌生了偷渡台湾的念头。经过一番琢磨后，大热天里，他趁着夜色潜入了火车站，东张西望见四下无人悄然爬上火车躲进行李车厢中，就像老鼠钻进了油缸里，偷拆开纸箱用水果充饥，一口气吃了十几个红富士，之后，饿了就吃水果，从来没有这么过瘾。来到厦门后，他便直奔海边。

夕阳西下，燃烧的火球掉进海里，将茫茫的大海煮得通红。汪明山一连在海边找了几天，老天不负有心人，终于找到了偷渡的蛇头。汪明山虽身无分文，但他胆大卖力，蛇头便让他帮着打工，最后搭乘渔民的船偷渡至台湾。

然而，他刚踏上台湾的海滩，张开双臂欣喜若狂，准备好好大干一场早日回家娶媳妇时。未料一脑子的发财梦，到岸上没走几步就破灭了。

当天下午他就被警察抓获，被一顿毒打后，投入了大牢。汪明山本来就一无所有，关进大牢后同，感到日子挺好过，只是挺想家的。有次，狱内的一个瘦刀疤脸对这位大陆来的同胞山南海北地乱侃，笑他道："你怎么会想到偷渡到台湾，这里的岸边管得太严了，偷渡来的大多被抓住。你又没什么有价值的情报，谁需要你？这里又不缺劳力，有啥意思？到美国去才是人间天堂，那里遍地黄金，打工一年可挣10万美金，折合人民币约85万元，把这些钱带回大陆去享受，一辈子都用不完。"

言者无意，听者有心。汪明山失望之际心里不免一动：这偷渡美国是一条发财致富的捷径。可苦恼的是身陷囹圄，如何远渡重洋？

汪明山被台湾警察关押了半年后，被强迫干了许多体力活，最后他被处以偷渡罪，被判处二年徒刑。在监狱里，他也没什么自由、政治上的概念，整天只要有饭吃，有房住就心满意足了。监狱看守官看他什么都不懂，8个月后便提前释放。

汪明山被遣送返大陆后，先是灰溜溜地回到了安徽老家。1998年5月，安徽省郎溪县公安局对他偷渡台湾的行为处行政拘留7天，并处以5000元罚款。

二

汪明山灰溜溜地回到村里，本想衣锦还乡娶回心上人，未料非但没有赚到大钱，反倒赔进这么多钱，家里东凑西借了5000元，总算过了关。老母亲摸着老泪求他安心在家种地，他也灰溜溜地在家老实了几天。但他毕竟走出去见过世面了，见过高楼大厦和城里人过的神仙日子，在家整天过着面朝黄土背朝天的日子，他实在于心不甘。又见了那些出去打工赚了钱荣归故里的人，他心里更是难受至极。一气之下，在一个月光皎洁的晚上，汪明山又扒着火车到南方大都市去闯荡了。这次脾气倔强的他没有告诉心上人，心里憋闷得不辞而别。

汪明山随着人流又涌到了上海，他已经有过逃票的经验，下车后趁着月色熟门熟路地从围墙里爬出火车站，望着闪烁着五光十色的霓虹灯心里一片茫然。偌大的都市，到处是灯红酒绿，而他却没有一个栖身之地。茫茫人流中，汪明山不知何处是归宿。他茫无目的地随着人流来到了地铁里，见女人高耸乳房的广告，心里直骂道，他妈的，同样是人，为何老子娶不上媳妇，关键是钱，只要老子他妈的有了钱就有了一切。

汪明山来到地铁入口处，一个箭步就跳了进去，进了列车漫无目的地坐到最后一站，又随着人流出了地铁，在黑夜里，摸黑来到一个修助动车的破棚前蜷缩在角落里，饥寒交迫。蓦地，黑夜中一个闪着红灯的庞然大物伴着隆隆的轰鸣声在高耸的楼房上穿越过去，汪明山心里一阵紧张，但飞机的轰鸣声渐渐远去了。他心里猛一激灵，这次扒火车能来到这么繁华的大都市，躺在煤车上就到了，那飞机怎么不能也玩它一回？想到这儿，汪明山心里突然萌生了一个大胆而又狂妄的念头，他一拍大腿骂道：娘的，老子决定搭乘一趟飞机去美国，到了美国就能彻底改变人生了。只要敢闯，就有享不尽的荣华富贵。不敢闯，只能永远是吃不完的苦。

扒飞机去美国，听来简直是痴人说梦，一个近乎天方夜谭的童话。正常人连想都不敢想的天狗吃月般的笑话，无知者无畏，这个不知天高地厚的山里人却突发奇想，计划扒飞机去梦中的天堂美国，并大胆地付之于行动。

1998年4月，汪明山流窜至机场附近，来到机场外围，意外发现铁网密布，中间还隔了一条三米宽的小河，河对面又是围墙高耸，汪明山望河兴叹，失望而归。

但去美国的念头像魔鬼一般缠住了他。抬头见庞然大物就在自己的头顶飞过，真想混进飞机里面，随着呼啸而起的飞机去梦寐以求的美国外天天吃红烧肉，说不定自己还能拥有一个漂亮的黄头发、蓝眼睛的外国女人。但如何进机场呢？这些隔离物对汪明山来说虽是小菜一碟，但是白天却不能轻举妄动。

汪明山钻到了空旷农田里盖着塑料布的菜田大棚内，开始观察飞机场的情况。饿了就地摘一根黄瓜充饥，一直熬到黎明前的黑夜，趁黑色他猛冲了一阵，一下跳起越过高墙，悄然爬进了机场，刚跳下猛跑几步，突然被一阵猛地断喝声吓住："站住，不许动！"

汪明山一听喊声撒腿便跑，身后传来了更严厉的呵斥："再跑就开枪了！"这下汪明山才吓得双手抱头趴在地上等待命运的判决。警卫人员上来猛地扭住他，送到了机场公安分局。公安人员见他一身褴褛，问他闯进机场干什么？他装傻卖乖地说是捡破烂，民警最终对其处以行政拘留10天。

为了踏上出国淘金之路，汪明山出来后还是不甘心就此罢手。他反而变本加厉地住进菜地，开始细心地对机场进行了周密的侦察。他吸取了上次失败的教训，这次他找来一只破箩筐，以捡破烂为掩护，沿着机场外的护城河旁边转悠边观察。透过密集的铁丝网，汪明山仔细观察飞机从哪条跑道上起飞和降落，飞机降落后停在何处。

一个月后，他慢慢地大胆地接近机场停机坪禁飞区，边假装拾破烂，边窥探机场的地形、航道分布和穿越至飞机旁的路径。白天"侦察"完毕，晚上他又钻进邻近停机坪的农田菜棚内睡觉。饿了偷几根黄瓜和几个西红柿充饥，这塑料棚成了他的天然的饭店和旅馆。

经过3个月的仔细"侦察"，汪明山终于摸清各种情况，并意外地发现飞机上天时，那后面两个大轮子慢慢收进去，人躲藏在这里面肯定不会被人发现。这么大的轮子也放得下，何况人呢？汪明山为自己的发现而欣喜若狂。

三

7月28日晚9时许，汪明山借着点点闪烁的跑道灯光，十分熟悉地从早已观察好的隔离围墙上的缺口钻进去，缺口正对着里面的铁丝网的尽头。汪明山猫腰绕过铁丝网，涉水游过约3米宽的隔离水渠，悄然窜入至停机坪的开阔地带，钻进了随风摇曳的茅草丛中，慢悠悠地拧干衣服后，又观察了许久，未发现站岗背枪的武警战士，便向目标匍匐爬行。

机场十分空旷，汪明山向目标匍匐爬行了近一个小时，终于潜至92号停机坪，抬头环顾四周悄无声息，除了飞机的轰鸣声外，只有几声虫鸣间隙声传来，使机场更显得更加幽静。汪明山静等了片刻，确信无人查访那架庞然大物时，便如野猫一般利索地窜入波音飞机下，迅速爬进美国西北航空公司NW002航班后起落舱内，躲藏起来。

7月29日上午9时45分，飞机载运着几百名中外旅客在呼啸中直冲湛蓝的天穹，庞然巨鸟在空中划了一道弧线便收起起落架。起落架在慢慢收缩，藏匿在起落架舱内的汪明山东躲西让，为避免被收回的起落架挤压，他不得不紧贴舱壁。好在舱内宽大，总算躲过了被巨轮压扁的劫难，但人却被挤得无法动弹。

庞然大物收完起落架后，仰头展翅直插蓝天。随着高度的直线上升，起落架内的温度随之直线下降，从地面温度摄氏37度，至1万米高空后气温降至摄氏零下40度。温差之大就像在非洲炎热的盛夏突然至西伯利亚的冰天雪地。汪明山只穿了件单薄的汗衫，对这突如其来的温差变化始料不及，冻得咬紧牙关双手抱臂直打战。

不久，汪明山便抵挡不住滚滚寒流，闭上眼睛，以为难逃一死，心中后悔不已。瑟瑟发抖中，他感到了末日的来临，脑海里幻化出儿时在家乡田野里与小伙伴飞奔嬉戏的景象，叠现出母亲坐在门前为自己缝衣的背影，又叠现出心爱的人儿在河边洗衣的剪影……

3个小时后，即当日下午1时50分，飞机缓缓地降落在日本东京成田机场，又徐徐地滑入47号机位，待上完日本旅客再飞往美国。

这时的汪明山居然没被冻死，在地面温度的化解下，“冰人儿”竟然被融化苏醒了过来，但他双腿已严重冻伤，四肢麻木，无法动弹。如果飞机再次起飞，他知道必死无疑，为求保命，只得强支撑起虚弱的身体对外面搬运的工人大声呼救：“救命！救命！”。

正在机身下装东西的搬运工听到飞机肚子里有人呼救，感到蹊跷，以为是飞机里发出的声响，赶紧向飞机上的航空小姐报告，但是却没发现有人呼救，搬运工又听到微弱的声音，仔细地随声寻找，他们万万没料到起落架舱内竟有个冻得无法动弹的冰人，吓得他瞪着眼睛愣住了。

须臾，接报后的机场管理人员驾着闪光灯车迅疾赶到，他们见状亦目瞪口呆，简直不可思议，又立刻报警，几份钟日本警察呼啸而至。出于人道主义，警察询问了“天外来人”简单的情况后，立即将冻伤的冰人送至千叶县医院抢救。

经过一昼夜的抢救，冻僵了的“冰人”终于“化开”了，闻讯赶来的记者蜂拥而至，他们敬业地守候在医院外一夜不愿离去，谁都想抢这一头条新闻，待天外来人醒来后，记者们不顾一切地涌入病房，不断地询问，闪光灯频频闪亮。

7月30日至8月2日，连续3天，日本一些报刊刊登了汪明山偷渡事件，消息又通过电视媒体迅疾传遍全球。这个离奇的事件大大损害了国人的形象，也给我国的航空声誉造成了严重损害，影响极为恶劣。坐该航班的乘客和飞行员得知情况后，后怕不已。

内行都知道，起落架舱内非常狭小，起落架又是十分精密复杂的机械设备，汪明山的行为极有可能导致起落架被卡住，使起落架无法正常伸缩，从而直接导致飞机无法安全降落，危及飞机及乘客的安全，后果不堪设想。

躺在医院内的汪明山却不知其后果的严重性，他在偷渡之前翻看过几本介绍美国的书，了解到美国人多信仰基督教，便特意买了本《圣经》藏在裤内。在记者采访他时，他不会讲日语，便取出圣经乱摇。报纸刊出其照片后，许多日本人和基督教徒，心生怜悯之心，不断地送礼品和鲜花前往医院，祝他早日康复。

短短几天中，汪明山竟成了“英雄”，收到了一大堆礼物和巨款。正当他为这些捐物和钱款将成为自己的东西而做着成为大款的美梦时，两名日本警察严肃地向他宣读了逮捕令，当场给其带上了手铐。

几周后，汪明山被押至日本千叶县地方法院，日方法官当庭宣告：“身为外国人，并未持有效护照而擅自闯入日本境内，违反出入境管理及难民认定法，判处汪明山有期徒刑一年，缓刑三年。”

1999年3月，汪明山被遣返中国。上海公安机关对其执行了刑事拘留。一年后，汪明山偷渡国境的主要犯罪事实经调查和重审已基本查清。汪明山被批准逮捕，并被依法追究其刑事责任，最后，汪明山被判处有期徒刑7年。

汪明山偷渡事件虽属蹊跷的个案，但对于那些想通过偷渡出境的人来说，无疑是有着现实的警示意义。

股市遭遇黑客

这是中国首例证券市场计算机信息系统遭“黑客”袭击案件，经过两个多月的艰苦侦查，黑客终于浮出水面。此案惊动了中国证鉴会主席，他在证券会上通报了此案，提请各地证券部门严加防范。

1999年4月16日上午，遍布上海各处的证券交易所与往常一样，大厅里人头攒动，买进卖出的呼叫声此起彼伏，一切如常波澜不惊，股民们在盘整走势中难觅兴奋点。

4月16日下午13时沪市刚开盘，两个“貌不惊人”的股票“莲花味精”、“兴业房产”却像脱缰的野马飞奔飙升，瞬间被拉至涨停价格。顿时股市大哗，眼疾手快的股民在一阵惊愕兴奋中迅速输入卖出委托指令，其迅猛之势犹如珍珠港突遭闪电袭击。

上海证券交易所的监督员望着“异军突起”的两种股票目瞪口呆，他们指着两种股票惊呼：“这样波动太不正常了，背后必有蹊跷！”

上交所交易监管员立刻对这两种股票交易情况进行了紧急检查，根据电脑记录发现共计500余万股的买入委托指令均来自三亚中亚信托投资公司，该公司经理接电后尚在梦中，他立刻通知部下进行检查，白纸黑字令他目瞪口呆，报盘机里果然记录着眼花缭乱的委托指令。

经过核查发现的结果令人震惊：当天中午有人侵入营业部的计算机系统，通过修改机中的委托数据记录，虚开了五笔买进委托指令，造成中亚证券营业部以涨停价格买进了总值6 000余万的“莲花味精”、“兴业房产”股票和计划分配500余万股，损失达340余万元。

聚焦最先购买的四个股东

此案的发生严重扰乱了证券市场的正常秩序，使国家集体财产受到严重损失，在社会上造成了恶劣影响，引起了各级领导的高度重视。上海市公安局静安区公安分局迅速成立了联合专案组，经保支队连夜开展了工作。办案人员到中亚证券交易所仔细勘查了现场，听取汇报，排除了“黑客”在中亚证券交易所之外进行远程侵入的可能，最后办案人员制定了“公秘结合，内外并举”的工作原则。

由于警察不能炒股，故侦查员对股票一知半解，甚至是“股盲”。他们边工作，边学习研究计算机系统结构和证券交易原理，紧咬“黑客”留下的蛛丝马迹，经过调查发现侵入计算机系统的“黑客”，其作案手段利用该营业所未对网络用户设置密码的防范漏洞，绕过正常的资金、股票审查流程，直接修改了存在“报盘机”中的数据库记录来实施犯罪的。这是一起利用计算机进行的高智能犯罪案件。由于“黑客”事先经过周密策划，利用计算机系统缺乏必要的运行记录，将电脑终端作为犯罪工具，“黑客”在案发现场没有留下明显作案痕迹，一时无法查找到与本案有关的线索。

一场无声的战斗悄然拉开序幕。专案组连续召开了案情分析会，广泛听取专家们的意见，认真研究案情，汇总了案件的初步线索：

1. 从“黑客”的作案目的看，其修改委托记录、虚开巨量涨停价买单，操作股票价格，意在卖出股票获利。

2. 从“黑客”的作案手法看、其利用一通用的用户名“OIW”登陆进入中亚营业所计算机系统，分析此人应掌握一定的计算机知识，有证券行业单位从业经验，可能是证券市场内计算机操作人员。

据此，侦查工作在中亚证券交易所内外有条不紊地展开。中亚证券交易所共有四层楼面，包括散户交易大厅、中大户交易额厅和包房以及办公用房，内部分布着联网计算机终端250余台，每个终端都可能是“黑客”侵入的作案工具。此外，营业所内部有工作人员数十人，开户股民数百人，每日出入人员极为繁杂。侦查员经过大量走访，仔细核对，排除了内部人员作案的可能性，将范围缩小到散户大厅9台电脑上，但散户股民流动性大，根本无法确定对象.

侦查员对中亚证券交易所的计算机系统分析，该营业部管理人员安全意识十分淡泊，未对计算机系统设置基本的防护措施，而且计算机系统没有任何记录，仅有的线索被一一排除，案件的侦破陷入了迷惘之中。

虽然首次遇到这种高智商案件，且颇有难度，但侦查员坚信“黑客”一定会在某个环节露出马脚。为了寻找案件的突破口，专案组再一次召开诸葛亮分析会，剖析案情。激烈的讨论将焦点集中到一处：低吸高抛，股票交易才能获利。黑客虚开买单，让中亚营业部高价买入大量股票，只要在高价卖出手中的股票，便能在交易中获取利益。专案组决定从股票的买卖交易记录上寻找线索作为破案的突破口。经过缜密侦察获悉：案发后，“莲花味精”、“兴业房产”两种股票的买卖交易记录有数千条之多。从表面上看，笔笔都是正常的。去伪存真，必须将隐蔽在正常交易背后的异常情况查找出来。侦查员将上海证券交易所4月16日涉案股票的所有交易记录都输入电脑进行分析。

侦探们不断地假设，不断地否定，终于一个重要的疑点跳了出来：有

4个股东账户的卖出委托成交时间是在案16日13:01以内，其中账号为"A135543814"的账户尤为可疑，其委托成交时间为13:00:05，即这个账户的持有者必须在下午1时沪市开盘前完成买出委托的输入，等开盘后立即发送至上交所。

侦探胡文彪来到上海证交所请教专家，专家听罢案情分析说："最熟练的操作工输入一笔委托单也要4至5秒钟的时间。更为重要的是证券市场在下午13:00整开盘后的个股行情，经过处理后发送到证券公司营业部并在电脑终端上显示出来，必须有40—50秒的时延，也就是说，若不知情的人要在16日下午13:00:40秒之前看到"莲花味精"、"兴业房产"两种股票价格达到涨停板行情，并申报委托、成交是绝对不可能的。"

权威部门的证明和实验进一步验证了侦查员们的观点，这4个股东账户的操作者有重大涉案嫌疑。

顺线点击，高智商"黑客"浮出水面

经过对最先买入的10个股东持有者筛选，最后聚焦在最后4个股东账号上。经查，这4个股东持有者，一个为28岁，名叫方萍，系中学女教师，病休在家；另一个名叫陈仁，39岁，无业。经过比较，感到还是从女教师入手易突破。

5月20日，方教师被依法传唤至公安局，她开始故作镇静地说是看到涨停板再买进的，但经过晓之以理地劝说，女教师感到了事态的严重性，交代了其炒股资金和信息均来自男朋友祝亮。祝亮4月14日打电话给她，让她4月15日将所有资金全部买入"莲花味精"，然后与4月16日下午开盘前以涨停板申报委托全部卖出。祝亮已炒了10多年股，对股市已摸得稔熟，且有独到的见地，已赚了3 000多万，所以方老师对其佩服得五体投地，对他的来电自然言听计从，4月15日她分多次以11.2元的价格买入"莲花味精"股票

8.9万股，共计55万元。遂于4月16日下午13∶00∶05以12.97元价格抛出。共非法牟利8.4万元，通过对女教师的交代分析，证实了对4个股东持有者有嫌疑的依据。

当日下午，侦查员依法传唤了祝亮。财大气粗的祝亮与女教师不同，一副盛气凌人的架子，自以为有3 000万元身价牛气得很。一口咬定是看到涨停板后买进的，还滔滔不绝地讲起了炒股的技巧，但侦查员胡文彪却明确告知他，在30秒内涨停板不可能显示出来。实验证明，从委托到显示最起码需要1分30秒，而方老师只用了不到1.24秒，从这个时间差来分析，绝对不可能看到涨停板。

祝大款一听侦探如此细致入微的分析，感到了事态的严重性，但他不愿轻易开口。侦探问："为什么开盘就卖出，你凭什么吃得这么准，请你分析一下。"

祝大款知道遇上了懂行的对手，但他毕竟是行家，他知道计算机设备上没有留下痕迹。没证据对他也没法，所以他坚持两昼夜不开口。

侦探问："为什么这么抛？"他摊开双手道："我买了很久，压了很久，所以才抛。"

经过72小时的拉锯战，祝大款似乎悟出自由比金钱和朋友更为重要，面对法律，他终于无奈地说："我饿了，要吃饭。"小胡知道这是信号，立刻买来了盒饭。饭毕他又提出抽烟，又满足了他。祝大款猛抽了几口烟后，提出要见孙队长。

孙队长进屋后，祝大款试探："不是我干的，我不说你们也没办法."孙队长告诫他："这个案件引起了各级领导的重视，系扰乱金融秩序，知情不报，该当何罪？"

听罢忠告，祝大款掂量片刻，终于沉不住气了，心平气和地说："是一个证券交易所的电脑清算员告诉我的，他叫赵剑。他于4月14日打电话我买'莲花味精'。我问他为什么？他说16日中午肯定会涨到涨停价。我问有何信息？他说你买进就是了，不会错的。于是，我将信将疑地让方老师去试试。果然涨到涨停价，方老师最后以12.97元全部抛出。另外他还将消息告知了好友陈仁，他低吸高抛后赚了8万多元。16日下午，赵剑还打电话来自豪地说怎么样涨了吧。

侦探们根据祝亮的交代，迅即传唤陈仁，陈妻正在医院生孩子，陈为了早日解脱，便痛痛快快地如实交代了接到祝亮的电话后赚了8万的经过。

至此，疑点全集中到赵剑身上。为防止祝亮走漏风声，公安人员决定在百乐门宾馆开一间房间，暂时委屈一下，等抓住了赵剑再回家，祝表示理解。

通过户口内册查清了赵的基本情况：赵剑，男，1970年生于上海，上海市电子工业大学计算机专业毕业，系石家庄信托投资公司上海证券交易营业所电脑交易清算员，住上海龙华西路某号。

掌握赵剑的基本情况后，苦熬了一个多月的侦查员们精神为之一振，孙队长兴奋地猛拍案几道："从对象的知识和职业来看，这个人像'黑客'，有作案条件。"

5月23日星期六上午11时，经侦支队杨副支队长、胡文彪悄然来到赵剑楼下，打电话至赵家，赵父接电告知儿子在家。敲开门后，屋里飘来一股诱人的香味，赵母在烟雾弥漫中做了满桌佳肴，准备请第一次上门的儿子女朋友吃饭。赵母惊讶地问不速之客找谁？赵剑。须臾，一个留寸寸头的、戴金边眼镜颇为精干的小伙走了出来，他一脸疑惑地问："你们找谁？"当他看罢公安局工作证后一切都明白了。其实他心里早已有准备，他让来者稍作准备，便回到房里莫名其妙地对女朋友说："我们的关系就算了。"又对父母说："我有事出去一下。"说罢便故作轻松地随侦探们下了楼。

智商和毅力的较量

赵剑来到静安分局后，早已等候的孙队长见来者精明干练，知道遇上了对手。果然，对象沉着老练，金丝边眼镜片后那双眼睛闪着机敏的目光，对侦听的提问，回答得滴水不漏。

他坦率地承认曾向朋友祝亮推荐过两个走势会在4月15日左右攀高的股票。之所以推荐是因为我从几个方面观察、综合得出的结果。于是，他像老股东教新股民上课一般，大谈炒股经，以试探对手的深浅。早已掌握情况把握十足的孙队长告诫他;"你不要以为自己聪明，我们能在茫茫人海中找到你，说明我们比你智商更高。"

孙队长知道他曾在公司当过保卫干部，所以也不绕圈子，便单刀直入地问:"你是否去过静安证券交易所炒过股票？"

"没有，肯定没有！整天在人堆里与股票打交道实在是烦透了，哪里还有兴趣到别处自找烦恼。"赵剑回答合情合理。

"你肯定没有去过？"孙队长颇有把握地问。

看似文质彬彬的赵剑，虽初次与警察打交道，但他一点也不惊慌，口吻强硬地说;"我没什么好说的，你们认为我有事，凭证据拘留我，没有证据，询问24小时放人。"说罢摆出一副死猪不怕开水烫的架势。让他笔录上签字，他字斟句酌了好半天，改了20多处。

之后，任你是法律教育，还是好言相劝，他三缄其口。

对付这类狡猾对手，再用坦白从宽之类的审讯办法，犹如算盘高手去玩电脑一样不对路，最有效的办法就是找到证据，只有在大量证据面前，他才会如实招认。

侦查员来到中亚公司调出了4月16日录像资料。录像资料中果然发现了赵剑进入营业所大厅时的侧面身影，时间定格在中午11时50分，共有4张画面。侦查员立刻将资料送到刑侦总队科研所，几位专家将4幅画面群像中的赵剑特写出来，再用电脑扫描成图像。

侦查员又到赵剑所在单位，让赵的同事们辨认，在一大堆照片中，大家一致指认那张照片上的侧面头像和侧影，就是赵剑。

同时，侦查员又获取了4月16日下午，赵剑以涨停价抛售其在天津国际投资公司上海证券交易所账户上的7800股"兴业房产"股票，获利7 277.01

元的证据。

这已是第十二次提审赵剑。当侦查员自信地取出赵在中亚公司的照片后，他脸上轻微地抽搐一下，这个细微的动作被孙队长捕捉到了。在证据面前，赵剑故作镇静地说："我想起来了，是去过，那是去小便。那里是公共场所，谁都可以去。我去过怎么能证明是我干的。录像里有我操作电脑吗？"赵剑以攻为守。侦探又点他穴位道："你持有'兴业房产'7800股股票，为何16日下午抛了？"赵剑双手一摊，做无奈状："'兴业房产'已套了一年，我想解套。"之后，他三缄其口，问他一下午，他置若罔闻。他清楚刑事拘留期限30天，现已经熬过20天，再顶10天就可自由了。

10天之内，又提审过赵剑七八次，但这个花岗岩脑袋就是死活不开牙。其实他的心理防线已到极限，有天他在监房里实在受不了，便用头撞墙，监管问他为何想死？他痛哭流涕地说这世界容不下我。

6月30日，赵剑顶到了出头之日，他以为今晚12时便可回家了，心情有点激动。未料，晚上7时赵剑见来了5人提审他，有两位穿着制服。赵剑见这架势心知不妙，然他还是颇为自信，先开口问："时间快到了，今天对我到底怎样？"小胡平静地说；"我们依法办案，你不要存侥幸心理。"

赵剑似乎已经习惯了这些套话，他决定沉默到底。彼此心理较量了3小时，最终还是赵剑先开口："我想提几个问题，法律对计算机是如何界定的？一是非法侵入，一是涂改数据，如果算其中一条，其行为算不算严重？"

这提问是试探深浅，更是不打自招。这印证了他作案后看过法律书，计算机非法侵入或涂改数据，则可能判处3–5年徒刑，如果是破坏金融秩序罪，则是杀头之罪。他心知肚明。

孙队长没有正面回答他："你既然提了这问题，说明你了解法律，严重不严重你最清楚，希望你讲清楚，我们给你机会。"

又僵持了一小时，孙队长开始侧面攻击："你母亲已来过多次，每次都流泪满面，她心疼你啊，听说她有心脏病，生你的时候，险些丧命。还有你的表姐通过多方找人求情，我们想帮助你，但关键还是取决你的态度。"

赵剑听到此，禁不住失声痛感哭，一头埋在手臂中，胸口起伏不已，冷静下来后，他习惯地抬腕看表，但他的手上没有表。孙队长从这个细节中察觉到他的心理防线开始松动。

孙队长提醒道："现在是11时40分，你要抓紧时间。时间已差不多了，要讲抓紧讲，不要绕圈子，希望你给自己留出路。"说罢孙队长用眼神示意了一下小胡，小胡心领神会地从包里取出那张逮捕证，递上去请他签字。

赵剑一见逮捕证彻底明白了，公安局肯定已有证据，不是在捣浆糊。他颤抖着手拿着笔问："我还要问，是否严重，是否属于破坏金融秩序罪？"

孙队长提醒他："12时不交代，罪行只会加重，还有10多分钟，你自己定夺。"

僵持了10多分钟，赵剑的心海里一阵狂风暴雨，11时50分终于平静了下来，一改往常的强硬态度，倾巢般地一吐而出。

3月31日下午5时许，我进了中亚公司大厅，职业的习惯使我来到台上玩起了电脑，第一道门是内行都清楚的，懂得人都可进去，第二道门一般都加密，我好奇地一试，未料竟然顺利地进去了，里面的账目一目了然，且可以随意改动，我突然萌生改动的想法，这时候正有人来，我只能一走了之。4月14日又去了一次，把当天交易的数据拷贝出来，试着改动了一下，果然又成功了，心里一阵狂喜。回家后我心里开始踌躇，但想到手上的"兴业房产"已被套一年多，心情不好，想急于解套；另外也想讨好祝亮，因他给了我不少有价值的信息，也想趁此机会回报一下。在利益的驱动下，我决定铤而走险。

4月16日11时45分，我趁股市午休之机，来到三亚中亚信托投资公司上海新闸路证券交易所营业部的小厅内，在电脑终端对待发送的委托数据记录进行了修改，将其中五条记录内容分别改为以当日的涨停价位每股10.93元买入"兴业房产"，以每股12.98元买入"莲花味精"。13时股市开盘后，修改的数据成功地发送至上海证券交易所，我迅速地抛售所有的"兴业房产"股票。

一口气交代完后，赵剑长长地舒了口气，像压紧的弹簧突然被放松似的轻松。

1999年11月11日，静安区人民法院以操纵证券交易价格罪，判处赵剑有期徒刑三年，并处罚金人民币一万元。

赵剑最担心的是被判定为破坏金融秩序罪，那是杀头之罪，未料竟然判得这么轻，他简直不相信自己的耳朵，当法官宣读完判决书问被告人是否上诉，赵剑连连摇头表示不上诉，希望法院尽快让他去服刑。此刻，他才感悟到：股票解套了，人却被套牢了，实在是得不偿失。

是的，犯罪，缘于一次偶然的发现，在关键时刻赵剑走错了一步，真是一失足成千古恨。害己又害他人，营业部因防范不严，两年多的利润付诸东流，经理也被撤职。

为亡羊补牢，中国证监会主席周正庆在一次全国会员大会上，郑重地通报了该案例，要求各地证券交易所引以为戒。全国的证券交易所闻讯后纷纷给计算机设立了密码，加强了防范措施。我们相信这是首起也是最后一起利用计算机操纵证券交易价格罪。

克隆《辞海》，中国盗版第一案

中国“入世”之后，一场反盗版的风暴以前所未有的强度席卷着中华大地，《辞海》盗版案的侦破，拉开了中国全面打响知识产权保卫战的序幕。

《辞海》得到了三代领导人的关心，更凝聚了五千多位专家学者的心血

2002年8月27日上午，上海市第二中级人民法院对令人瞩目的《辞海》盗版案作出一审判决：盗版《辞海》的委印人李伟、王翎因侵犯著作权罪，被分别判处有期徒刑三年和四年，并处罚金4万和5万元。同日下午，“查处《辞海》被盗版案新闻发布会暨公开销毁《辞海》盗版仪式”在上海中华印刷厂举行。国家新闻出版总署副署长、全国扫黄打非办主任桂晓风，中宣部、公安部、国家版权局有关部门的领导，上海市副市长周慕尧和上海市有关部门的领

导，以及中央和上海主流媒体的记者参加了大会。15时10分，桂晓风主任和周慕尧副市长同时启动了按钮，3 000余册盗版《辞海》顷刻化为废纸……

该盗版案的判决和盗版书的当众销毁，向世人表明了中国政府保护知识产权和打击盗版的决心，标志着中国打击猖獗盗版活动取得重要阶段性成果。

《辞海》始纂于1915年，首版于1936年。该书一面世便受到了广大读者的普遍欢迎。这是一本集全国学者公认为最权威的百科全书。它囊括了政治军事、文化教育、文学艺术、科学技术、天文地理和古今人事，是我国唯一一部兼具字典、语词词典和百科词典功能的大型综合性辞书，是学子开启知识宝库的一把金钥匙。

从开国大典到打开国门到走进新世纪，《辞海》的编纂、修订得到几代领导人的关怀和支持，更凝聚了几代专家学者的心血。1957年秋天，毛泽东主席到上海视察工作，约见舒新城、赵超构等文化界名流，在谈到辞书问题时，毛泽东主席对修订1936年版《辞海》的动议极为重视，当即拍板将这项艰巨的任务交给上海。1958年5月1日，中华书局辞海编辑所在上海成立。郭沫若、翦伯赞、吴晗、吕叔湘、陈寅恪、竺可桢、茅以升、吴阶平、吕骥、潘天寿等全国学术界各领域的权威和3 000多精英学者参与了这一浩繁的工程，历时8年进行编纂、修订。1965年4月终于出版了《辞海.未定稿》，内部发行1.5万套，两个月后，毛泽东接见《辞海》中国古典文学分科主编刘大杰教授时说，我已把《辞海》(未定稿)看了百把遍，感叹道："你们做了不少工作。"他又指出，现代词目有些写得简单了一些，并对"中国共产党"等条目的写法作了重要指示，还提出了考虑将来《辞海》的出口问题。

1971年，周恩来总理提出把继续修订《辞海》的任务列入国家出版计划。1975年10月，周恩来同志病危中关怀《辞海》修订工作，托人转告辞海编辑部，对"杨度"条目作了实事求是的修订。

1979年邓小平同志批示，将其中军事条目交由军事科学院审定。

1989年，江泽民同志为《辞海》(1989年版)问世题词：发扬一丝不苟字斟句酌的严谨的辞海作风精神，为提高中华民族的文化素质而努力。对编纂、修订者的科学态度和严谨作风给予了高度褒奖。1999年《辞海》版江泽民总书记又题写了书名。

1999版《辞海》，国家投资了10000多万元，可谓是出版界的头号工程，数千专家学者为之倾注了心血。据介绍，辞海共有10多万词条，每一条各领域的专家都参阅了大量资料和反复论证20余次才获通过。它是一本千锤百炼的国宝级精品工具书，是几代学界泰斗和5 000多名学者半个世纪心血的结晶，它奠定了中国唯一一部权威的大型综合性词典的地位，被公认为中国科学文化发展水平的标志性出版物。

学界泰斗联名呼吁，出版社高额悬赏打击盗版

经过第四次修订，无论从全书格局、学科比例、释义内容、表述方式均已达到相当高境界的《辞海》，1999年普及版、彩图版作为向国庆五十周年献上的一份厚礼，不仅受到了社会各界的普遍赞誉，获得了第四届国家辞书奖特别奖励，一上市就出现了罕见的紧俏场面，为满足不同层次的读者需要，2000年1月《辞海》缩印本投入市场同样出现了热销场面。

然而，当《辞海》畅销之际，却引来了不法书商的觊觎。从全国各地的推销员反馈的信息，《辞海》投入市场仅两个月，即2000年4月，江苏、山东、北京、安徽、河北、陕西等地已发现《辞海》缩印本、普及本的多种盗版本。盗版速度之快、数量之大、版式之多令上海辞书出版社社长李伟国和全社人员震惊和愤怒！

5月16日出版社举办了维权会，与会者一致认为，这是对知识的无情践踏，对法律的公然藐视，在中国欲加入WTO的今天，再也不能沉默下去了，与会者指出，反击《辞海》盗版的意义，不仅是维护众多作者、编者的合法权益，而且更具加强社会主义法制、弘扬知识产权制度，提升我国国际形象等

重大作用，应当依法对《辞海》盗版行径、犯罪行为大加鞭挞和严厉制裁，更应依法将盗版《辞海》的案犯和侵权者绳之以法。

上海辞书出版社社长、总编辑李伟国在会上向与会者、新华社和各大媒体通报了《辞海》被盗的情况：

《辞海》1999版缩影本投入市场仅两个月就发现了盗版本，我们从山东烟台市三站图书市场六折购回一套，经鉴定为盗版本。我们又收到北京市新闻出版局市场处的传真，他们在北京通县一装订厂查到普及本的盗版本。正版普及本共三册，定价为480元，而盗版本共六册，定价1980元，翻了四倍，该厂装订后三册，1 500套，共4 500本已被扣留。

《辞海》被盗版，是一起十分严重的事件，危害甚大，一是败坏《辞海》的形象。《辞海》不仅以内容文字的高质量著称，其印刷装帧也属上乘。而盗版书，尤其是普及本的盗版书，印刷装帧质量极其低劣，纯属粗制滥造。二是坑害读者。据初步翻检，普及本盗版书的四、五、六册，即有300多处字迹模糊，难以阅读，《词目外文索引》只有一个开头，漏印80多页，而定价则抬高到正版社定价的四倍之上。三是侵害作者的合法权益。四是削弱正版书的销售，损害出版社和书店的利益。五是因印刷质量低劣而损害出版社和印刷厂的声誉。总之，盗版犯罪扰乱了图书市场，阻碍科学文化的正常发展，玷污了我国图书出版业的形象。

最后，李伟国社长通过新华社和各大媒体郑重地宣布：凡发现盗版《辞海》的一个版本，提供确凿的证据或有价值的线索，出版社将根据查处的结果给予相应的奖励，最高金额达15万元，并为其严格保密。

为《辞海》编纂的作者们闻讯自己为之呕心沥血的宝贝被盗版后，无不痛心疾首摇头惊叹：连这样的国宝也敢盗版，哪还有什么不敢盗版呢？国法何在？良心何在？作者难容，天理难容，国法更难容！为维护《辞海》的权威和法律的尊严，2000年5月25日参与编纂的学界泰斗全国政协副主席、著名数学家苏步青，全国政协副主席、著名物理学家钱伟长，著名桥梁专家李国豪，著名气象专家叶叔华，著名学者钱谷融，原上海市委书记、《辞海》主编夏征农等联合署名，向全社会发出了《打击盗版，维护〈辞海〉作者、出版社的权益》的呼吁书。

全国扫黄打非办和公安部有关领导闻讯，当即表示，《辞海》的盗版乃是一起严重事件，要列为重点案件追查到底。

陕西汉中印刷厂发现了重要证据却又被青工抢走

2000年5月底，上海市公安局文保分局接到上海辞书出版社的报案。治安大队受理了此案。开始办案的民警只是履行公事，请报案人填写陈述笔录，但此次看完来者填完表后和交上了10多位老领导、老专家的联名呼吁书后，接报者感到了事态重大，即刻报告了大队长叶卫。叶大队长亦深感案件重大不敢怠慢，即刻向副局长韦忠义汇报了此案，分局领导非常重视，立刻开会研究。韦局长要求办案成员不能像过去一样，到书摊上零打碎敲，浪费精力，而是从源头查起，一定要查出盗版的源头，为尽快侦破此案，决定成立5人专案组，办案人员放下手中的案子，集中精力追查《辞海》盗版案。

专案组成立后，精力没有放在追踪那些鸡零狗碎的摊贩书商，因为以前有过教训，即使抓住了不法书贩，只是交代到何处买的，再追下去贩子早已闻风而逃。最后只是罚款了事。故他们这次确定的重点是追踪盗版源头，但苦于案情一时还朦胧不清。

应该说，辞书出版社通过新华社和全国各大媒体宣布的高额悬赏起了关键作用。不久出版社收到了全国各地许多来信，其中一封来自陕西汉中的检举信牵引了专案组的视线。信中说，汉中印刷过许多盗版辞书，署名是“一个有良心的共产党员”。专案组民警与上海出版局的人员迅速赶至汉中，根据过去的追查经验，侦查员最头痛的是地方保护主义，只有当地执法部门积极配合，案件才能顺利侦破。

为了取得当地政府和执法部门的支持，上海警方和版权局分别向公安部、全国打非扫黄办汇报了案情，公安部、全国打非扫黄办召集了上海和陕西两地的有关领导研究了案情，就案件的归属问题两地发生了分歧，上海方认为受害者在上海，应由上海立案；而陕西则认为作案人在陕西应由陕西立案，互相各执己见，最后公安部、全国打非扫黄办一锤定音，由上海警方负责侦查，并向陕西省公安厅、陕西版权局分别下达了指令，要求积极配合侦办。

2000年6月7日，由上海警方5位民警和出版局的3位同志组成的追查小组悄然赶至汉中。虽然只是初夏季节，然黄土高原已是赤日炎炎似火烧，办案人员不顾酷暑找了个偏僻的地点，约来了"一个有良心的共产党员"，来者神情惋惜地告知：几天前厂里不知从何处闻到了风声，突然进行大扫除，昼夜打扫"战场"，共清理走三卡车的印刷品。

6月8日，专案组一行感到再隐蔽身份已无意义，便公开身份直奔汉中印刷厂，3位版权局的同志对印刷程序了如指掌，他们带领警方直奔印刷车间，然车间里已是干干净净，版权局的同志便来到废纸堆里寻踪觅迹，蓦地发现了印刷《辞海》的样张，大家看到证据后喜不自禁，突然有位身穿工作服的青工冲上来猛地抢走样张倏地消失在厂房后。

专案人员先是一愣，继而怒气冲冲地来到厂长办公室要人，一位接待者说张厂长出差去了，又找到张副厂长和党委陈副书记，让他们交出那位抢走样张的青工，他俩又推说不知道是谁，无法找。张副厂长还苦着脸为难地说"老大不在，我们老二、老三不好说话。"两位厂领导一口咬定只印过"四大名著"，从未印过任何辞典，还信誓旦旦表示："愿意承担一切法律责任！"并在陈述笔录上签字画押以示清白。

到手的证据就这样莫明其妙地蒸发了，专案组于心不甘，但厂领导这种拒人以千里之外的态度又无法深查细究，但专案人员实在想不通，这不是一家地下个体印刷厂，毕竟还是一家上千人的国有企业，厂里还有100多名共产党员，怎么会查不下去？上海专案组犹如当年搞活地下工作一样悄悄地在宾馆以外的一小餐馆约请了检举人，对方为难地一再哀求道："我只是出于良心说了真话，但你们要体谅我的处境，我们祖宗三代都在厂里劳动生活，万一被领导知道了我们一家老小在这里就难以生存了，我个人无所谓，但我还上有老、下有小，中间还有阿庆嫂，我为他们担心，你们一定要替我保密啊！”望着这位正直的汉子为难的表情，警方深深地体会到了他的难处。

6月9日，上海警方将汉中侦查受到的情况上报北京，全国扫黄打非办领导批示：将此案列为2001年全国重点督办案件，并指示陕西省公安厅和省扫黄打非办全力协助上海警方依法查处此案。

山东东营市新华印刷厂垃圾堆里找到了ps版铁证

专案组正在汉中受阻之际，接到了上海公安文保分局韦忠义副局长的电话，告知在山东省东营市新华印刷厂发现了线索。韦局长听到汉中难以突破的情况后，果断决定掉转枪头，直奔东营。6月15日专案组一行匆匆赶至山东省府济南市，为取得当地政府和执法部门的支持，他们向山东省公安厅、版权局领导汇报了案情，当地省厅的领导明白了案情的重要性后，立即批示东营市公安局全力协助上海侦破。

东营市新华印刷厂所在的广饶县县长极为重视，热情地接待了上海警方，上海一行人马草草吃了便饭顾不上休息便要求当晚直奔印刷厂，已是深夜10时许，县长见上海警方马不停蹄深为感动，便亲自陪同上海专案组赶到东营新华印刷厂调查，老练的出版局同志专门找角落的那些垃圾堆，果然，在垃圾堆里发现了PS版模版，PS版是印刷书籍的底片，为防止出现上次被抢的情况，由一位人高马大的警察像抱着孩子一样紧紧抱着半平方米大小的PS版，其他人围在四周，大家眼睛机警地来回扫描着，一路小心翼翼地回到宾馆。

当地有关部门的人在上海专案组住的宾馆隔壁也开了两间房间，为了防止意外，大家晚上睡觉反锁上门又加保险，尤其是那间存放PS版证据的房间更是紧张,生怕半夜里被抢走,夜半多次醒来神经质地爬起来查看证据是否还在。第二天清晨5时多,大家在电话铃声中惊醒,睁开惺忪的眼睛迅速起床,风风火火地带上行李,准备赶乘早晨6时第一班汽车"溜之大吉",未料,大厅里早有当地县领导和印刷厂厂长恭候在大厅,办案人员在宾馆作笔录,厂长态度诚恳地如实供出,盗版发生在2000年1月,朋友介绍来了一个北京的叫吕大平的书商,他主动上门提出以每本58元印刷费成交,印刷5 000册《辞海》,我接过菲林片开始是踌躇不定,知道这是冒险的活儿,但经不起来者的怂恿,在丰厚利润的诱惑下,决定冒一次险,没想到你们这么快就找上了门来。

当地的县长向办案人员保证一定抓紧认真查处,见当地政府如此重视,厂长又主动上门交代了问题,办案人员便告知厂长等候处理。当地政府和执法部门对此案颇为重视,在一个月内将案情查得水落石出,其政府对参与盗版活动的厂领导给予党纪处分,停产整顿7天。不久厂长主动到上海交了非法所得,并交了数十万罚款。

为了抓获北京的不法书商吕大平,民警郑尧刚赶到北京,北京警方听了案情介绍后,给予了的大力支持,他们立即作了布控。完成任务后小郑买了车票准备回沪,临走前一天傍晚,他早早来到天安门前准备观看升旗仪式,突然手机响了,对方自称正是上海警方要找的吕大平,他在电话里恳切地表示,下周一一定赶到上海投案自首。

9月下旬,吕大平在家人的陪同下携带25万元来到上海市公安局文保分局自首,他已将提供给地摊书商的盗版《辞海》悉数追了回来,已售出的也设法找了回来,230元一套的《辞海》共2500多套,已托运发往上海,并交了罚款25万元。鉴于吕大平自首情节和认罪态度,警方决定从轻处理,取保候审。

中共中央政治局委员、中宣部部长丁关根获悉侦破山东盗版《辞海》消息的后,特意派员到上海听取汇报,并指示将上海公安、版权联合执法的经验向全国推广。

杀回汉中，欲带走违法人员时遭数百人围攻

在山东侦破近一个月告捷回到上海后，上海警方5个月没有惊动汉中。汉中印刷厂见半年过去了没有动静，以为万事大吉了。他们早在上海专案人员撤走之后，立马开始补漏洞，先是打电话告知不法书商，让他们尽快将大扫除后藏匿在仓库里的2 500万套《辞海》迅速提走。但不法书商怕警方守株待兔，不敢前往。厂方为了弥补损失，竟又大胆地派人将仓库里的《辞海》悄悄通过地下渠道抛售。

另一方面，为了不使风声外露，汉中厂又召开了全厂职工大会，厂长在大会上声色俱厉地宣布了保密纪律："谁要是把印刷辞书一事捅出去，谁就是汉中印刷厂的千古罪人！"并且成立了护厂队，昼夜在厂区巡逻，以防公安人员再次突然闯入。

说实话，在印刷业务竞争激烈的困境下，几年来，汉中印刷厂领导为了厂里1 000多名职工的生活和国企的利润，确实全身心地投入在工作上，费心劳力自己也没多拿几个奖金，为了摆脱国企不景气的困境，他们动足了脑筋，为厂里上千号工人不下岗和地区稳定下了汗马功劳，凭心而论，他们这种创业的精神令人敬佩，但他们却通过盗版这种不法途径和方法来摆脱了经济困境，却又陷入了违法的困境。应该说大多数职工在不明真相的情况下，干了盗版违法事，他们能按月领到工资和奖金，能养家糊口早已心满意足，也没考虑那么多。而少数参与盗版者也是在生存还是死亡的矛盾心理中作出了无奈的抉择，但盗版毕竟是违法的，就如没饭吃去偷去抢一样，照样要受到法律的追究。

半年不见动静以为万事大吉的汉中印刷厂，他们并不知期间上海专案组正在山东打了漂亮的一仗后又杀了回来，他们以为上海警方没有证据不了了之。未料上海警方于11月9日又悄然找到知情人了解情况，对方反映了一

条很有价值的线索：汉中印刷厂曾向山东济南购过大量词典纸张。警方立即赶赴济南印刷厂查证，果然1999年12月汉中印刷厂购过35吨40克的词典纸，每吨价格8 034元，货款分三次付清，货一次发完。经上海印刷专家计算，这些纸正好可印5 000册《辞海》，张副厂长曾拍胸脯保证道："没有印过任何字典。"这正好印证了他们盗印过词典，这是一条重要的线索和有力的证据。专案组为此信心大增。

汉中是当年三国诸葛亮运筹帏幄之地，专案组的成员也采用了孔明惯用的出奇不意之计。于2001年12月3日，专案组一行11人悄然杀回汉中。

他们下榻宾馆后，悄然地来到汉中印刷厂，找到"老大"法人代表张厂长和张副厂长、市场开发部张副经理，还有那位拍胸脯保证没盗版愿承担法律责任的陈副书记。几位厂领导自持来者没有证据，便傲慢地说；"有问题在厂里谈，我们没违法不去公安局。"专案组为慎重起见，坚持要到公安局去谈问题，双方各执己见，经过一段时间交涉，最后只好折中回专案组住处宾馆去谈问题。

小车刚回宾馆不久，数百名印刷厂职工便尾随而至，他们簇拥在宾馆门前，将大门围得水泄不通，情绪激动地高呼："快放人！"

面对被困处境，专案组立即报告了上海公安局的领导，很快公安部电令陕西省公安厅务必保证上海警方的安全，汉中市公安局上百名警察接报后迅疾赶赴宾馆，在警察的劝慰下，情绪激动准备冲宾馆的职工才退出大门。在"快放人"的呼声中，几位参与盗版的厂领导被分隔突审后，才得知案情的严重性，他们无可奈何地如是地交代了盗版经过。

1999年12月的一天，开发部副经理接待了书摊上结识的朋友西安市张伟和南京市王翎，酒过三巡，来者便道明了来意："我们带来了一套《辞海》的菲林片，预付30万元，请你们印刷厂帮助印刷5 000套，时间越快越好。至于报酬嘛肯定使你们满意。"张经理拉到了一笔业务，也不管是否违法，便迫不及待地向分管业务的张副厂长作了汇报，张副厂长其实心知肚明这是一笔横财，但他想的是"马无夜草不肥，人无横财不富"，早已将法律抛到了九霄云外。张副厂长又向一号张厂长汇报了此事，厂长也知道这是非法买卖，但在惊人利润的诱惑下，他果断拍板，干！最后以两个月时间成交。他们在缺资金的情况下立刻赴济南购了35吨字典纸，以最快的速度印出了2 500套，不法商立刻提走了第一批货。厂里又赶印了2 500套尚未来得及取走，2002年5月，张厂长从媒体上看到了上海辞书出版社正在大声呼吁盗版可耻，并悬赏15万元追查盗版源头的消息，惊出一身冷汗，立刻组织中层干部以大扫除名义迅速转移余下的2 500套赃物，并销毁了版子。就在他们以为做得天衣无缝时，未料上海警方已迅速找上门来，并发现了样板，那位青工出其不意地抢走证据后，厂领导非但没批评他，还暗自庆幸干得好，警方没有证据就拿我们没办法。

但警方还是找上门来了，而且觅到了证据。分头做完笔录后，案情已基本明朗化，上海警方准备依法带走四位违法者时，不料宾馆的门口的人群非但没散，反而更加多，约有四五百人之众，高呼："放人！放人！"。

办案人员作完笔录一直被围攻至子夜时分，在当地民警的引领下，10名办案人员和4名对象开始突围，他们提着大包小包，摸黑走过顶层一条长长的通道后，又翻过一堵2米高的砖墙，来到宾馆的裙楼，大家如释重负地乘电梯来到楼下时，见一辆面包车已敞开车门等候在大门外，大伙见状喜出望外，推着行李、带着四名对象正准备上车之际，闻风而来的人潮从宾馆正门迅速扑来。当地民警手挽手立即组成一道人墙，堵住了汹涌而来的人潮，办案人员抓紧迅速上车，但激动的人群不顾一切地向前扑去冲破了防线，不但阻止办案人员上车，还对他们拳打脚踢，混乱中被劫走一名对象，十多名受困人员在当地警方的保护下，犹如当年的曹兵一样"狼狈"地退回到宾馆内，无奈只得固守在一间陈旧的房内。

又僵持了四五个小时，其间当地市政府、公安局、版权局与专案组谈判，当地政府秘书长首先提出要求，将这个案件移交给当地公安部门来处理，其理由是案发地在汉中，上海警方坚决不同意，同时他又强调这家企业是利税大户，厂里有上千职工，万一带走三位厂领导引发闹事事件我们承担不了，你们也承担不了，你们要相信当地政府，一定会依法办事，但上海警方心里清楚，一移交案件又会不了了之。市府秘书长最后保证，尽快带该厂几位主要涉案人到上海投案自首，如有意外，可追求我的责任。在如此情况下，上海警方办案人员只得打电话请示，韦忠义副局长详细听完汇报后，为同志们的安全和社会稳定考虑，同意先放人，但要求每人做完笔录，让汉中市政府签订协议，保证带人到上海接受处理。为防止矛盾激化，专案组只得委曲求全放了3名涉案人员，心情沮丧地回到了上海。

12月11日，上海市副市长闻讯情况后，立即打电话到上海市公安局文保分局，向办案民警表示深切慰问，民警们深受感动。

12月4日，汉中印刷厂的张厂长、张副厂长和开发部张副经理先后来到上海接受处理，并运来了2 400余套盗版辞海。

《辞海》盗版本的始作俑者受到了法律的严惩

根据汉中印刷厂提供的线索，盗版《辞海》的始作俑者已露出了水面。一个是西安人李伟，一个是南京人王翎。办案人员分头分赴西安和南京，两人早已闻讯逃之夭夭。专案人员请求了当地公安协助追缉，并上网追逃。江苏警方闻之非常支持，很快查到了王翎的地址，但他早已不知去向。据片警告知，王翎已离婚，现与一女子同居，但不知现住何处。公安人员跟踪追迹终于摸到了那位女子的住处，已不知去向。通过房东了解到，王翎与该女子曾生过一女孩，不久就夭折了。专案人员灵机一动，来到妇幼保健院查婴儿出生登记卡，果然查到了死婴登记卡上有王翎的签名，根据其住址追踪，发现王翎与其父母居住在一起，立刻进行布控，但一时难以奏效。又从保安处获悉王翎有一辆桑塔纳车，是上海牌照，只记得最后三位数，具体不详。经过上海交警网上查找，工夫不负有心人，终于如愿以偿。

2001年6月25日，当王翎的小车在小区刚停稳，公安人员已接到报警电话，须臾王翎成了阶下囚。但狡猾的王翎得知李伟还在逃，便将所有责任一股脑地全部推到了同伙身上，矢口否认自己参与盗版活动，只承认曾借给李伟15万元钱。在证据不足情况下，专案人员只得采取取保候审措施放了王翎。

已成了网上追逃对象的李伟，浪迹天涯的滋味实在尝不下去了，因为如惊弓之鸟整天惶惶不可终日，结果突然小中风，大病初愈后，无奈只好冒险回家，在妻子的陪同下坐火车到上海投案自首。李伟上车后给王翎挂了电话，王翎接到李伟欲往上海投案自首的电话后惊恐万分，等火车在南京停站后，王翎便上了那班火车，他找到李伟后，急急忙忙将李拉到车厢连接处，极力劝解他改弦易辙，但见李伟去意坚定，王翎又给了他一个小黑包，关切地说："这10万元是小弟的一份心意，你拿去治病。"李伟推让时，王翎又苦着脸恳求道："我女朋友已怀孕了，拜托你一人承担下来，你到了上海，千万不要说我参与了盗版，只说是借了你15万元钱，你的老婆和女儿我一定会照顾好。"李伟猛抽香烟，以沉默相待。王翎送李伟夫妇到上海后，自己又悄然返回了南京。

李伟在妻子的陪同下来到了上海市公安局文保分局，他向警方交代了自己与王翎作案的全过程，原来他们各出了15万元，并花9万元做了一套《辞海》菲林片，于1999年12月交给汉中的张副经理，要求承印5 000套，总洋码价240万元。2000年4月，李、哈在长沙书市其间，向全国各地的书商抛售了300余套盗版《辞海》，从此，质量低劣的《辞海》流向全国各地。

为了追回已销往全国各地的盗版书，韦忠义副局长率办案人员四处奔波收缴盗版书，历时一年，足迹遍布15个省市，北到东三省，南至成都、福建，东至浙江、江苏，西至甘肃、新疆，行程数十万，将李、王销售的盗版本一一追回，及时消除了文化污垢，同时也为案犯定罪提供了有力的证据。

此案的侦破，表明了政府打击盗版、严惩侵犯知识产权的决心，同时为净化文化市场，遏止盗版狂潮起到了不可低估的作用。

案情，从第八个女人身上突破

这是一个系列盗窃案，涉案的对象是一个特殊的对手，刑警紧追不舍，对象却五次在眼皮底下逃脱；归案后对手却顽强抵抗死不开口；强攻不下刑警改变战术，"抄后路"从其相好的八个女人中寻找突破口，果然功夫不负有心人，终于在第八位女子身上找到突破口。

频频失窃：神秘的贼影，一年后浮出水面

美国驻北京某医药大公司的代表方女士，在电话里与美国的老总讲好明大在上海分公司碰面，向他汇报工作。方女士身着黑色风衣、手提电脑风尘仆仆先飞到上海，放下电脑后便随朋友去吃饭了，酒逢知己千杯少，两人回忆往事，倾诉友情，方女士酒足饭饱兴高采烈地回到公司，怎么，手提电脑不

翼而飞了。开始她还不相信，但当她找遍还是不见电脑后，她双手捂着脸失声痛哭起来，因为美国老板明天就要飞至上海，要汇报的数据和内容全都存储在手提电脑内，明天老板来了怎么向他交待，这关系到自己的饭碗，面对这个致命的打击，女士急得无所适从，向上海公司的老总哭诉怎么办？甚至一时想不开急得欲自寻短见，吓得上海老总派员整天陪着她，寸步不离。这天是2001年10月23日。

无独有偶，2002年岁头年初，跻身世界500强之例的美国某医药公司派员来到上海市公安局卢湾分局刑侦支队报案，来者在一份报案表上填写道：该公司在淮海路上的中环广场办公楼内有三台手提电脑被窃。盗窃案与杀人、抢劫案相比，虽然挂不上号，但此类盗案已在淮海路沿线的金钟广场、香港广场、中环广场、兰申大厦等处接连发生，一年内在高档办公楼内频频发生手提电脑被盗案，这不能不引起卢湾分局领导的高度重视。

刑警支队六队队长张瑾接到任务后，率员前往兰申大厦案发现场开展调查，员工们也说不出个子丑寅卯来，侦查员调出了该公司的探头录像，向员工播放，请他们辨认。录像中闪现出一位人高马大的陌生人，此人身着一身藏青色西装，举止斯文，员工们都不认识此人。张队长凝视画面似乎感到该男人似曾相识，但又一时回忆不起来在何处见过。于是，他借走录像打道回府。回到队里开始在同类的案卷中翻阅，蓦地，卷宗里的一张男子的照片与录像带里的男子吻合，也是一身西装人高马大，这意外发现犹如哥伦布发现了新大陆，张队长迅即带上照片火急火燎地赶到某制药有限公司，通过内部监控录像，确认大个男子是案发当天下午5时多与一位员工在对话，之后便消失了，一直至晚上7时43分又进了办公室，根据刷卡记录最后一位员工离开时，是当晚8时36分，这位陌生人此刻手提一个大包随其离去。

公司员工仔细审视录像，都摇头表示不认识录像中的高个男子，但其中一位女士却突然回忆起来："这男人我见过，有天我乘电梯时，我按了26层的按钮，他搭讪说你是医药公司的吧？我好奇地问你怎么知道的，他报出了一串公司领导的名字，此人对我们公司很熟悉。”该女士进一步回忆说：“他与我一起进入公司后好像在推销纪念品、手表、铜器之类的小礼品，好像还给过我名片。”侦查员神经一下子被激活了起来，立刻让她寻找那张至关重要的名片。该女士在几叠如扑克牌一般厚的名片中终于打捞出那张淡黄色的名片，上书：大鑫礼品有限公司稽枫总经理。

侦查员们如获至宝般取过名片，立刻按照上面的手机号码拨打电话，回答却是早已停机。又按照名片上的办公电话号码拨打，又是空号电话。但侦查员们并不死心。立即驱车按图索骥找到了大名路上的公司地址，房东老太看罢照片说：“几年前这位房客在这里曾开过一个礼品公司，但1997年就倒闭搬走了。”

兴奋的心情一下子跌入低潮，侦查员们大失所望地回到队里，网上细查户籍资料，上海查无此人。卢湾分局副局长杨泽强听罢张队长的汇报，立刻召集侦破组会诊，要求侦查员们一家公司一家公司查找此人，就是挖地三尺也要找到稽枫。

他们走访了上百家单位，访问了上千人，毫无线索，最后从中了解到有十多家单位失窃过手提电脑，但报案的却不多，那些失窃单位也提供不出具体的线索。有几家公司虽监控录像有此人影，但却无线索，最后还是重点锁定在医药公司。一位刚出差回来的业务员提供的线索，使案件柳暗花明，他回忆道：“这个自称稽枫总经理的人，与我做过几笔纪念品之类的小生意，他常找我帮他推销小礼品。几天前他正巧找过我，说要去北京出差，让我帮他介绍打折的宾馆，我便向他介绍了与我公司有打折协议的北京长富工酒店。”侦查员获此信息就像抓住了河中漂浮的稻草，立刻打电话至北京有关公安分局，对方一查果然在酒店电脑里查到了这个神秘的人物，他是以护照登记住宿的，其姓名叫稽华。通过查上海户籍网，这个踏破铁鞋无处觅的贼影终于浮出了水面，他住在卢湾公安分局后门建德路上，就是在眼皮底下不足200米，真有点黑色幽默的味道。

艰苦追踪：对象五次从眼皮底下逃脱

侦查员一行兴致勃勃地来到所辖派出所，一查电脑资料，稽华1961年出生，因盗窃先后三次吃官司，有过8年的牢狱生涯，现系无业游民。其盗窃前科更印证了他必是作案者无疑，只是此户人家已于几年前迁搬至浦东西营路某号二层。跑得了和尚跑不了庙，只要庙找到了，不怕找不到和尚。

然而，侦查员过于乐观了。未料这次却遇到了罕见的高手，是个“久经考验”的老狐狸，侦查员们五次嗅到其踪迹围捕他，都让他溜之大吉，这似乎成了侦破史上的笑话，事后张队长回忆起五次从身边逃脱的经历还大摇其头，颇觉耻辱。

第一次让他开溜是从派出所查清稽华的地址后，张队长立即组织力量赶至浦东西营路其住处，侦查员欧阳宝余着便装冒充有线电视业务员，上门问其母：“稽华在吗？”老母亲埋怨道：“人长期不在家，也不知整天瞎忙点啥。”离开其家后，侦查员便对其住处监控起来。3月底，获悉稽突然回家吃晚饭，侦查员立刻上门监视，正巧在楼梯上迎面与录像里的大个子撞个满怀。擦肩过后侦查员回眸，对方也正巧回头，四目相对，大个子颇为警觉，立刻意识到不妙，加快步伐开溜。欧阳立刻转身跳下楼梯，大个子反应灵敏撒腿就跑，小欧阳紧追不舍，一把抓住大个子，但对方死命挣脱，欧阳就是不松手，双方对峙着，大个子知道不能僵持下去，便灵机一动，拼命拉着侦查员往自己家里拖，他大声叫来了邻居和老母，邻居上来问啥事，欧阳解释道：“我是公安局的。”稽华却混淆视听地乱嚷：“别听他乱讲，是假警察讨债的。”邻居不明真相，围上来拉偏手，稽华趁机挣脱，从二楼窗口跳下，消失在黑幕中，待欧阳从口袋里掏出工作证亮明身份后，已为时晚矣。

第二次逃走是一个星期后，侦查员了解到，稽在真金路还有一套房子。稽脾气暴烈，一不高兴就动手打老婆。故老婆受不了他的折磨，要求离婚，但他死活不同意，无奈老婆只得带女儿回娘家，与稽长期分居。

侦查员们立刻赶到真金路，车子停在弄堂口，蹑手蹑脚摸进去，早已人去楼空，只能死守，这天正巧稽华回家，已成惊弓之鸟的他非常敏感，见弄堂口停着小车，平时这条路偏僻人少，突然有车有人，他顿感不妙，转身就走，结果侦查员们又扑了个空。

第三次失之交臂是几天后，侦查员得悉稽华已囊空如洗身无分文，于是求其姐姐资助钱款，并带点衣物。侦查员便悄然盯上了在新闸路电器公司谋差的稽的姐姐，她乘公交车到淮海路突然下车，又拐到一条弄堂里骑上了一辆自行车，侦查员走路跟不上自行车，只能眼睁睁望着她消失在繁华热闹的人流中。

第四次逃逸更富有戏剧性。侦查员盯住其姐姐这根线索不放。围绕稽姐侦查后了解到，她在徐汇区高兴花苑借了一套房子，给一位男子居住。侦查员们在其对门空房子内守了一夜，没听到动静。第二天伏击守候的人刚撤回，这小子却幽灵般游荡回来了，当他刚进门在厕所小解时，发现楼后有一辆警车，吓得立马爬到六楼房顶，弓着背窜到另一楼道内拼命逃跑。其实这辆车是徐汇分局一民警回家取东西时停放的，稽华见之如杯弓蛇影，逃之夭夭。当天晚上侦查员又前来突然袭击，只见有一大个子上楼，侦查员躲在楼内见之欣喜若狂，屏气静息待他走到六楼伏击圈内，五人如饥虎扑食般一下子围上去，对方拼命反抗，侦查员见他还负隅顽抗，趁势给他一拳，待他老实后上铐带回局里，一查原来不是，立刻赔不是，被错抓者不服，要到法院状告他们，当侦查员取出对象的照片让他瞧时，他凝视着照片上的逃犯，自己也笑了起来，下意识地说："确实太像我了。"于是马上原谅了侦查员的失误。通情达理地说："你们抓逃犯也很辛苦，这人也酷似我，你们弄错完全可以理解。"便大度地揉着鼻青眼肿的脸离开了刑队。侦查员们热情地将他送回了家。不打不成交，他还主动包揽了任务，说："如果一旦见到此人，马上给你们打手机。"

稽华第五次从侦查员眼皮底下滑过去是4月13日在无锡。通过科技手段，侦查员们掌握了稽华正在无锡的信息，商惠民副支队长立刻率张瑾等4人连夜直奔无锡，了解下来稽在无锡没有亲戚。根据掌握的情况，稽到外地投宿有个习惯，一般不住四星级以下的宾馆。警车一路闪着警灯，于晚上9时许赶到无锡市公安局，当地警方听了介绍后说："我们无锡有一套完整的治安管理体系网络，要求客人住宿当天就要将其姓名等基本情况输入电脑。我们只要在电脑上查找即可。"上海警方听罢兴奋异常，但从电脑上查了几百家大小宾馆饭店却不见稽的踪影。上海警方不死心，分析下来他可能使用假身份证、假名字，5名侦查员连夜查找，先从火车站附近的大宾馆查起，一家一户地毯式扫去，拿着稽的照片查找了一晚上，服务员均见之摇头说没见过。第二天通过技术手段了解到稽仍在无锡，于是加大力度又查了一天，还是无影无踪。侦查员们都怀疑技术出了故障，正在纳闷之际，第三天清晨，发现了对象在美丽华大酒店，立刻杀过去，从电脑中查找没有此人，但女服务见了他的照片认出了此客人，再一查服务员没有将他填写的单子输入电脑，侦查员抱怨地责问："为什么不按规定输入他的名字？"女服务员哭丧着脸说："他的字写得太潦草了，我认不出来。"侦查员接过单字一看，果然潦草得难以辨认，这证明了他是有备而来，故意龙飞凤舞写天书，而且是使用的护照登记，虽有护照号码，侦查员却掌握的是稽身份证的号码，牛头不对马嘴，结果又让这小子提前几小时远走高飞。

侦查员忙了两夜一天，得来的却是这样的结局，心里是沮丧到了极点，气得张队长拍着桌子大叫："不抓住这小子，我不当侦查员了。我就不信当了10年的刑警玩不过这个吃了8年官司的对手。一定要报这一箭之仇。"

死不开口，白天黑夜连轴转了半个月一无所获

回到上海后，张队长来了犟脾气，发誓归发誓，但要抓住他，还得靠智慧。张队长与"难兄难友"们一起研究稽华的行踪，据了解稽没有什么好朋

友，最终分析下来，以往他推销礼品去的地方有杭州、无锡、苏州、北京等城市，大多住在与医药公司有打折协议的宾馆，估计他可能还是往北逃窜。于是，侦查员请求苏州、无锡、杭州、北京等公安局协助，重点是锁定长富工大酒店，至此，一张无形的口袋已经悄悄缝制完毕，只待猎物入彀。

4月20日上午，北京崇文门分局突然来电，告知稽华已撞入布控的网里，果然他又习惯性地到北京长富工大酒店入住，已接到任务的服务员核对照片后及时报案，北京刑警迅即出击将其牢牢擒住。北京方面也频频发生医药公司员工的手提电脑被窃案，他们根据案情对稽突击审讯起来。

上海警方接到电话大喜过望，千恩万谢之后告知马上来京带人，但对方说他在北京也有案子，不能马上移交。张队长一听猴急，立刻向杨泽强副局长汇报，正巧杨局长与崇文门分局长是同学，曾多次协助破过北京的案子。杨局长给老同学电话一联系，对方满口答应，并要求亲自来带人。

杨泽强二话没说，立马率张瑾、欧阳宝余等飞往北京。北京警方此刻加紧对稽的审讯，但稽华像块又臭又硬的茅坑里的石头，根本不开口。北京警方为了审出案子，给他看了唯一的证据记录医药公司的录像，稽华看罢不屑一顾地说："我去过这个公司，有业务往来，这能证明我偷东西吗？如果录像上有我盗电脑的镜头，我今天认了，没有我现场犯罪的录像，你们根本没资格找我谈。"

北京警方突击审讯七天，毫无结果。

4月27日稽华被押回上海。从其身份证中得知，4月28日正巧是他40周岁生日。根据北京警方已对其强硬审讯了七天拿不下来，看来硬攻不行，那就来以情动人软攻之法。于是，张队长让手下买来了生日蛋糕和蜡烛，又买了鸡肉和啤酒。

刑警让稽到审讯室，他挺着头，一副死猪不怕开水烫的架势。未料张队长却和颜悦色地开口道："人们都说四十不惑，今天是你40周岁的生日，你已迈入了40岁门槛，应该不惑了吧。"

稽华听罢一愣，吃惊地问："今天几号？"张队长笑曰："今天是2001年4

月28日，你是1961年4月28日出生的，正好四十周岁属牛没错吧。”稽华嘴角向上一抽，这是他心里一阵感动后下意识反应。张队长向同桌的侦查员递了个眼色，搭档心领神会地出门从隔壁房内取来了生日蛋糕、鸡肉和啤酒，张队长亲自插上蜡烛，用打火机点上，做了个请的手势，稽华心里一热，上前一口气吹灭蜡烛，不住地点头说：“谢谢！谢谢！”说罢便狼吞虎咽三下五除二地吞下蛋糕后，又抓起鸡腿大口大口地嚼了起来。不时又抓起杯子大口喝酒。侦查员们看在眼里，却喜在心头。他们心想：这下好了，他吃得越多，到时就吐得越多。

等他酒足饭饱后，侦查员便趁热打铁，审讯从生日到父母生子不易开盘了。稽华笑纳了生日蛋糕后，并未像刑警所设计的路径那样走下去，一阵感动后和盘托出案子，而是装傻卖乖，一副大受冤枉的样子。一直聊到第二天清晨，张队长与搭档哈欠连天，但稽华却仍然精神饱满，滴水不漏。

张队长与搭档走出审讯室后，气得直骂娘：“这小子真是软硬不吃，北京警方如此强硬地审讯不奏效，我们给他过生日这么善待他，还是毫无效果，看来还得改用强攻，我就不信这小子是铁打的。”

6个人连续审了三天，仍然是死不开口。大家苦于没有证据，唯一的录像证据在北京警方审讯稽华时，被他灵敏地嗅觉到了。审讯如磁带卡壳了一般，进也不是，退也不是。进吧，他就像死猪不怕开水烫一样，任你是和风细雨，还是暴风骤雨，他就是不理你，沉默到底；退吧，你把他放了，怎么向北京警方和局里交代，好说歹说从北京要来了人，结果搞不出来，放人，让同行要笑掉大牙的，同时局里又三天两头来催问结果，案子陷入了僵局，简直比没抓到人还难受。

张队长犟脾气上来后，又组织6人，连续审讯了10天，六位办案人员都疲劳到了极限，一个多月一直没回过一次家，几位家属打电话来责问丈夫，是否在局里加班，丈夫哀求苦恼反复解释，妻子就是不信，一定要张队长听电话，张队长苦口婆心地说明情况后，守空房的妻子们又抱怨：“有你们这样加班吗？一个月一天也不回来。”张队长听罢一迭连声赔不是，放下电话他心里想到了自己的妻子也是来电如此抱怨连天，谁不想早点回家老婆孩子热炕头，但为了破案只能没日没夜的吃苦了，甚至连下辈子的苦也预支了。

一直拖到5月10日，6位办案人员都累趴下了，但对方还是精力旺盛地与你拖下去。张队长感到这样熬下去已毫无意义，便果断地改变战术。

智取为上，“抄后路”终于从第八个女人身上找到突破口

对这块又臭又硬的石头，各种绝招都用过了，全不奏效。大家都欲泄气的当儿，张队长召集大伙儿统一思想，他总结前段时期失利的经验后说：“我干了十年刑警，没遇到过这么难啃的骨头，软硬不吃，精力充满，思维敏捷，这样拼体力下去，实践证明毫无用处。他不开口是火候不到，只要我们证据到手火候到了，何愁烧不开这壶水。我看还是先采用‘抄后路’办法，改变战术，集中精力去找证据，他偷了10多台电脑，甚至更多，总有个出路，我们只要能找到几台，哪怕是一台电脑，就能啃下这块硬骨头。”

找证据又从何下手呢？

通过原来的户籍警了解下来，稽华肯定不会玩电脑，虽然他的户籍资料上填写的是大学本科，实际上他连初中都没毕业，不过他却颇能侃，平时西装革履，打扮得一丝不苟，开口古今中外，天南地北，口若悬河，一时还真能被他蒙住。

侦查员找到稽妻向她了解：“你是否见稽带回家电脑？”稽妻摇摇头说：“从没看到。不过，他经常带女朋友回家。他换女朋友就像换袜子一样随便。”侦查员奇怪地问：“你难道不反对吗？”其妻怨恨地说：“他带女朋友回家从不避我，开始我有点吃醋，埋怨几句，但他有偏执狂，我一讲他就暴跳如雷，对我拳脚相加，被打得鼻青眼肿，吃过几次苦头后学乖了，所以他以后女朋友带进带出，我只得含垢忍辱再也不敢响了，但我数过，先后共带过8个女人回家。”

侦查员从其妻处找到了8个女人的地址和联系电话,8个女人有的自己在开公司,有的在外资企业,有的已经出国,有的还是学校教师。

根据先易后难的原则,侦查员们开始一个个寻找,以求从中发现电脑线索的蛛丝马迹。

第一个找到的女人姓蔡,30岁许,在某房地产公司当部门经理。蔡经理对上门来的两位侦查员颇为殷勤,热情地递上了楼房销售说明书,当侦查员亮明身份,说明欲了解稽华情况时,蔡经理向上弯曲的嘴唇一下子向下拉了下来,她埋怨道:"这个人太垃圾了,我是1997年在做小礼品生意时认识的。我当时中专毕业无工作,他发给我名片,我见他是公司的总经理,他又吹自己有上百万资金,我想到他公司去谋个差使,故有意讨好他,我甚至为他打过胎,后来总算到他的公司去打打小工,一去才知是个个人开的小礼品公司,到处找大公司客户,推销些小商品,赚点微薄差价,也没什么大的花头。"

她气呼呼地补充道:"这个人看上去人高马大,有男子汉样子,但做出的事太小儿科,送给我的东西,过后又要讨还,我给他睡过了,怎么讨还。"

了解下来,她已与稽分手多年,没见稽带过手提电脑。

侦查员又找到了第二个女人,此人姓徐,1998年徐小姐在豪华的咖啡馆里认识稽先生的,稽身着一身黑色西服,抽着中华牌香烟样子特潇洒。徐小姐经朋友接过名片一看是公司的总经理,不禁对他肃然起敬,加之稽华大谈自己刚从德国留学回来,更令徐小姐羡慕。徐小姐一门心思想出国,英语说得很流利,正在学第二门外语,正巧也是学的德语,所以徐小姐对稽特殷勤,含情脉脉的样子,情场高手稽华一瞅就心里明白了。待分手了不久,稽以吃饭相约,果然徐小姐激动不异,立刻赴约,并对稽总的经历和学识大为赞美,对稽总经理总是敬而惧之。

对稽华来说,爱情已退化为性欲,恋爱已进化为做爱。他以谈恋爱为名,不久便占有了她。有了那种关系以后,徐小姐也就随便多了,有次徐小姐与稽先生聊在兴头上,徐小姐就操着刚学会的德语问稽总,未料,稽华听罢突然反感地虎起脸不屑一顾地说:"你这种臭水平德语还好意思说,开什么国际玩笑。”徐小姐见他手势一挥，不屑一顾的神情，以为自己刚学确实不上台面，便吓得以后再也不敢讲德语了。

可惜徐小姐一个月前她已去了澳大利亚，又一条线索中断了。

第三个女人姓赵，32岁，是稽华最早认识的初恋情人，稽华对她有过一段真情，对她是百般呵护。当初稽为了得到她，想方设法买好东西哄她，以博得赵小姐的灿烂一笑。但稽又无正当职业，没钱就到处偷，冒着被抓的危险偷来的钱款马上花在其身上，对她却是真心实意。有次，赵带稽与自己的香港老板一起吃饭，稽见赵小姐与香港老板眉来眼去，多喝了几杯酒，稽总经理便醋劲大发，借着酒劲大骂台湾老板，赵上前劝几句，稽对她大吼道：“你这个不要脸的烂山芋，，想和老子结婚，谁要你这种给人家玩过的‘二锅头’。”赵小姐被他骂得无地自容，一气之下甩门一走了之，从此与他吹灯拔蜡。但她也没见过稽有手提电脑。

又找到第四、第五、第六位女人都一无所获。

找到第七个女人好像有一点戏。她姓张，27岁，现在某新闻单位做财务。她是八个女人中现任女朋友，至今还有往来。张小姐与稽华是在做小礼品生意时认识的。稽华出手阔绰，挥金如土，张小姐为了过上大小姐的日子，很快成了稽的相好，两人还租了一间六层楼的民房，过起了同居的生活。稽华知道张小姐迷上了电脑，又无钱买时，便趁兴带了一台高级手提电脑送给她。张小姐如获至宝，每天晚上上网至深夜，对稽是百倍柔情。

有次，两人为了一件小事口角起来，张小姐边上网边与稽斗嘴，稽蓦地怒从中来，上前拎起电脑顺手就扔出了六楼窗外，吓得张小姐目瞪口呆。可叹那个手提电脑已摔得“粉身碎骨”，证据早已烟飞灰灭。

有些案件花了很大的精力，但运道不好，就是没戏，但只要你不言放弃，坚持不懈地追踪下去，有时运道来了，往往会出现芝麻掉进针窟窿里的巧事。

是的，案情终于在第八个女人身上发生了转机。

当侦查员在一次次失望后，抱着最后的希望找到第八个女朋友吴晓萍时，案情突然出现了希望的曙光。

吴晓萍是某小学的教师，在一次同学聚会上认识了稽华。这位戴金边眼镜，文质彬彬的年轻女教师面对刑警的提问，很配合地说她没见稽拿过电脑，也不知他有手提电脑，但她提供了一条至关重要的线索：她回忆道："稽华喜欢在女人面前甩派头，常常在她身边打手机要出租车，这个出租司机好像是友谊车队的，经常为他跑苏州、无锡、杭州等长途，关系不错，好像名字叫李建设，找他了解可能比较有戏。"

侦查员不放弃最后的希望，来到友谊车队兜底翻找李建设其人，大海捞针就是没有此人。侦查员又找到吴晓萍让她再好好回忆，细节往往最容易发现纰漏。于是，侦查员又追问："有他电话号码吗？"吴晓萍平静地说："我有个习惯，所有人打到我家的电话，我都要登记在本子上。"侦查员听罢神经被倏地绷了起来，立刻请她上车，送她回家查找。女教师带侦查员回到家里，从抽屉里翻出那本蓝色小本一查，果然有电话号码。侦查员激动异常，立刻按电话号码拨过去，果然李建设，但他非友谊车队的。

找到他后，警车马不停蹄地赶至他家，正睡眼蒙眬的他揉着惺忪的眼睛说："早晨7点才睡下，开了20多小时的车。"但他洗了把冷水脸后，快人快语地说："我多次见稽带手提电脑到普陀区某新村，大约半小时就出来了，手上的手提电脑不见了。"侦查员听罢血色立即兴奋起来，问："大约几次？"李建设回忆道："到底几次已记不住了，大约靠十次有的。""好！这下我看你稽华还能赖过去。"侦查员急不可耐地问："还记得普陀区什么地方吗？"李建设却木头木脑地说："那个地方要弯几个弯，现在打死我也记不起来了。"侦查员急得直跳，"怎么去过这么多次就记不起来了呢？"李建设一副委屈的样儿，木讷地说："我每天要开20多小时的车，去的地方太多了，怎么记得起来呢？"

侦查员审视着他的眼睛，见他的眼神是坦诚的，便又追问："有电话号码吗？""对！有！"李建设拍着脑袋记起来了，说："我记过他的电话号码，因为稽这人特无赖，所以他每次乘车我都一笔一笔记下来，以便最后结账。"这个司机的为了钱，留个心眼，却为案情的突破起了至关重要的作用。

李建设从那本破旧零乱的本子上慢慢地查找，噢！终于找到了，拨打过去一查是普陀区一家私人电话，赶过去细查，这个人家是小区内专门维修、回收电脑的，侦查员情绪更激动了，像足球已逼近对方大门一样，立刻冲上门找到了主人王老头，请他到分局刑队接受询问。

铁证，终于使强硬的对象低下倔犟的脑袋

没料到这老头是稽华第二，也是个斧头劈不开的死榆木疙瘩。24小时过去了，他死不认账，只是承认认识稽先生，无大的交往，曾经有几台386、486电脑卖给我，我问肯定不是赃物。他拍胸脯打保票保证，我就收下了，给了他几百元打发一下。之后，再怎么问就是三缄其口。

24小时询问期限到了，只能放人。王老头刚出门，侦查员们像临门一脚踢偏了球一样，一下子大失所望。但张队长想想就这么放弃这条最后的线索，总是不甘心，立刻派两名侦查员直奔王家。两人拉着警灯抢先来到王老头家，其老伴在家，见两位不速之客上门，问有啥事？来者说："想买手提电脑，是否有货？"老太毫不设防地说："现在好像还有台手提的，多少钱要等老头子回家问问才晓得。"老太说罢埋怨道："这死不掉的老头子，搓麻将也不能这样通宵不回家。"侦查员问："货是谁送来的？"老太不加思索地说："是一个姓稽的大个子卖给我家老头子的。"侦查员追问："我们这次要许多手提电脑，那个姓稽的卖过几次，他有多少货？"老太说："他来过不少趟，卖过不少手提的电脑，但到底他有多少，我不知道，这要等老头子回来问他了，你们坐一会，死老头子昨天就出去了，怎么还不回来？"

老太刚说罢不久，王老头便跌跌撞撞地回家了，还没进门，老太婆就数落开了："一夜天不回来，到啥地方去啦，也不打个招呼，搓麻将也不能这么通宵搓的。快，屋里正有两人找侬。"

王老头换上鞋子满脸笑容地刚进屋，见两人就是审讯他的警察，一下子愣住了。侦查员已看到了桌子边那台手提电脑，于是，也不多解释，提起电脑连人带物又让他再走一趟。

老头无可奈何地又随警车到刑侦队。面对这台手提电脑，老头还是死不认账，因为这台电脑牌子叫康柏，而不是淮海路上系列失窃案中的电脑。老头又顶了30多个小时，侦查员最后通牒道："稽是重大要犯，你不是，稽却会交代，他现在就关押在这里，你不说，可以让你去看一下，你不交代，就是同案犯，犯的是收赃罪和包庇罪。"王老头看了稽关押的照片后，意识到了问题的严重性，最终彻底摊牌。王老头交代从姓稽的手上共回收过20余台手提电脑。至于为啥死不开口认账，主要是吃过开口认错的亏，所以他反而接受教训，以为只要"本人不开口，神仙难下手"。但未料侦查员找到了直接证据，在有力的证据面前，他知道不开口也躲不过去，经过一天多激烈的思想斗争，还是交代了。

老头细细地向警方说明了那些手提电脑的出处：通过网络销售掉了，销往各地的都有，但主要还是销在上海。价格主要分为几个档子，最低档的卖2000—3000元一台，第二档卖5000—6000元一台，最高档的卖8000—10000元一台。

侦查员听罢直问："你销出后，下家的地址、电话有吗？"老头倒也是个有心人，说家里的电脑内都贮存着呢。侦查员悬着的心一下子坠了地，又追问："家里还有稽送来的手提电脑吗？"王老头说："有一台最好的叫Dell，送给女儿了。"

侦查员问清其女儿地址后，立刻赶去终于如获至宝地找到了一台稽华偷窃的电脑，这台正是医药公司失窃的电脑。侦查员们互相拥抱着，欢跳着，犹如进球似的兴奋。为了获取更多的电脑，他们又根据王老头电脑内保存的地址，一一上门追赃。有打工仔、外地人、大学生，还有机关干部，甚至是台湾人。地方有云南昆明，浙江义乌，有的甚至已被带到了国外。其中有一台电脑经过了四次转手，先是打工仔买下，转卖给昆明的大学生，大学生又转卖到深圳的商人，商人又倒卖给一位英国籍的华人，公安人员一直追下去，结果无法出国追赃，只得作罢。

经过艰苦觅踪直追，最终追到了12台手提电脑。当这些买主得知这些手提电脑是赃物后，目瞪口呆，但他们都众口一词："为了图便宜，不知道是赃物。"这下被公安收缴后，也只能哑巴吃黄连了。

当刑警化了一周时间全力以赴追回12台电脑时，离稽华刑事拘留一个月的时间只有5天了。如果没有追回这批赃物，这个案子只能搁浅了。

羁押羁5月27日到期，5月22日侦查员走进审讯室，提审稽华时，四目相对时，侦查员的心理感受与两个星期前完全不同了。他当初的感觉是：现在是三大战役后的解放军了，不像两周前还是个土八路。心里有了铁证，何愁你死不开口，到时证据串连起来，照样判你有罪。而此时此刻的稽华却犹如三大战役中被俘的战将，虽然表面上还是傲气十足，决不服输，但他是色厉内荏，不知对方是否掌握了自己的证据，再看两位侦查员那自信的眼神和嘴角上的不屑一顾的笑容，估计有了新的发现，但到底是什么地方出现了漏洞，稽华心中无底。但他从对手的脸色中已感觉到了什么。

其实，稽华被晾了十多天，他心里反而纳闷发慌，老是埋怨怎么还不提审我，只要一审我，我就可以从他们口中获取信息，便能从中判断他们的进展如何。

最后的决战是在晚上7时打响的。张瑾亲自审讯，他现在是朝南坐了，心里也踏实了，根本不用再讲空洞的大道理和声东击西地摸底了，审讯在调侃中开盘了。

"稽华，这十多天过得怎么样？是不是打算再顶几天就可以出去了？"张瑾问道。

稽华还是副死猪不怕开水烫的样子，强打精神道："你们要我开口是不可能的，我没什么可说的，你们有证据，我随你们怎么处理，没证据到时乖乖地送我出去。"

侦查员平心静气地点他的要害道："我可以明确地告诉你，5月27日你肯定不出去，而且还要换个地方去住更长的时间，不信，我们打个赌。”

侦查员如此的口吻，犹如一根银针锥入了他的穴位，他神经质地抽搐了一下，又迅速扫了一眼对方，发现他眼神如此自信，便轧出了几分苗头。但他有过几次与警方打交道的经验，不到最后清楚警方掌握了他的铁证后，他是不会轻信的。所以他不是王顾左右而言他，就是仰天看天花板沉默，至子夜时分，5个小时在沉默中静静地流过去了。

警方已经掌握了他的心态，也知道他死要面子，于是，第二天请来了电视台的记者，又提审他时，也不多说话，打开门让记者扛着摄像机给他拍录像，他一手遮住眼睛以闭强烈的灯光，一手指着记者破口大骂："操你妈的，拍什么拍？"

记者根本不理他，前后左右拍够了走人。

5月25日，侦查员又提审他，正颜厉色道："你的姐姐不是帮你潜逃吗？我们可以以包庇罪请她进来，你的邻居和老母不是帮你逃脱吗？我们可以依法处理他们。"侦查员突然打住，意味深长地说："你是个男子汉，还是一人做事一人当，不要让他人为你受罪。"说罢，侦查员让他抬头看看门外走过去的是谁。

稽华抬头朝外一张望，见是王老头的身影，顿时像泄了气的皮球，直冒冷汗他立刻明白了，在他家出手过20多台手提电脑，再死顶下去确属枉然，终于打开了口。

他先交代了偷医药公司的三台电脑，之后便复归沉默。

交代像挤牙膏般地慢慢吐出，一周后才彻底挤完，他一共交代了在淮海路一带共偷了20多台手提电脑。待他彻底交代完，已是26日凌晨4时许，侦查员们整理完审讯材料，像压紧的弹簧一下子放松了下来一般，都累趴下了，但大脑又兴奋不异，那种既疲惫又兴奋的感觉没有身临其境的人是无法体验的，他们也一时难以言表。张瑾之后说：身上的汗已出了几层，那汗味老婆如果闻到决不会让你进门的，还有裤子都被一层层盐花浸得硬掉了。

凌晨4时，张队长建议难兄难弟们去饭店里喝酒，喝醉了才能安心地睡个够。于是，大家呼啦啦来到了茂名路上的那家酒馆，大家大口喝酒，平时半斤八两的酒量，今天却喝了几杯啤酒就头昏脑涨，喝酒时，有人趴在桌子上睡着了。

酒是刑警的好伴侣，破不了案的苦恼和破了案的喜悦，他们都是寄托以酒。香醇浓烈的酒为他们解除烦恼、抚平心弦，洗去风尘、挥发疲劳，庆贺胜利，激发新的智慧和体能。

天蒙蒙亮，好像还下着淅淅沥沥的小雨，他们各自喝得晕晕乎乎，踉踉跄跄地回家睡觉。回到家一头倒在床上马上昏睡过去，大家都像死猪一样睡了一天一夜才醒过来。

在铁证面前，稽交代了所窃的20多台手提电脑，价值30多万元，最终被法院判处14年有期徒刑。

那天，张瑾又带着记者到上海提篮桥监狱补拍电视时，稽华见到“仇人”分外眼红，他咬牙切齿地道：“你们这帮傻瓜又来干吗？”张瑾回敬道：“到底谁傻，我们再傻也把你这个自以为聪明的人送进了监狱，还判了14年。”

稽豹眼圆睁咬着后牙槽道：“君子报仇，十年不晚。等我14年后出来再找你算账。”

张队长回敬道：“好的，到时我们再较量，看到底谁胜谁负。”张队长与战友走出监狱后感叹道：当了这么多年刑警，把上百个案犯送上法庭，甚至送上了断头台，从没见过如此嚣张狂妄的对手。但他们凭着自己的大智大勇，终于战胜了这个罕见的对手，警车在高架路上飞驰，不知哪位刑警不无自豪地说：“有了稽华这碗酒垫底，以后不管遇到什么样的对手都不会醉了。”大家听罢哈哈大笑，并自信地点头称是。

总统套房系列名画被盗之谜

这是一起长达十多年之久的系列名画盗窃案，北京、上海、深圳、南京、苏州等市的诸多大宾馆内名家国画频频被盗，其名画之珍贵、时间之久远，可谓世间罕见。

子夜雅贼调虎离山，大师名画不翼而飞

2003年12月6日夜幕轻垂之时，上海西郊地区某花园宾馆内绿树葱茏，灯光寂寥，呼呼的北风使偌大的花园显得更为寂静。6时20分许，一个西装革履的男士匆匆来到宾馆7号楼服务总台登记住宿，他客气地问道："我就是一个多小时前来电要求住3号楼的客人。"来者登记了名字和身份证号，服务员检查了来者的身份证均吻合后，按其要求开了3号楼316房间。

晚上9时45分，客人来到服务总台提出明天开会要租借同楼的301会议室，服务员提着一圈钥匙随他来到会议室，门打开后客人扫视了一下桌

子，又抬头凝视墙上的那幅巨幅国画《群马图》，随后离开了会议室，服务员离开时顺手锁上了门。子夜11时，客人又来到总台，打着手势抱歉道："刚才没有留意座位，是否再打开一下会议室的门？" 服务员小叶又陪同客人来到301会议室，客人看了又看煞有介事地数了下座位，不时提出桌布、茶水等具体事宜，又提出现在就去取杯子，服务员与客人一起来到总台，客人热情地与小叶攀谈起来，聊了一会儿客人道："厕所门口有人吐了一大摊污物，小叶听罢赶紧来到厕所果然见地上有呕吐物，便取来了拖把清扫了一下。待小叶回到服务台时，客人已悄然离去。

约清晨1时20分，小叶见台子上的一大圈钥匙，蓦地想起会议室的门还没上锁，便急匆匆赶去锁门，当她走进会议室时，蓦地发现墙上那幅巨画突然不翼而飞，顿时傻了眼，吓出一身冷汗，便抓起电话立刻向领导报案。

301会议室内的那幅68×250cm巨幅《群马图》，系出自国画大师刘旦宅手笔，大师化了一周时间精心创作于1980年，封笔后郑重地赠给该宾馆，宾馆一直视为珍品收藏而未取出示人，2003年7月刚悬挂出来不到半年就莫名其妙地蒸发了，实在令人纳闷。据行家估价，此画仅收购价就达50万，倘若上市拍卖，估计成交价至少200万元人民币以上。

国画珍品被盗，立即引起了宾馆老总的高度重视。

12月7日上午7时许，上海市公安局刑侦总队二支队接到报案后，即刻通知辖区长宁分局一起赶到现场，时任上海市公安局副局长孔宪明、刑侦总队长郭建新及长宁分局局长吴永志先后赶到现场，明确要求必须认真勘查现场，对宾馆录像反复细看，不放过任何蛛丝马迹……

经侦查：316房客人登记时使用的身份证名字叫 "高明"，该身份证系伪造，假名字、假地址，属智能性犯罪，来无踪，去无影，作案不留痕迹，案犯确实比较 "高明"，似乎公然与公安叫板。但狐狸再精明总会露出蛛丝马迹，7号楼服务总台的录像里跳出了客人侧面 "尊容" 和身影，年龄40岁许，据当班的女服务员回忆："此客人身高1.7米左右，肤白，头发略秃，脸有点熟，过去来过。" 服务员的指认，基本锁定了此人就是预定会议室的客人，有重大嫌疑。

两位服务员都声称只有一名客人，但经勘查，客房现场却留有两双拖鞋、两个杯子，一杯子里留有茶叶余渣，一杯子里留有剩余咖啡，技术员庄明华在杯子上提取了两枚左指纹，经DNA检测系两人所留。现场位于3号楼底层南侧，国画被裱糊后装在镜框内挂于会议室西面中央。该画系被刀片从镜框中整体切割后盗走，割痕较规则，手法老练。从录像里看仅有一人，服务员也只见一人，但科学技术证明有两人作案，另一"隐身人"不留一丝马迹，可谓更老练狡猾。

根据宾馆录像中锁定的对象制作的嫌疑人照片，立即通过电脑传遍了各个关口和全市各部门各警种，全市迅疾布下了天罗地网。

在机场，侦查员仔细检查每一位出境人员的记录和录像资料，查找持"高明"假身份证者是否有出境记录；

在海关，安检人员对每一位携带书画出境人员进行重点检查，并对案发时段浦东、虹桥两机场的出境旅客名单逐个检索、排查；

在宾馆，刑警走访了60多家饭店，调出几百个录像资料仔细搜寻辨认，以求对上嫌疑人；

在典当行，专案人员了解有无送来过名人字画，并对名人字画逐一查看；

在拍卖行，侦探更加仔细走访，对拍卖的字画和即将拍卖的书画逐个了解，并耐心询问书画行情；

在书画市场，便衣警察对分散在全市40多个书画交易市场进行暗访询问，寻踪觅迹，寻找大师手迹，并在典当行、拍卖行和书画市场等地进行控赃；

在出租汽车公司，面对茫茫几十万辆出租车，侦查员们有重点的访问当晚去过西郊地区的司机，终于有一位到过该宾馆的出租车司机见了照片后回忆道："此人与另一男子12月6日深夜11时多，坐过我的出租车，其中一人手里拿着一卷伞状的东西，这个拿东西的男子称醉酒呕吐，他们在番禺路、新华路下了车。"

专案组又旋即对新华路、番禺路周边的宾馆、旅馆进行了仔细寻访。

大师学生酷爱国画，雅士成为梁上君子

陈广在南京幼儿园时就酷爱画画，在报纸上、墙壁上、窗玻璃上等处随兴涂鸦，其画作天真童趣，颇得大人赞赏。读小学时每逢上美术课，他都兴奋不已，每次老师布置作业他都是优秀，后来老师布置的功课已不能满足他的绘画技能，他便自己找来素描之类的画临摹交上去，深得老师的激赏。素有“画画大王”之称，他自己也以“小画家”自居。到了中学后，因功课紧张，父母亲要求他以读书为主，反对他不顾作业整天如醉如痴地投入画中。但兴趣是最好的老师，陈广还是见缝插针地不断学画，并有幸成为中国画院江苏分院院长亚明的学生。他尤爱山水国画，整天临摹大师的山水画，尤其是自己的老师亚明、还有画毛驴闻名遐迩的黄胄、一代宗师傅抱石、关山月等名家的经典国画之作。

1989年夏天，28岁的陈广来到苏州园林写生，朋友请他到苏城饭店吃午饭，来到饭店突然见一幅巨大的《六骏图》赫然挂在墙上，陈广眼睛一亮，快步走过去来到画前细审，见是心里仰慕已久的上海国画大师刘旦宅的作品，便凝视良久喜爱不已，他愣愣地站在那里对大师的作品认真地揣摩起来，此画虽没有徐悲鸿大师的《奔马》有名气，但也是一幅经典之作。其画法采用了线条勾勒为主，烘染渲衬为辅的传统技法，又采用了西方绘画中体与面、明与暗分块造型的方法，纵情挥洒，气势不凡。

回到南京后，陈广晚上躺在床上夜不能寐，心想倘若此画属于我的那该多好，可以仔细临摹，精心揣摩，一定能把大师的技法学到手。于是他突然跳出一个大胆的念头，趁夜深人静，将此画盗走谁知道。但他又想到登记住宿时，必须填写真实姓名和住址，还要检查身份证，如此作案岂不此地无银三百两。

但陈广对苏州苏城饭店的那幅名画始终耿耿于怀，不窃为己有实在是于心不甘，为此他特意买来了美工刀、还到地下市场制作了假身份证等作案工

具，准备行窃。但临出发前，他也曾有过犹豫，自己毕竟是一介文人，属绘画之列的儒雅之士，怎么能干梁上君子这种卑鄙勾当，像孔乙已那样偷书做被世人耻笑的傻事。但孔乙已却说过，自古读书人偷书不算窃。依此类推画画人偷画也不算窃了。他像阿Q那样自我安慰一番又上路了。来到苏城饭店，用假名字、家地址、假身份证登记住宿时，心里惶恐不已，服务员草草地看了下身份证也没认真核对，就给其办了登记手续，就这样，陈广以子虚乌有的身份轻而易举地住进了宾馆。他去饭店吃晚饭，又看到这幅《六骏图》时，心跳不已，魂不守舍地匆匆吃罢饭回到宾馆以看电视来平息那颗慌乱的心，至凌晨1时许，陈广到外面打详了一下，见饭厅里空无一人，寂静无声，便回到住处，带上作案工具蹑手蹑脚地来到饭厅，却发现铁将军把门，顿时大失所望，但他不死心，见是铁链条锁门，又小心翼翼地推门，发现门被推到竟然可以钻进去，于是又大喜过望，悄悄地钻了进去。借着月色摸到画前，迅速用美工刀在名画周围划了一圈，被裱糊的画顿时脱落了下来，陈广又小心地卷起画，轻轻地钻出门，捧起画从事先打详好的边门溜之大吉。

回到南京后，陈广反复凝视其画兴奋不已，但心里也后怕不已，总是担心公安局会突然找上门来，甚至半夜里听到警报声也会吓出一身冷汗，有时走在马路上见到警察会心跳不已。就这样在隐隐的担惊受怕中度过了半年，见相安无事那颗慌乱的心才渐渐地平息下来。

偷窃这玩意就如吸鸦片一般，有了第一次的成功体验，就想来第二次，第三次。他想想这玩意也来的太容易了，冒一次险就可以拥有一幅名人字画，倘若到市场上去拍卖，就可得几万元，甚至几十万元。于是陈广来到大城市上海，故意到接待外宾的这类大饭店、豪华宾馆或接待中央领导的国宾馆去溜达，四处寻觅悬挂名人字画的高档场所。

1990年8月，陈广来到衡山路一家高档宾馆，见该宾馆正在装修，东西都堆在了人迹罕至的走道里，他边走边留心细觅，果然发现了一幅国画大师谢稚柳的《仿宋山水画》，顿时喜不自禁。于是故伎重演，果断地用假身份证开房住了下来。这次已不像第一次那样慌乱了，而是晚饭后待在房间里看足球比赛，还一个劲地为上海队加油，看到最后见上海队输了，还骂了一句："真他妈的不争气！"然后，胸有成竹地抬腕看看表见才11时，又开始静下心来看外国电影，直到电视台各频道都"再见"后，他才伸了个懒腰，带上早已准备号的作案工具悄然来到楼梯走道，用尖嘴钳轻轻地卸开镜框，然后小心地用美工刀割下名画，卷好后从后门仓皇逃逸。

有了第二次的成功，陈广更加偷画上瘾。三个月后，他估计上海方面风声已过，于是他又潜入上海寻寻觅觅，大上海高档宾馆多多，名画也多多，果然不负所望，他又发现一家大饭店的餐厅边走道上悬挂有一幅应野平的《山水画》，应野平是上海画坛上一流的山水画大师，陈广对其更是佩服，细细欣赏一番后，决定拿下此画，但见走道灯火通明，一人下手容易失风，于是准备物色一个可靠的搭档一起联手干，但谁可靠呢？陈广一时颇为犯难。

那天，他在马路上突然遇见自己中学里的同学邓永君，便问起他的近况，邓兄叹苦经道："铁路局这种单位效益也不好，不死不活地每月拿几个死工资，我干脆辞职不干了。自己经营过一家公司，没想到做生意也不是容易的事，不但没赚钱，反而欠了一屁股债。现在是既回不了原单位，又无钱做生意，只好到处游荡，朋友你能帮兄弟赚钱嘛？"

陈广听罢感到正中下怀，见对方也不是外人，便开门见山道："我现正在做倒画这玩意。"

邓永君不以为然地说："这画能赚什么钱？"

陈广怂恿道："这你就外行，这名家的一幅画一般都是上万元，甚至更高。"邓永君拍拍老同学的肩道："别只顾自己发大财，有机会赚钱，需要兄弟帮忙时可千万不要忘了兄弟啊。"

陈广见火候已到，便直言道："上海静安寺有家大饭店内有幅应野平山水画，此人是上海滩上一流的国画大师，此画价格肯定不菲。我想把它取走，但一人难以下手，你有这个魄力干吗？"

邓永君正穷得叮当响，又无工作一身轻，听罢拍胸脯道："有什么不敢，只要你老兄吩咐，兄弟我一定配合默契。"

说干就干，陈广第二天为自己和邓永君各办了一张假身份证，当天下午两人来到上海静安寺那家宾馆，顺利地住进饭店。两人趁吃完饭之际又打详了一下。回到房间，两人便看电视，陈广问邓永君："怕不怕？"邓永君满不在乎地道："这有什么好怕的，现在我是一无工作，二无金钱，还欠了一屁股债，一无所有的人是无所畏惧的。"

半夜两人来到餐厅画前，果然邓永君自告奋勇地道："你只要站在道口望风，有人来了咳嗽一下就可以了，其他都有我来干。"

邓永君一人来到画前猛一使劲抬下镜框，手脚利索地卸下后盖，用美工刀三下五除二地割下画一卷就走，来到电梯旁陈广早已按好电梯，下来电梯，两人迅速从边门撤离。一口气连夜坐车回到南京，陈广扔给邓永君2 000元以示酬劳，邓永君高兴不已，但他却不知此画值20万元。

全国串并案件有戏，"踏雪寻梅"北京无果

自2003年12月7日上午十时半接到报案起，上海市局刑侦总队和长宁分局组成了专案组，指挥部设在长宁分局。侦查员每天四处奔波，晚上回到指挥部集中汇报案情，指挥官根据汇集的信息，去伪存真，分析推断，然后制定侦破方向。时任上海市公安局局副局长孔宪明发案当晚赶到指挥部听取了汇报。

侦查员们观看着现场录像各抒己见，袅袅香烟缠绕在一起，各自的见解互相碰撞擦出了智慧的火花。最后孔局长听完大家的见解后，似有所悟地道："到全市宾馆摸排一下，看有多少饭店发生过此类名画被盗案。同时，此案不能仅局限于上海侦破，要立足上海，面向全国，尤其是周边地区。另外上公安网查一下，看看外地是否也发生过此类案件？我看事先订客房、使用假身份证、密切配合等，这种有预谋、作案手法如此老练，属智能性犯罪，一定是内行所为，嫌犯很可能是个绘画爱好者，可谓是个雅贼。"

侦查员们根据领导的指点，上网轻点鼠标，果然荧屏上很快跳出南京、

北京、深圳、苏州等地也发生过此类案件，苏州苏城饭店先后两次名画被盗，1989年9月丢失一幅是刘旦宅的《六骏图》，2002年又被盗一幅中国画院江苏分院院长亚明的《黄山云海》；还有南京的长江大饭店2003年8月17日被盗一幅也是亚明的手迹《维扬春晓》；尤其是北京2003年11月1日，在中央领导接见外宾的饭店失窃了一幅国画大师傅抱石和关山月合作的名画《梅花》图，仅上网和电话联系就串出的名画失窃案10多起。又分头与外地公安部门联系，了解到了北京、南京、苏州等地更详细的案情。

此刻全国正在追逃会战，侦查员根据现场提取的指纹到公安网上指纹库一核对，须臾，有一枚指纹相吻合，对上的一枚相同指纹系2002年5月偷盗苏州姑城饭店的亚明国画《黄山云海》窃贼所留。

当晚，孔局长打电话给上海著名油画家陈逸飞，向他请教了画坛圈内的情况。陈逸飞听罢道："亚明原是中国画院江苏分院的院长，他的画被盗，与南京一定有关系，而且此贼懂国画行情，估计是个内行。"专家的话进一步印证了孔局长的推断。

案件全国串并，上网核对指纹，使案件有了重大突破！

侦查员根据北京和南京发现的线索，分头前往追踪觅迹。刑侦总队二支队的孙明等人冒着满天风雪来到北京市公安局联系，当地的侦探告知他们："《梅花》图系上世纪五十年代中国画坛上最具盛名的国画大师傅抱石和关山月所画，他俩当时住在该宾馆为人民大会堂竣工作画，两人满怀激情泼墨挥毫，整整花费了三个月时间，根据毛泽东主席的诗词呕心沥血创作了这幅国画《江山如此多娇》，在人民大会堂一经挂出，立刻引起轰动，受到了各地观众的交口称颂，更是受到了毛主席、周总理等老一辈领导人的高度赞扬，也得到了全国同行的佩服惊叹，从此，此画遐迩闻名，成为人民大会堂的镇堂之宝。两位画家为了感谢宾馆的热情宽待，又一鼓作气地创作了3.5米宽，2.4米高的《梅花》图，送给了宾馆以示谢意。宾馆将此画作为稀世珍品挂在了外宾接待室，后人将此两幅画称为姊妹图。据专家估价，《梅花》如上市拍卖，起码1 500万。40多年来，全世界许多国家领导人在此画前座谈留影，远远超出了一般名画的范畴，已成为无价之宝。此《梅花》图11月1日被盗后，许多中央领导批示尽快破案，吴议副总理到该饭店理发时详细打听破案情况。

正当北京紧锣密鼓地全力侦破名画盗案时，见上海警方前来通报案情，给予了全力配合，上海警方随北京警方来到琉璃厂、潘家园等著名书画市场寻觅赃物，但茫茫人海何处觅踪影？北京失窃名画的诸多饭店窃贼同样狡猾地使用了假身份证，故一时尚无线索。结果北京“踏雪寻梅”无果而归。

结婚生子隐居八年　重操旧业更为疯狂

陈广偷完上海一家大饭店应野平的名画后，敏感地意识到上海一定加紧了侦破力度，便突然销声匿迹，一去不返。1991年9月，他又掉转枪头来到首都北京觅宝。京城的大饭店与上海一样，到处都是名人字画，陈广又轻而易举地在天涯楼餐厅里发现了陆俨少的一幅《峡江内旅途》，便一个电话叫来了搭档邓永君。夜半时分，两人推开餐厅门，神不知鬼不觉地盗走了名画。

此后，陈广突然坠入情网，爱得如痴如醉，女友对他盯得颇紧，他也收敛起来。不久便结婚生子，孩子的呱呱坠地使他像股票一般被套牢，整天接送孩子，人一匆忙劳累便无心顾及名画了，另外，成为人父后，他也多少有了一点责任心。

一晃八年无动静。上世纪九十年代末，陈广另有所爱，与情人又坠入情网，整天不回家，结果与妻子缘断恩尽，分道扬镳。从此，他又成了一只断线的风筝。1999年1月，陈广出席朋友的一顿宴会后，发现这里别有天地，那一幢幢洋楼内到处都是名人字画，金盆洗手了八年的他又蠢蠢欲动地“出山”了。

陈广回到南京后首先约多年不见的老搭档邓永君吃饭，邓永君听到失踪了多年的同学声音，无所事事的他赶紧如约赴会，陈广一番友情怀旧，邓永君哥们义气又来了。最后两人碰杯一干而尽，酒壮人胆，他俩出了门便直奔上海，住进了那家花园式国宾馆，颇为阔气地一人开了一间房，夜半时分两人窜进那间早已瞄准好的会议室，房内的三幅画被贪婪的盗贼一股脑儿地全部卷走。一幅是上海著名画家唐云的《雨唤春禽》、一幅是唐云的《长爱杭州》、还有一幅是谢稚柳的《夏日望霁》。

重蹈覆辙后，陈广更是以加倍的疯狂来盗窃名人字画。1999年3约13日，陈广先是打电话给上海的宝塔大酒店，问总统套房多少钱一晚上，因总统套房客房率比较低，故服务员热情解答，陈广便套问有何设施，服务员便一一答来，最后陈广追问道："房内是谁的字画？"服务员不知是计，便如实相告："是应野平的《井冈春色》。"陈广一听又遇上了大师的名画，便一个电话叫上邓永君赶到大饭店，故技重演地以假身份证顺利地住进了总统套房。他们进去后先将冰箱里的东西胡吃海喝一阵，便躺着呼呼大睡一顿，待醒来后，便将冰箱里的东西全部扫荡干净，待到半夜才安安稳稳地取出名画，坦然地扬长而去。

1999年7月18日，陈广又在南京按住宿指南，专门挑北京豪华的饭店打电话咨询，向服务员咨询总统套房有何设施，最后问是谁的字画，当听说是当代著名大家范曾的《天下之柔驰骋天下之坚》后，陈广放下电话欣喜若狂。立马喊上邓永君赶到此家饭店，毫不犹豫地包下总统套房。开门进房，陈广凝视着心中崇拜已久的大师手迹，心情久久不能平静。邓永君见他如痴如醉的样儿，嘲笑他道："又什么好激动，不就是一幅画吗？"

陈广难抑激动地说："你不知道，此人是我最欣赏的当代画家。他的画很有个性，有特色，线条流畅，用笔老到，善用枯笔，很少着色，大多画古人，且多是古代名人，我尤其喜欢他的那幅《泼墨钟馗》，那头毛驴用湿笔泼墨如水，而钟馗则用枯笔惜墨如金，线条流畅潇洒，实在是人见人爱。"说罢禁不住感叹："可惜此幅画不是彼幅画。"不管如何，陈广能觅到范曾的画，已喜出望外了，他悠然自得小心翼翼地切割下大师的画，半夜里挥挥衣袖，带走一幅名画，告别了五星级大酒店。

2002年5月，他俩又一搭一挡，如法炮制地在苏州苏城饭店会议室盗走了亚明的《黄山云海》。

2003年4月，陈广来到深圳，在一家大饭店二楼过道上意外地发现了中国书法家协会主席舒同书写的一幅《毛主席诗词.清平乐》兴奋之情溢于言表，立刻打电话叫邓永君马上坐飞机来深圳，住进饭店待到凌晨，待客人在夜总会闹完疯完回房睡觉后，便动手熟练地割下名人书法拍屁股走人，远走高飞。

2003年3月，陈广又给自己居住的城市南京的一家五星级饭店打电话询问总统套房的价钱，先是问套房设施，最后套出是一幅黄胄的《塞上踏歌行》后，心里一颤，于是又为了价钱反复于服务员讨价还加，服务员被问烦了，便请他先留下电话，陈广便报给了对方。好马千蹄必有一蹶，智者千虑必有一失。陈广万万没料到就是这个电话使他进了牢狱。真可谓是聪明反被聪明误，反误了卿卿性命。

陈广听到这幅黄胄大师的毛驴图，自己过去在画册上见过，便找出画册精心临摹了一幅尺寸一般大小的画，其技艺精湛，可谓惟妙惟肖。然后，陈

被盗的傅抱石与关山月合作的《梅花》图

广用假身份证住进总统套房后，轻而易举地换上了自己的临摹画，偷梁换柱后关上房门一走了之。这活儿做得可谓天衣无缝，神不知鬼不觉。

2003年10月底，陈广偶然在一本画册上见到北京一国宾馆内藏有傅抱石与关山月合作的《梅花》图，他立马血色兴奋了起来。他常年在画圈里混，知道国画的行情，国内目前卖得最高价的是傅抱石的画，他的一幅手迹在香港索斯比拍卖行里以1 800万的天价拍出，创中国画最高纪录。11月1日，陈广与邓永君又来到北京，以老套手法顺利地住进了该国宾馆，陈广以订会议室为名骗服务员打开了会议室的大门，又以制作会标的理由骗开服务员一起去找电脑打字员，邓永君则趁机以最快的速度切割下《梅花》图，迅速撤离，陈广收到邓永君传来成功的信息后，也悄然离去。

2003年12月初，陈广因朋友邀请来到上海西郊一宾馆打高尔夫球，他不断留心有无名画，果然在3号楼的会议室发现了刘旦宅的《群马图》，于是，便上演了开头的第一幕，结果刘旦宅的画成了他盗画史上的滑铁卢。他14年前成功地偷盗第一幅名画是刘旦宅的画，最后也是因偷盗刘旦宅的名画而被公安追踪抓获，正是成也萧何，败也萧何。

寻踪觅迹跳出线索，深查细挖浮出水面

另一路刑侦总队二支队薛勇一行四人，根据公安网上获悉南京一家花园饭店失窃名画的线索来到了该宾馆，询问后证实宾馆于2003年8月17日被盗一幅亚明的国画《维扬春色》。查发案当天登记的住宿证，又是假身份证不过名字改成了“张天民”，再调出案发时段的录像，果然串并出与上海的梁上君子为同一人，这就可以锁定案犯就在南京，但茫茫人海何处觅此人，实在如同人海捞针，无处下手。

成事在天，谋事在人。虽然长江饭店发现了案犯的身影，印证了案犯在南京也在作案，但服务员说不出子丑寅卯来，案犯同样使用假身份证、假地

址，线索又断了。但侦查员毫不气馁，又赶到另一家失窃名画的五星级饭店，经询问证实该饭店2003年7月20日总统套房曾失窃过名画，不是一幅，而是三幅。一幅是亚明的《李白思忆》、另一幅也是亚明的《纵然一夜风吹来，尽在芦花溅水中》，还有一幅是白雪石的《千峰竞秀》。

服务员也回忆不出有价值的线索来，最后边上有位服务员随便插话道："好像听说红楼饭店也有名画被盗。" 谁料这无意中的一句插话却成了破案的关键线索。

侦查员们疲惫的身心顿时被这一句话激活了，他们不敢有丝毫怠慢，立即马不停蹄地赶到红楼饭店，但服务员却说没有失窃过名画，侦查员提出找老总，这天正巧是周六，老总在家休息。到手的线索侦查员岂肯轻易放弃，立刻要通了老总的手机，老总听说公安局寻找，无奈只得赶来。但他也与服务员同口一词没有失窃过名画。侦查员提出到总统套房去查看一下。老总稀里糊涂地随之来到总统套房，嘻嘻地笑道："你看黄胄的《塞上踏歌行》不是好好地悬挂在墙上嘛？"

侦查员上前细瞅，发现国画的边沿有刀片切割痕迹，经仔细辨认才发现名画已被偷梁换柱。这时老总才拍脑袋恍然大悟。

经查电脑登记记录，2003年3月8日，有一个叫"孙光明"的人登记过住宿总统套房。找来那天当班的服务员，这位年轻的女服务员记忆甚好，她回忆道："那天这个客人打电话来预订总统套房，反复讨价还价，我被他实在问烦了，就说你留个电话，等我请示老总后告你。"

侦查员一阵兴奋，立即问她："那个电话还在吗？" 女服务员道；"好像还在。" "立刻找出来！" 服务员轻拨鼠标，果然跳出了那个通讯电话。

2003年12月14日，在南京通讯部门的鼎力协助下，侦查员迅速查明，此电话系南京一证券公司李经理的办公室电话。立刻找到李经理，请其辨认嫌犯的照片，李经理看罢照片道："此人叫陈广，是南京人，也是个文化人，整天在忙字画。" 李经理的话更加印证了警方的判断。侦查员急切地问李经理："有无他的电话？" 李经理便查商务通边道；"肯定有。" 须臾，就找出了陈广联系电话。

案犯终于“浮出水面”，专案组无不激动异常。侦查员当即确定邓永君有重大嫌疑。

12月15日下午，刑侦总队副总队长周建国、二支队支队长杨宝银、长宁刑侦支队长沈余祥闻后，立马赶往南京指挥抓捕。经南京警方鼎力支持，摸清了陈广和邓永君两人的住址，并进一步了解到陈广与妻子关系不睦，现可能与姘妇同居。

15日深夜8时许，两路抓捕小分队分头伏击守候陈广与邓永君。那天老天爷似乎故意考验警察的意志，偏偏守候在小车里的侦查员不能发动引擎开空调，唯恐打草惊蛇。只得躲在车内瞪着双眼，至清晨7时许，住南京浦口区桥工新村15栋102室的一男子刚走出门，面似录像里的男子，侦查员冷不丁一声高喊：“邓永君！”对方下意识地答应，还没反应过来便被牢牢擒住，迅速塞入车内。

经审讯，邓永君证实了陈广正住在其姘妇家。另一路人马接到邓永君已被控制和陈广住址的信息后立刻行动，侦查员迅速来到南京宁公新寓某号401室，几下礼貌的敲门声，里面传来了一男子的声音：“谁？”外面答道：“修水管的。”

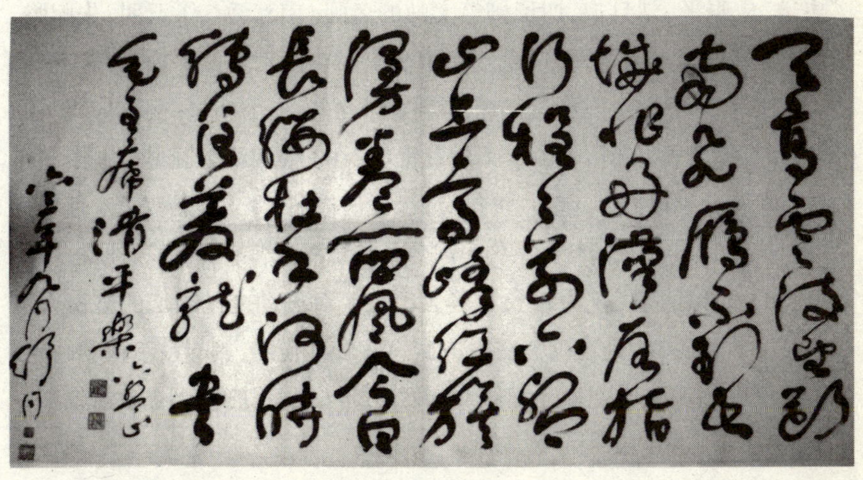

被盗的舒同书法

须臾，房门露出了一条逢，侦查员以闪电之势冲进去，迅疾将其拿下。

侦查员在陈广的住处当场搜出6幅名画，其画名是：刘旦宅的《群马图》，亚明的《李白诗忆》、《纵然一夜风吹来，尽在芦花溅水中》、《维扬春色》，黄胄的《塞上踏歌行》，和一幅《大公鸡》。

立即押至南京市公安局突审，陈广交代自己曾经是亚明的学生，跟他学过画，很佩服老师的画技。有一段时间曾精心临摹过老师的画，画友都说临摹得惟妙惟肖。南京红楼宾馆里的那幅画是我临摹后换上去的，故他们一直未发现。从2002年至2003年，我们在北京、上海、南京、苏州等地疯狂作案六起。

当晚押回上海，经审讯，邓永君交代了先后共作案13起，其作案手段主要是学过绘画的陈广先寻觅踩点或打电话询问，发现目标后，由陈广为邓永君制作假身份证，邓永君以假名住进挂有名画的总统套房，待夜半三更邓永君卸下大镜框，用美工刀割下名画，得手后一走了之；或两人搭档，一人望风，一人作案。每次事成之后，陈广扔给邓永君一二千元打发了事。

陈广顶了五天后，见同伙都吐出来了，无奈之下挤出了10多起案件，根据两人的交代，共计作案15起，涉画19幅。北京市公安局接到信息后，迅速在京城起获了傅抱石和关山月的《梅花》和范曾的名画；上海市公安局缴获了唐云、应野平、刘旦宅、谢稚柳等大师的名画；南京缴获了亚明、朱屺瞻、黄胄、高冠华等人的名画，以及上海市公安局在南京追回深圳一宾馆被盗的著名书法家舒同的书法《毛泽东诗词.清平乐》，共计16幅；另有应野平的《山水画》、谢稚柳的《仿宋山水画》、黄胄的《牛》等四幅名画早已在十多年前被拍卖行分别以四万元的拍价拍卖，已无法追回，令人扼腕叹息。但毕竟这一起持续14年之久的特大系列中国名画盗窃案圆满地画上了句号。

2005年4月1日，上海市长宁区人民法院对震动全国画坛的盗窃大案作出了一审判决，判处窃画大盗陈广11年6个月徒刑，剥夺政治权利一年，罚金3万元人民币；判处梁上君子邓永君10年6个月徒刑，剥夺政治权利一年，罚金2万元人民币。

疯狂的跨国珠宝大盗

一帮国外珠宝大盗团伙突然云集上海珠宝展销会，合伙疯狂盗窃价值67万美元的珠宝。上海警方闻警迅速出击，很快锁定对象，连夜撒网一下子捕获25个跨国大盗。此案的迅速侦破，令境外警察刮目相看。

价值69万美元钻石瞬间蒸发

2004年5月13日上午，在彩球飘荡，音乐飞扬的喜庆隆重的气氛中，国内最大的一次国际珠宝展销会拉开了帷幕。高大宽敞的展馆内广告林立，展柜密布，鳞次栉比的柜台里，各种珠宝晶莹剔透，琳琅满目，应有尽有，令人目不暇接。

珠宝展开幕的第一天，世界各国和地区，以及各地的客商纷纷云集上海。参观者络绎不绝，鱼贯而入，展览厅内人头攒动，热闹非凡。当天成交频繁，生意兴隆。至下午4时许，展览馆的广播里传来了展览即将结束的预告，大多数展柜开始陆续收摊，人流渐次离去，当一楼大厅里人去厅空之时，56、57号展柜的一对男女才恋恋不舍地忙于撤摊。他们将珠光宝气的钻石整理完后，正准备收摊之际，那位男士便匆匆去厕所，此时，一名外国中年男子匆匆来到56号柜台，用生硬的中国话问正在收拾东西的郭女士："我想看看你的珠宝可以吗？"

郭女士客气地道："今天收摊了，明天再来吧。"

老外遗憾地道："那你给我一张名片行吗？"

郭女士取出一张名片递给了他，老外接过名片后指着郭女士身后的那幅广告问道："你是青岛来的吧？"

郭女士下意识地回过头来看了下广告点点头。

老外微笑地道："See you tomorrow，bye！"

说罢老外便匆匆离去。待郭女士来到柜台内侧的凳子上取包时，却突然发现那个蓝色的帆布包莫名其妙地不翼而飞了，包里装有参展的所有珠宝，价值近几十万美元，还有一天的营业款，郭女士顿时惊得目瞪口呆，一时魂飞魄散不知所措。

另一位男同事方便回来后，听说珠宝失窃也惊骇不已，他立刻向保安求救，保安马上拨通了110报案。

5月13日下午4时46分，上海市公安局110指挥中心接报后，一时间，警灯闪烁，警车飞驰，市局刑侦总队和长宁分局等部门的侦查员迅疾赶往案发现场。经警方调查确定，被窃包内装有0.01至0.5克拉小颗粒成品裸钻，总重量为2100余克拉，总价值69万美元，还有一部诺基亚银灰色手机、一只黄绿色钱包，内有4.7万元人民币营业款。

此案被盗物品数量之多、价值之高、影响之大，在上海盗窃史上可谓空前，无出其右者。何方大盗竟敢将黑手伸向熙熙攘攘的大型展览会？且下手如此胆大妄为，且神秘老到。

上海正在打造国际会展中心，发生如此大案对上海的国际声誉将造成负面影响。正在北京中央党校学习的上海市委常委、市政法委书记、市公安局长吴志明当即指示要全力以赴快速破案。市公安局副局长张声华立即组织各有关部门成立专案组，一定要尽力迅速破案挽回不利影响。刑侦总队、治安总队、出入境管理局、国际机场分局、长宁分局等部门的头头脑脑先后赶往现场，会聚在世贸商城二楼会议室的指挥部，连夜展开侦查。

嫌疑人竟是一伙跨国大盗

当晚，世贸商城“5.13”专案组指挥部内灯火通明，进出繁忙。坐镇指挥的张声华副局长是位年近花甲的老刑警，他曾指挥侦破过上海无数的大案要案，遐迩闻名。此刻，他皱纹纵横脸上表情威严，几十年的熬夜两鬓已然飞霜，但却条清缕析地对各警种下达了指令。几十名参战警员各司其职地各就各位，迅速展开了侦查。侦查员们连夜走访了当事人、展馆工作人员、保安、出租司机，宾馆等处，指挥官们坐镇指挥部听取各路侦查反馈的信息，并仔细查看探头录像和各种文字资料，综合分析，判断推理，以其从纷乱的头绪中寻找蛛丝马迹。

据受害人郭女士回忆，就在她收拾好展品钻石时，突然来了两个貌似印度人的男子，那个身着西装的高个中年男子用生硬的中国话向她索要名片为由，将郭女士叫到柜台一旁讲话，约2分钟，他们便匆匆离去；现场保安反映，闭馆前来过一批外国人，长相颇似中东一带的人。

根据被害人描述嫌疑人的体貌特征：身高约1.8米，长相似印度人的特点，侦查员立刻赶赴浦东、虹桥国际机场进行布控，并带被害人一起前往两个机场候机楼辨认可疑人员；与此同时，根据现场录像资料和经受害人以及目击者的描述指认发现了14名外籍嫌疑人员，马上制作了的照片，发往本市的各宾馆、旅店，机场、码头、火车站等各个道口等处，布控协查，仔细核对发现可疑目标。

据组委会办公室成员统计，第一天参加展览会的共计有963人次，其中上海籍653人，国内及其他地区261人，外籍人士49人。通过反复仔细地观看所有监控录像后发现，案发前后"白衬衣"外国人与"红头发"外国女人曾与多名其他外国人交叉谈话，涉及11个男人和3个女人，共14人。那个女人体貌特征尤为明显，染一头深红色头发，年龄30岁许，耳朵上挂着银色的大耳环，红发碧眼、皮肤白皙，身材丰满，身高1.68左右。

16时46分，监控录像里显示这伙人中有3名男子从南门离去，另几个外国人从北门先后出去。

据保安回忆：南门离去的三名男子乘坐一辆锦江公司桑塔纳2000型出租车离开展馆，从北门出来的外国人好像是搭乘浅绿色或浅蓝色出租车离去。

侦查员们立马请锦江公司协查13日下午4时36分至50分的出租车，通过排查约有50多辆浅绿色或浅蓝色的桑车，其中2000型的有34辆，经过调度不断喊话，不久，一位周姓司机前来反映：当日下午近5时，有三名外国男

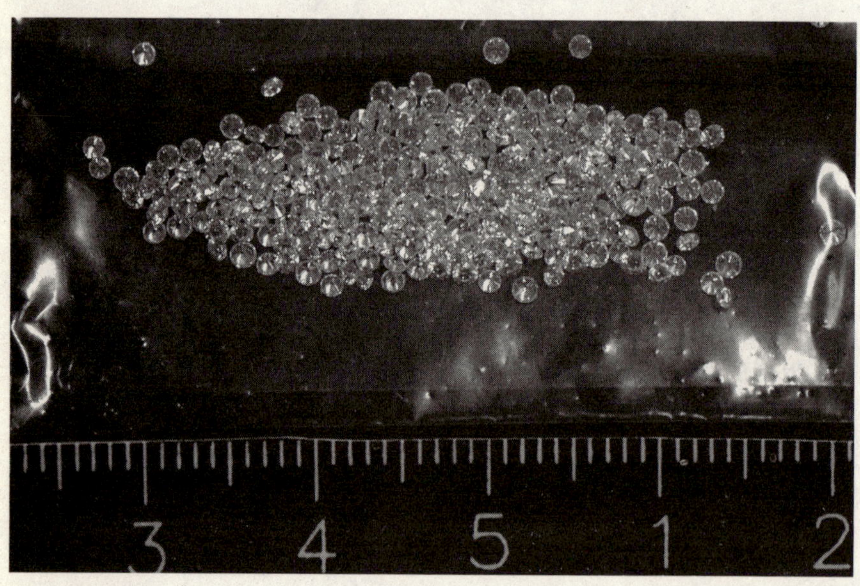

被盗的钻石

子搭乘其出租车，上车后，因语言不通，坐在司机边上的男子递给他一张上海一饭店的名片，用手指着示意去该处。当司机从外滩高架上驾车下来途经陈毅广场欲大拐弯时，3人突然要求立刻下车。经司机辨认，确定监控录像里的那个穿白色短袖衬衣的男子就是坐在其副驾驶座位上的乘客。

张声华副局长根据各路侦查汇总情况后，沉思片刻，老道地指示道："这帮人的脸都长得大同小异，一时难以辨认，应该将特征明显的红头发女人为第一抓手。"

紧锣密鼓侦查之中又发生案中案

翌日上午8时许，浦东分局交巡警接到报告，并有人送来一包东西。打开一看，内有郭女士失窃的部分物品。

专案组陪同有郭女士前去辨认，证实确是她被窃的物品，她的身份证、手机卡、驾驶证、公共交通卡、四张银行卡，以及35只装有被盗的放钻石的透明小塑料袋等物品，而同时被盗的钻石和装钻石的饭盒、现金以及帆布包却不见踪影。经查，这是一拾荒者于当日上午7时许在东方明珠电视塔1号门口垃圾筒内拣获的。

针对部分被窃物品的出现，专案组立即侦查以丢弃东西的方位为中心，重点对辖区内宾馆住宿登记后，突然又离去的外籍人士进行重点排查，尤其注意寻找进出宾馆中是否有红头发的外籍女士。

根据对失窃物品的分析，专案组出现了两种看法，一种意见认为偷盗者将物品丢弃在层次不高的地域，附近宾馆内没有中东一带的外籍人士，说明偷盗钻石者不是老外，而是貌似中东人的其他人员；另一种意见认为一定是中东人，因为他们讲的是英语，且有将东西包好扔到垃圾筒里的卫生习惯。结果是智者见智，仁者见仁，各执己见，莫衷一是。

正在河南开会出差的孔宪明副局长接到专案组的电话汇报后，他立刻想起了沪港警方交流中，港方曾提供过南美籍人在香港等地珠宝展中团伙盗窃钻石的有关情报。去年公安部亦有过类似情报通报。他提醒专案组："你们应将在上海的哥伦比亚圈的南美人作为重点排查。"同时，孔副局长接通了香港警务处高级助理处长周富祥的电话，请求迅速提供有关南美籍人犯罪活动的具体情报资料。

专案组迅疾查明当时在上海的南美籍人有177人，其中几十人持旅游签证入境的都住在三星级以下宾馆内，有男有女。他们已被作为重点进入警方的视线。

侦查员有的放矢地对发案地点的长宁地区、嫌疑人坐出租车去的黄浦区饭店、捡到被盗物品的浦东、闸北区等地区的宾馆重点排查，一一筛选，尤其是与被害人搭讪的中等体态、肤色灰黑、穿深色西装的外籍人士，以及那个特征明显的染深红色头发、戴耳环的女子。

正当警方在全力侦破钻石大盗案的同时，5月17日上午10时50分，浦东机场也发生了一起钻石被盗案。一位印度商人参加完17日结束的珠宝展后，提着拉杆箱满载而归。他在机场商场买烟时，突然被两名外国人用酸奶泼在身上，两人举手一招："sorry！"又麻利地取出餐巾纸帮他擦去身上的酸奶，印度商人宽厚地笑笑道："Not at all！"

他放下拉杆箱，低头专心致志地擦了起来，还未等他擦净污迹，下意识地回过头看拉杆箱时，却发现箱子转眼蒸发了，箱内有价值近20万美金的红蓝宝石。他立刻反应过来一定是那两个泼酸奶者所为，便在候机楼内四处搜索时，有个老外指着门外，示意拎箱人已出门而去，印度商人信以为真立即追了出去，却不见任何人的踪影，早已远走高飞。

警方接到报案后，专案组马上敏感地意识到，此案也是冲着钻石而来的，立刻串并案件，请被害人指认"5.13"钻石案现场录像14个嫌疑人的照片，印度商人和出租车司机都指认了其中的2男2女。

案中案没有使案件复杂化，反而使案件更为清晰明朗起来，也再次印证钻石案系外籍人士所为。

上海警方迅速锁定目标

“5.17”案件发生后，市公安局指挥中心紧急启动堵截稽查措施，市局党委副书记、副局长程九龙亲自指挥一道道命令，一项项措施落实在各级公安机关。

下午2时许，刚从外地出差回来的孔宪明副局长和郭建新刑侦总队长直接赶到了世贸商城指挥部，当即组织各路人马召开“诸葛亮会”进行会诊。因为监控录像里的图像比较模糊，外籍人士长相又大同小异，一时难以确定这伙人到底是何路“神仙”。但根据作案手法、侵害目标、嫌犯的持证等等达成了共识，这两起案件是一伙人干的，并案侦查，立即行动。

去年5月31日，在香港展览中心举办的香港珠宝钟表展览会期间，曾有南美籍人员伺机作案。他们采用声东击西的手法盗窃珠宝，与这次作案手法类同。

上海警方与香港警方在去年就已经建立了紧密协作的工作机制，在此时发挥了关键作用，香港警方很快传来了一份南美籍人员在香港违法犯罪的情报资料，其中有221个南美籍人，有照片、身份和护照号码等相当详尽。

专案组同志群策群力，各抒己见，见智见仁地提出了种种假设，经过不断否定完善、去伪存真，综合各方面的信息和线索，从乱麻中理出了头绪，将注意力全部转向了南美籍人员，团伙钻石大盗的眉目和作案手法被慢慢地描画了出来，又渐渐地清晰起来。

针对犯罪嫌疑人的身份行为、体态特征，上海警方运用了多种技术手段进行锁定目标。下午四时半，程九龙、孔宪明副局长再次召开全市各级公安机关领导会议，动员部署立即在全市查缉南美籍犯罪嫌疑人侦破案件的行动。刑侦、治安、交巡警、出入境、机场、边检、各公安派出所等多部门精成配合，数警种联动作战，统一行动，机场卡、道口堵、旅馆查、车上抓……一张严密的天网在全市及周边地区悄然而有序地撒开。

连夜撒网一下子捕获25个跨国大盗

5月17日下午，办事扎实的黄浦公安分局民警江国庆，平时健全完善了其管辖宾馆内的防范制度和客房登记资料、监控资料积累等制度。“5.13”特大钻石盗窃案发生后，他数次到辖区内宾馆检查督促，帮助宾馆工作人员熟记嫌疑人“红头发”的外貌特征，使酒店服务员能够在嫌疑人入住后，及时发现目标并向他反映，江国庆又迅速向上级汇报。刑侦总队获悉后，两位侦查员立即赶到新协通宾馆，但他们一时难以确认。二支队代理副支队长薛勇接到电话后，抱着一丝不苟的职业态度又风风火火地赶到宾馆，从监控录像里细瞅红头发对象似是而非，毕竟是外国人，脸都长得差不多仅凭红头发实在难以认定。

行李员反映道：“这个红头发留下过痕迹，而且还在口袋里。”

探头拍下的嫌疑人

经过高科技甄别，果然认定此“红头发”就是“5.13”彼“红头发”。

晚上7时35分，周建国副总队长在新协通宾馆现场指挥，薛勇等一行侦查员首先行动。他们请宾馆服务员以催款为名打电话到“红头发”住的1304房间。此时，房内的红头发正与一个男子颠鸾倒凤地云里雾里，电话铃却不识时务地骤然响起，两人只管自己疯狂根本不理睬电话，但电话铃却像个婴儿似的固执地吵个没完没了，气得男子一把抓起电话不耐烦地操着英语问道:“找谁?”

电话里传来了女服务员甜美的英语:“你们付的房费到期了，请来服务台交费。”对方无可奈何地道:“知道了，今晚一定来交。”

女服务员放下电话，告知客人在房内，行动组兴奋不已，他们悄然来到1304房前，平头圆脸、虎背熊腰的薛勇平静了一下激动的情绪，便斯文地敲了几下门，里面传来了英语问话声:“谁?”门外用英语答道:“警察，履行检查。”

里面突然没有了声音，静静地等待了约5分钟，那个身着浴袍的高个男子无奈地打开了房门，对方尚没反应过来已被果断拿下，男侦查员又冲进去准备抓“红头发”，见她正露出玉臂躺在床上瞪着惊恐的碧眼，亦将她抓获。此二人的落网为抓获整个团伙起到了突破口的作用。

上海素有不夜城之称，夜幕下鳞次栉比的高楼大厦灯火闪亮，霓虹灯跳跃闪烁，五光十色，灿烂辉煌。在机场、铁路、公路、码头、车站等出入境道口和宾馆、饭店、酒吧、娱乐场所、出租公寓等可能出现外国人的场所，无不闪现着警察天兵神降的身影。

搜捕行动小组传来了第一个捷报后，此后的几小时内，捷报频传，在宾馆、火车站售票口、国际机场、出租车上、这伙跨国大盗就像瓶子里的苍蝇，看到了光明，却就是逃不出去。至凌晨1时，已有20个外籍嫌疑人相继入网；18日上午10时，最后5个犯罪嫌疑人分乘大巴、出租车先后也在本市嘉定江桥出入境道口闯入口袋。他们分别持有哥伦比亚、墨西哥、哥斯达黎加、委内瑞拉、智利、秘鲁籍等国护照。

警灯闪烁此起彼伏的大搜捕中，长宁分局的搜捕小组可谓戏中有戏。他们发出协查后平静的湖面上起了涟漪，分局接到了达华宾馆来电，有三个貌似协查通知里的外籍人员说好住夜，又突然提出退房。接报后侦查员谈欣、朱炯、唐陈根三人迅疾驾桑车呼啸着赶到达华饭店，闯进大厅只见三个外国人正在办理退房手续，一时还吃不准对方是否系嫌疑人？为慎重起见，他们将车停在了宾馆大堂外面，从车窗里望出去的视角正好监视可疑对象，谈欣反复看过录像，其中一名男子与录像里的穿白短袖衬衣的11号相似，但对象毕竟是外国人，必须慎重行事。

经请示指挥部同意抓捕后，三名刑警倏地一起扑向三个对象，只见其中一个叫戈麦斯的墨西哥男子迅速扔在一辆自行车前的铁丝网兜内一个黑色小提包，此举被火眼金睛的刑警及时发现截获。

民警对三名嫌疑人进行了公开盘问和检查，在宾馆，同时刑侦技术人员戴着手套对截获的那只包进行检查，当将一层层被封箱带包裹厚实的塑料袋一角撕开后，哇！真是老天不负有心人，里面竟然全是闪闪发亮的钻石，真是踏破铁鞋无觅处，得来全不费工夫。经鉴定和清点，就是那包失窃的贵重钻石！

上海警方仅在一夜间将25名跨国大盗悉数生擒，充分显示了上海快速反应的现代警务机制发挥了效用，也折射出上海各行各业的紧密配合和上海市民见义勇为的侠义壮举。当宾馆人员发现可疑对象后，及时报警；出租车司机听到车上乘客是案犯后，主动将车开到警车旁；拾金不昧的市民拾到遗物后主动交给警察等等不一而足，其表现出来的协作精神和良好素质，令人感佩！更令上海人自豪！

语言不通狡猾抵赖最终露出了庐山真面目

由于语言障碍，审讯工作一时卡壳了，上海警方立即调来10多名接警翻译，但大多系英语专业，然案犯却大多讲西班牙语，专案组又以最快的速度请来了国际旅行社和外语学校，以及外办等部门的十多位翻译和师生志愿者，协助审讯翻译工作。

针对外国人长相得差不多难以辨认，其名字又长又怪难以记住，且每个翻译者翻出的名字写法均不一致的难题，审讯组根据先后进来的顺序，给他们统一编号。七个审讯组各配一两名翻译，审讯员通过比划手势和现场翻译开始了艰难的审讯。这伙跨国大盗进来后都是一副冤枉无辜的神态，事先已统一口径，审讯时满口谎言，都不承认相互认识，编造的话却破绽百出。

有人云：一人作案是铁门，二人作案是木门，三人作案没有门。此话不无道理。这么多人作的案还愁审不开。

警方向他们宣传了中国的法律，并对其进行了耐心说服教育，这些“身经百战”多次逃避打击的江湖老手根本充耳不闻。

他们的饮食习惯与我们不同，每次吃饭时见到米饭炒菜就皱眉摇头，捧着米饭如同嚼蜡，难以下咽。谚云：人是铁，饭是钢。这些人一顿饭难吃尚可勉强过去，但几顿饭下来就忍受不住了。承办员发现他们不习惯吃中餐后，特意买来了牛奶和面包给他们享用，许多嫌疑人被中国警方体贴人的人性化做法而感动，一些人开始避重就轻地挤牙膏般吐出案情。

孙厚富、赵文俊两位侦查员具体审讯10号、11号嫌疑人。全部被盗的钻石是从11号嫌疑人身上缴获的，他是重点人物，但他进来后始终沉默，使审讯陷入了僵局，但孙厚富凭着老道的审讯经验，抓住其畏罪心理晓以利害道：“这价值几十万美元的东西是在你身上搜出的，这就是证据，你不交代替别人扛着，你只能当替罪羊了。你抓紧交代，中国的法律有坦白从宽的条款，你争取主动吧。”经过劝说，11号明白了利害关系，第二天就彻底地交代了问题。11号的开口为封闭的案情撕开了第一道口子，也为其他小组顺利地审讯打下了有利的基础。

之后又有人陆续吐露案情，其中有名对象交代完后说出了敢来上海的作案心态。以前中国对盗窃罪有死刑，他们一直认为中国的法律甚严，未敢轻易来犯，但当得知中国废除了盗窃罪的死刑后，便蠢蠢欲动，这次从互联网上获知上海举办珠宝展后，便兴致勃勃地前来小试牛刀。还有那个红头发女6号也被迫启开红口，她来上海前在新加坡当妓女，是个玉臂两条千人枕，肚皮一个姓百家的欢场女子。她以自己靓丽妖艳的外表专门负责吸引被害人的注意，转移其视线，以便使动手者顺利下手，在她的掩护下大多马到成功，且屡试屡成。未料这次她却引起了警方的注意。结果是成也萧何，败也萧何。

因为地域文化、宗教信仰、司法制度的不同，这个团伙大多只交代自己的问题，但却绝不涉及他人，都担心揭发了他人的问题，自己的家人便会受到报复伤害，故承办员一提及同伙对象便摇头挥手，三缄其口。

经过一个多月的艰难审讯，通过案犯各自交代和互相印证，遮在这个跨国大盗身上的神秘面纱终于昭然揭开，迷雾笼罩的庐山渐渐地露出了真面目，且越加清晰。

5月12日上午，珠宝展开馆的前一天，经验丰富的5号冒充珠宝商来到世贸商城踩点，他趁人不备偷走了21张参展胸卡，像以往一样作为掩人耳目的道具。当日下午12时多，他召集了先后从各国赶来的23个兄弟，在其入住的火车站附近宾馆对面的新亚快餐店集合，吃完快餐后便开起了预谋会。

5号先发了21张世贸珠宝展参展商的胸卡后，清了清嗓子对大家道："头儿让我先召集你们来，委托我给大家布置任务。头儿过几天就要来上海，他现在还在马来西亚的吉隆坡。

5号借团伙头目3号的"圣旨"狐假虎威一番后，经验老到地说："大家明天下午各自进去，但不要急于动手，待参展商准备收摊时再伺机下手。因为收摊时比较混乱，乱中才能摸鱼；另外，这时展台里的珠宝已经打包也便于下手。"

说罢5号又详细地介绍了展览会内钻石的具体展柜的位置，对每人进行了周密的分工，作案时望风、掩护、实施、撤退等几人一组，各司其职，有条不紊，没有发到胸卡的4人，让他们在场外待命，随时准备拦出租车掩护同伙撤离。最后5号指定21号盗窃钻石，因为此兄身高臂长，胆大心细，且动作灵敏。

翌日下午15时许，24名跨国大盗分别来到世贸商城，他们先熟悉环境和出口通道后，16时30分广播里传来了交易结束的播音后，他们皆已各就各位。由17号以向被害人索要名片为由分散其注意力，21号趁机从柜台内闪电出手盗窃了蓝色帆布包。作案毕21号在展览馆出口处将包传给11号，11号迅速将包藏于事先准备的红白编织袋内。此刻大家听到了西班牙语："快走！快走！"随之便作鸟兽散，胜利大逃亡。

当晚上7时半，这伙人又聚集到火车站附近一家酒店内喝"庆功酒"，每人皆分到了辛苦费，5号发钱时不无得意地道；"今天先各发2000元人民币，头儿明天就来上海，他说已找到了一个秘鲁的商人，答应来上海收购这批珠宝，到时再重奖兄弟们！"

"OK！干杯！"这帮国际乌合之众高兴得忘乎所以，以为上海是他们的淘金天堂，没想到五天之后，上海又成了他们的梦灭地狱。

日夜攻坚一鼓作气又连下二城

在审理缕清了珠宝展上的钻石案后，专案组又深挖出了5月12日发生在黄浦区交通银行内的调包案。

此案可谓是干得老练而又天衣无缝。5月12日中午12时许，9名跨国大盗来到江西中路交通银行门口物色到一名中国贩币"黄牛"的男子，见他进入银行坐在椅子上，后背放着用报纸包了一大捆人民币。于是，他们交换了一下意会的眼神，配合默契地上前行动了。

由二人在门外望风，其余人进入银行大厅，其中男11号对象上前与保安讲话，引开其注意力，18号在银行二楼望风，10号对象将一块硬币扔在了被害人的脚边，4号对象故意拍拍那个"黄牛"的肩，对方抬头疑惑地审视老外，只见他指指其脚下，黄牛低头一看，原来脚下有块硬币，他以为是自己口袋里掉出来的，黄牛便屁股一抬弯下腰捡起了那枚硬币。螳螂捕蝉，黄雀在后。就在他弯腰捡硬币的一瞬，其身后的12号熟练地用手上的一包报纸捆扎的东西迅速地调换了黄牛椅子下的那包纸币。

黄牛捡起一元硬币随手放入口袋，还满面笑容地洋泾浜道："Thank You！"

老外报以神秘地一笑，便迅速一溜烟地撤出银行。

须臾，当该男子与他人换美元时，好不容易讨价还价谈好人民币与美元的利率，打开报纸一瞅，立马惊呆了，怎么一眨眼工夫老母鸡变鸭了，里面8万元人民币像变戏法一样全都变成了一厚叠空白发票，他立刻反应过来肯定是刚才那几个老外所为，等他追出门去，洋大盗们早已溜之大吉。

气得他直骂娘："外国瘪三白相得真转，没想到吃药了。"

被骗者立刻来到了黄浦分局报案，原以为作案者系老外，早已远走高飞了，他做梦也没想到10天后警察通知他案件破了，他喜不自禁，见到警察感激涕零地道："上海警察了不起，比这帮洋大盗更有本事。"

"5.17"案件一直是专案组攻坚的主要方面，虽然25名嫌疑人到案，并有几名嫌疑人作案证据，但赃物没有起获，全部事实尚未搞清，暂时没有对外宣布破案。罪犯抓了，但是专案组取得了"5.13"案件突破进展后，借力发势，运用策略和智慧，使"5.17"浦东机场珠宝盗窃案也水落石出。

5月17日上午10时许，珠宝展已拉上帷幕，两天前刚从境外赶来的团伙头目3号于心不甘，独自一人进馆企图最后捞一票，他兜了一大圈见保安来回巡逻，难以下手，正大失所望之际，他蓦地瞥见一名印度商人从展馆保险箱内提着一个拉杆箱乘上面包车离去。3号一阵兴奋，立马拦了一辆出租车跟上，他又立刻打手机给那帮喽啰，须臾，一帮人犹如苍蝇一般从四面八方分别叫了出租车云集浦东机场。

上午11时许，闻讯而来的喽罗们随3号尾随至浦东机场候机楼小卖部，在机场柜台附近围住了印度商人，他们配合默契，自动到位。五人在门口望风掩护，随后26号故意以买饮料转身之际，将拿在手中的酸奶故意泼在印度商人身上，趁其擦身不备之时，21号神不知鬼不觉地将拉杆箱迅速拎走，立刻传给22号，22号用身体挡住印度人的视线作掩护将包藏于身后。印度人擦毕污秽，回眸突然发现拉杆箱不翼而飞，遂追到门口，有几个人向他指示反方向，掩护同伙溜之大吉。

这伙人分乘四辆出租车从机场出逃至半路又换乘了出租车。其中，22号和女18、女19号同乘出租车来到酒店，他们联络同伙用刀将箱子打开后，望着五光十色的珠宝心花怒放，欣赏一番后将宝石放进洗衣袋内藏于宾馆橱柜里。当晚，他们接到同伙报信，警方已经开始行动了。19号和22号吓得连夜将珠宝扔进了波光粼粼的苏州河。

静水潜流的苏州河里打捞出美丽的红蓝宝石

夜色朦胧，华灯如昼。5月23日晚九时许，薛勇等办案人员带着女19号和22号，从他们住的新客站附近的饭店出发，沿着他们17日晚上扔珠宝打的线路绕了好几圈摸到了光复路、长安路口的苏州河边，女19号记得扔珠宝的路口对面有个垃圾筒，珠宝大约有20多斤重，但22号却说在长寿路口，经过分析判断感到女19号的指认比较可信。

5月24日下午1时许，二支队政委杨荣华在水上公安分局刑侦副支队长张卫华的陪同下，请来了青浦打捞队的潜水员打捞被抛进苏州河的珠宝。炎炎的烈日下，根据女19号的指认，潜水员在50米范围内打捞，一个猛子扎下去20分钟才露出水面，结果没有。又一个猛子扎下去，20分钟后潜水员钻出水面还是不见踪影，一直打捞了2小时只是海底捞月一场空。然后，又转移到22号指认处打捞了1小时也是一无收获，不过不是一场空，却打捞上来一辆破旧的自行车，苦笑一阵后无奈只得鸣金收兵，打道回府。

专案组领导明确指示："被盗的宝石是犯罪的关键证据，不管花多少代价一定要打捞上来！"

于是，侦查员们再次详细分析和确定了打捞的范围和方法地点，做好了进一步打捞的准备。

5月27日上午11时，重新打捞开始，这次不采取潜水作业方法，而是使用滚沟法拉网法，根据夜里12时前后潮水的涨落规律，划定方圆3米范围内有的放矢地重点打捞。打捞至下午1时半许，一包封箱带包扎的塑料袋被拉出水面，立马打开见是耀眼的珠宝，大家禁不住三呼万岁异常激动，须臾，又打捞出第二包、第三包、第四包。

很快天目西路派出所的教导员和副所长带领民警赶来，用警戒带在现场周围拉好，帮助维护秩序。

由于拉钩难免使塑料带有了破损部分，宝石散落在河中，为了让宝石完璧归赵，强烈的责任性使专案组同志不顾河中的淤泥脏水，一个个光着身子只穿短裤纷纷跳入河里，用淘米筐在河里慢慢地“沙里淘金”，红绿的宝石在淤泥里不断被筛选出泥，最后挖泥三尺不漏丝毫才凯旋而归。

回到刑警803食堂用秤将珠宝一秤，结果是22.92斤，最后经专家鉴定，有电气石、减色黄玉等天然宝石共46 506.62克拉，价值159万人民币，远远不是8万美金，而是近20万美金，并且当被害人前来辨认时，几乎是奇迹未少分量，悉数追回了赃物。

5月18日，上海市长韩正批示：向上海公安表示祝贺。感谢公安干警所作出的贡献，应予以宣传。

5月21日，公安部闻悉捷报向上海市公安局发来了贺电：“上海市公安局：欣悉你们成功破获‘5.13’特大钻石盗窃案，特向你们表示热烈的祝贺！并通过你们向全体参战民警表示亲切的慰问！”

6月1日上午，上海市公安局在展览中心隆重地召开了破案表彰大会，上海市公安局给予薛勇、孙厚福、王亮、江国庆、谈欣五位同志荣记二等功，颁发奖章、证书，各奖励人民币5 000元；给予曹斌等6位同志记三等功，颁发奖章、证书，各奖励人民币2 000元；给予孙翔等12位同志嘉奖，各奖励人民币1 000元。上海市委副书记刘云耕和上海市委常委、市公安局长吴志明给立功人员颁发了奖章、证书和奖金。

在发赃会上，当重量约2 100克拉、数量多达11余万粒、总价值69万美元的钻石完璧归赵时，被害人郭女士双手接过那包钻石后，简直不相信自己的眼睛，她反复抚摩着放钻石的口袋，激动得泪水长流，唏嘘感叹道：“看到这些钻石，就像看到失而复得的儿子一样，实在是激动难抑。前一阵子，我整天恍恍惚惚，坐卧不宁，茶饭不思，现在那颗悬着的心总算落地了。”

在一旁的山东青岛珠宝公司的总经理瞪着牛眼细看钻石，许久才缓过神来，禁不住连连感叹：“太神了，太神了，上海的警察太神奇了！”

印度商人接过发还的宝石后，激动地表示：“尽管我第一次来上海，遇到了不愉快的事件，但没想到上海警方破案如此神速，且物归原主，我喜欢上海这座充满活力的城市，我以后还要再来。谢谢中国警察，谢谢上海警察！”

上海不再是境外冒险家的乐园

这次上海警方破获的是一伙跨国盗窃犯罪团伙，他们的皮箱里装有十几件衬衣和十几双皮鞋，长期流窜在世界各地，可谓是一伙“流窜犯”和“国际盲流”。他们就是靠盗窃各种大型商业活动为生，但也“抓大不放小”，有机会就捞。多年的跨国流窜作案，练就了诸多神功绝技，可谓是训练有素，配合默契，有分有合，各显神通的国际江洋大盗。他们已在各国的珠宝展中和人流处屡屡作案，大多马到成功，且很少马前失蹄。仅香港发来情报里的221个“黑名单”中，就对上了其中5人，被抓获的前8天，这伙人里的四五个人还在马来西亚的吉隆坡配合默契地盗窃了一名当地商人的几千美金，因语言不通，没有直接证据，限于法律局限，当地警方只能做出退还赃款完事走人的权宜之策。

6号嫌疑人

11号嫌疑人

这次，他们从互联网

上获悉上海将举办国际钻石展览的信息后，以为机会又来了，纷纷从各国入境蝇集上海，他们以为上海也与那些国家和地区一样可以来去匆匆风卷残云扫荡一番，然后远走高飞，逍遥世界，未料没有逃出上海警方布下的天罗地网，25人的跨国犯罪团伙全部入瓮，无一漏网。

25名涉案人员中，持哥伦比亚护照14人，持哥斯达黎加护照4人，持委内瑞拉护照、秘鲁护照、墨西哥护照各2人，持智利护照1人。他们虽所持护照不同，但大多系哥伦比亚籍。

墨西哥领事馆获悉有本国人作案后，赶来对持本国护照者核实了解情况，却感到不像本国人，便问其二人："在墨西哥什么学校读书？"摇头无言以对。又问："墨西哥国庆日哪一天？"还是摇头茫然不知。最后，请他俩唱一下墨西哥国歌，更是云里雾里。他俩非正宗墨西哥人，而是通过非法渠道买来的墨西哥护照。之后，又有自我交代是哥伦比亚人，不是其他国家的人。

目前，涉及该案的25名犯罪嫌疑人均被上海市人民检察院批准，由上海警方依法逮捕。

素有"东方巴黎"美誉之称的上海，改革开放以来，不断地加强与世界零距离接触，正在全面打造以金融、贸易、商业、会展为中心的国际大都会，且业已显示出强健的活力和繁荣的景象，每天约有1万境外人士从世界各地踏上这片神奇的热土，来上海旅游、办事、投资、打工、学习等等，他们对上海的繁荣和发展立下了汗马功劳，做出了不可磨灭的贡献，因此，他们受到了上海人民的真诚的欢迎和热情接待，但也有个别不法之徒混迹其中，伺机作案，对于个别的害群之马，上海警方决不手软，将给予严厉打击。去年，上海警方已打掉十几个境外来沪作案的散兵游勇，这次又一下子端掉了25人的"大兵团"，事实再一次证明上海早已不是冒险家的乐园，更不是国际犯罪团伙冒险的乐园。

善恶较量十九年

善与恶整整较量了19年！为了查出当年上门杀害了四条人命的凶手，当年的老侦查员熬白了头离开了岗位，年轻的侦查员也已两鬓斑白步入了中年，但悬案却成了他们心中难言的遗憾和刑侦生涯的耻辱。然而，这个在上海滩销声匿迹了19年之久的杀人恶魔，终于被锲而不舍的侦查员锁定生擒。对此，老刑警没有欢笑，而是潸然泪下。

十九年后，老对手终于面对面地坐到了一起

2004年4月27日上午10时许，上海市公安局刑侦总队审讯室。

两位坐在高大审讯台上的大案支队的侦查员，用好奇的眼光逼视着坐在对面那个方脸小眼的对象，彼此对视了五分钟。小房间里静静的，但却弥漫着

顾满保落入法网

剑拔弩张的气氛。

坐在审讯台中间那个谢顶高个侦查员突然打破了沉默，审讯在调侃中开盘了：“我们神交快二十年了，总算见面了！”

那个坐在椅子上的对象听罢心里一颤，突然抬起耷拉的眼睛，与谢顶的中年男子对视了一下，又低下了头。

这位谢顶高个侦查员叫汪栋明，今年44岁，他是上海市公安局刑侦总队大案支队的侦查员。1985年他参加侦破系列上门杀人抢劫大案时，年仅25岁，还是个新兵蛋子，现在他已是老干探了；当年他正在热恋中，为破此案，他老是失约，结果女朋友一气之下与他吹灯了，如今他已是14岁孩子的父亲了。

那个坐在受审椅上的方脸小眼叫顾满保，今年52岁，他被抓获前是装潢公司总经理的司机。当年他频频作案后销声匿迹时，正是而立之年，作案后仅一个月，别人给他介绍了对象，惶惶不可终日的他，为了填补心灵深处的惶恐，一下子坠入了情网，他用抢来的钱给女朋友买漂亮的衣服和戒指，一年后结婚，第二年生子，如今儿子已是17岁的中专生了。

顾满保知道身上欠有多条人命，交代了也难免一死，但他还是抱着侥幸心理。他心想你们能找到确凿的证据就判我死刑，我也没话可说。如果没有证据，要我开口那绝对不可能，如果查不清楚也许还可以避免一死，反正我是铁了心死不开口，随你们怎样处理？

汪栋明又打破了沉默道：“你知道吗？我曾经为你祈祷过。”

顾满保纳闷地看着对手，汪栋明不紧不慢地解释说：“我祈祷你不要死得太早，否则，我会遗憾一辈子的！”

顾满保不屑一顾地说:“你现在可以满足了吧! 不过,你要我开口是绝对不可能,你们有证据就枪毙我,没有证据就只能放人。”

汪栋明针锋相对地回敬道:“你不要想得太天真了,我们没有铁一般的证据岂能在一千七百多万的人海里锁定你? 你不要抱什么幻想了,你的头是肯定保不住了。”

此话首先堵住了顾满保的退路和侥幸心理。

审讯从4月27日上午10时许开始,一直到第二天凌晨3时多,顾满保还是三缄其口。

汪栋明一点也不着急,他心想十九年也等下来了,难道十九天、十九个小时也等不及吗? 你原来是躲在外面的老鼠,让你潇洒了19年,现在你可是笼子里的老鼠,难道还想活着出去?

汪栋明又一针见血地点他道:“你小子身上欠了这么多人命,自己走掉也就罢了,干吗还结婚生孩子,这不是又害了两个人吗?”

铁石心肠的顾满保听到这话心里猛地一惊,这话触动了他的敏感穴位。他知道自己来日无多了,心里唯一担心的就是心爱的儿子。

汪栋明从对手嘴角抽动一下的细微变化中,感觉到了儿子在他心里的分量。于是,汪栋明问他:“马加爵的案子你应该清楚吧,他杀了四条命,自己一走了之没事了,但他的家人却倒霉了,被害人家属提出了几十万元的民事赔偿。你杀了这么多人命,结果总是一死,但你想到吗,这么多被害人家属提出民事赔偿,你老婆即使把你们新买的房子卖了,

当年参战的侦查员汪栋明（左一）已谢顶

也还不起啊!”

顾满保立刻辩驳道:“我与老婆1998年就离婚了,这不管她的事。”

汪栋明审讯前早已详细了解了顾满保的近况,他胸有成竹地点对方一下:“你们虽然已办了离婚手续,但至今还同居一室,这叫事实婚姻。你知道吗?”

想到前妻和儿子可能因还债而无处居住,甚至难以生活下去,顾满保禽兽般的心里突然闪出了一丝人性的光亮,铜墙铁壁般的心终于开始动摇了。

顾满保指指审讯台上的三五烟问:“能给我一支烟抽吗?”

老练的汪栋明立刻感悟到:有戏!

果然,顾满保抽了几口烟开始提出条件道:“我先提两个要求你们能办到吗?”

经验丰富的汪东明抓住机会保证道:“只要我们能做到的,一定满足你的要求。”

顾满保干脆地说:“一是我做的一切不要让我儿子知道;二是我用的手机是老板的,他对我不错,托你们还给他。”

汪东明暗暗地吁了口气,原来这么简单的要求,还以为是什么难题呢。

于是,汪栋明拍了下桌子保证道:“这好办,请相信我们,一定办到。”

听完刑警的保证,顾满保终于一改不合作的态度,无可奈何地承认道:“有这事的。”

此刻已是4月27日凌晨4时许,整整审讯了近十九个小时,这个杀人恶魔终于交代了十九年以前的作案经过。

震惊上海滩,一个月内发生四起上门杀人案

那是1985年5月4日上午11时,顾满保窜到普陀区中山北路某弄3号四楼,他敲了下404室的门,里面传来了老太的声音:“你找谁?”

顾满保道:“阿婆,我找隔壁的徐金康,他不在家,你帮我转一张纸条给他好吗?”

70岁的刘老太不知是计,热情地打开了门,顾满保趁留纸条的当儿,见屋内无人冷不丁上去掐住老太脖子,老太尚未反应过来已命归西天。他便来到厨房取出菜刀撬开大橱、五斗橱、劫走了菜边金戒指一只,银铃牌手表一块,活期存折一张。凶手作案后立刻来到东村新村银行储蓄所,填写了户主陈源的名字,取走了70元。

这是顾满保第一次作案,作案后他心里忐忑不安了好几天,生怕警察突然找上门来,躲在家里13天,见外面没有风声,又感到金钱来得如此容易,5月17日起床后又行动了。

上午9时30分,顾满保漫无目的地来到闸北区芷江路某弄9号五楼,见502室门口有个白发老太正在拣菜,顾满保佯装敲504室的门。

丁老太告诉他:“没有人。”

顾满保叫道:“阿婆,他家托我买东西,你帮我转交一张纸条好吗?”

76岁的老太见过形形色色的人,但从没遇见过如此人面兽心的歹徒,她毫无戒心地引狼入室,顾满保随手撕了一张台历纸,歪歪扭扭地写道:“上海浦东大道47号,王伟康,货已到,今晚来提货。”

留完纸条离开后,他发现只有老太一人,顷刻返回又对老太道:“阿婆,给我一口水喝好吗?”

老太笑着热情地转身去倒水,他从后面一下子掐住老太的脖子,老太昏迷倒地后,他又用小孩的围兜勒老太的颈部,以为老太死了,又残忍地拉下其两耳上的耳环,最后又用小被褥蒙住老太的头部。然后,打开未上锁的五斗橱,劫走了抽屉内的300元钱,锁上门后溜之大吉。

三天后,也就是5月20日,上午10时20分,抢劫上瘾的顾满保又来到虹口区中山北一路某弄3号,以同样的手法掐死401室68岁的保姆,同样用菜刀撬开大橱、五斗橱,劫得百浪多手表一块、宝石花石英电子女式手表一块,以及1200元活期存折一张,仓皇逃跑后,他马不停蹄地来到西体育会路银行提走了现金200元。

1985年6月6日，上午8时15分，顾满保又悄然来到上海卢湾区斜土路某号4楼，他四周环顾了一下，见没有动静，便敲401室的门，一位76岁的白发老太打开门问："你找谁？"

顾满保满脸堆笑地解释道："阿婆，隔壁402室没人，我想给他留给地址，你帮我转给他家好吗？"

杨老太欣然应允。顾满保随老太进门，假装在桌上写字留条，他见房内只有老太一人，便趁其不备如恶浪一般猛地卡住老太脖子一用劲，老太便一命呜呼了。顾满保从从容容地到厨房取来菜刀，撬开五斗橱抽屉，从里面取出两便定额存折7张（每张100元，共计700元，），定期存折600元，现金180元，以及国库券等钱物，临走，见老太手上戴着一个翡翠嵌宝戒指，他上去就拉了下来，抬头又见五斗橱上那只14寸金星牌彩电，那时彩电系紧俏商品，还需凭票购买，他贪婪地抱起来就走。

顾满保双手抱着彩电来到汽车站，等车时见路人都好奇地看他手上的电视机，他感到抱着这么大的玩意儿乘车目标太大，犹豫了一下又将彩电放到了车站边的花坛上，然后乘车分别到宝山路、曲阜路等5个银行储蓄所取走了7张定活两便定额存单的全部现金。

汪栋明听罢凶手交代完此案，心里彻底放松了，因为就这第四个案子现场没有留下痕迹，当初只是根据作案手法和时间来串并案件，推定系一人所为，但没有抓住凶手之前仅是推理而已。现在他交代了此案，其他三个案子都留有他的痕迹，他不交代也可以认定是他所为。

顾满保一口气交代完后，像压紧的弹簧突然放松似的轻松，他感叹道；"我知道早晚会有这一天的。"

汪栋明问他："你后悔吗？"

顾满保摇摇头道："既然做了，也没什么好后悔的。"

他至今也不忏悔。不过要求这样惨无人道的禽兽忏悔实在是太天真幼稚了。

顾满保的老板接到刑警转来的手机后，手捧着手机惊叹道："没想到5年来整天在我身边开车的人，原来是个残杀了这么多人的凶杀。"

徐老板真不敢相信眼前的现实，但又不得不相信接受这一切事实。想到5年来顾满保为自己的付出，也为了安慰他，徐总给顾满保写了张便条：

"满保：你好，托公安局转来的手机收到了，你自己做的事自己向公安局讲清楚，至于你孩子的事我会尽力帮助的，我保证抚养他到工作为止，请你放心。"

顾满保读罢纸条长叹道："老板这人真不错！可惜无法报答他了。"

汪栋明安慰他道："这下你可以放心了吧。"

顾满保却还是不放心地对汪东明道；"儿子的路还很长，干脆他做你的过房儿子算了？"

汪栋明笑曰："这好像不合适吧，你儿子身上有你的基因，万一哪一天他知道是干爸送亲爹上路的，那不坏事啦。"

顾满保听罢苦笑，也调侃道："我第一眼看到你，见是秃头，就感到对手一定很狡猾。我果然不是你的对手。"

汪栋明抚摩着光光的脑袋回敬道："你不知道，想当年我参与侦破你的案子时，就像电影明星一样英俊精神，就是为了破你作的案，十九年来想你想得头发都掉光了。"

顾满保听后又是摇头傻笑。

成立专案组，掘地三尺却未能挖出元凶

1985年5月4日至6月6日，上海一连发生四起上门杀人抢劫系列大案后，刑侦处长老端木亲自挂帅成立了"四案"专案组，专案组又分为许多小组。现任大案支队长曹福东也是小组组员，资深侦探汪栋明是二组组长。

曹福东当年22岁，可谓风华正茂。他们小组的任务是寻觅14寸金星彩

电，他与同事在炎炎烈日下走遍了上海的11家收购站和27家旧货寄售商店，以及37家电视维修店等处，却不见其踪影。侦查中有人反映在老北站地区见过一穿交警裤子的男子骑车带过一个电视机，为此，侦查员们在全市的交警中挨个排查，但无结果。

汪栋明小组在普陀区横浜派出所第一案发区蹲点，根据案犯上海口音、1.7米左右、方脸小眼、30岁至40岁男子的特征，挨家挨个地筛选，一个月下来排查了几万人，排除了数百个嫌疑人，没有收获；他们又移师至长宁区华阳派出所第一案发区曹家渡一带进行了地毯式排查，一个月过去了仍然一无所获。其他在卢湾区、虹口区、闸北区等案发地的侦破组都遭受了同样的滑铁卢惨败结局。

后来，汪栋明一行四人又到海风农场去找过线索，他们的吉普车在海边的暴风骤雨中飞驰时，突然一个响雷打在车前，只见一道闪电如银蛇一般一闪而过，耳朵顿时被打聋了，"嗡嗡"叫个不停，他们四人和当地派出所长险些光荣了，故汪栋明对那次有惊有险之旅铭心刻骨。现在小组成员的另三人有的已升官、有的已调走、有的已辞职经商，唯有汪栋明留了下来。

专案组请画家根据被害人的描述画了凶手的模拟像，在全市范围内广为散发，全市的2万多民警都投入了排查，侦查员们先后做的笔录汇总起来有100本卷宗，堆起来足有几人高。专案组一直紧盯不放反复搞了二年许，至1987年端木处长另有重任才无可奈何地宣布撤销专案组，当初大家都带着无奈和遗憾的心态含恨离去，从此该案成了斯芬克司之谜。

频频作案后，销声匿迹的十九年人生路

1985年下半年，正当外面内查外调搞得热火朝天的时候，凶手顾满保却躲在上海劳动机械厂安安稳稳地开班车。顾满保的父母在福建支内，康定路的家里有上下两间房子，1980年哥哥带了一个朋友住在楼下，哥哥走后

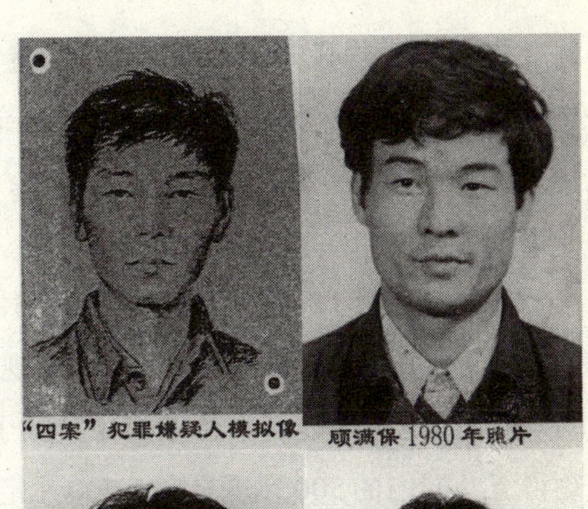

“四案”犯罪嫌疑人模拟像　顾满保1980年照片

顾满保社保卡上照片

顾满保被抓获时照片

犯罪嫌疑人顾满保照片

这个朋友继续住下去，结果他被上海川沙县公安局抓获，从顾满保处搜出嫌犯的收录机等赃物，最终顾满保因包庇罪被判有期徒刑4年。1984年顾满保释放后，留厂工作。

1985年作案后的一二年里，如惊弓之鸟的顾满保心里还是比较恐慌的，半夜听到警笛声会吓出一身冷汗，马路上看到警察走来也会避开走，几次搬家办户口迁移手续都是让弟弟去办理。有次顾满保看外国电视连续剧，见一个凶手躲藏了10年，最后终于被警察抓获，他心里一惊，心想我早晚也要被抓的，也会有这一天的。但随着时间的流逝，顾满保提心吊胆的心渐渐淡漠了，也恢复了正常。

1985年6月作案不久，同事还为顾满保介绍了女朋友，她是本厂的会计，顾满保与之一见钟情，很快坠入了情网，恋爱一年后两人便接为伉俪，一年后生了一个大胖儿子。

几年后，顾满保感到没事了，他实在是不安心就此开班车下去，于是1992年辞职，自己化5万元买了一辆东风牌卡车搞起了运输，昼夜运行，虽然辛苦倒也赚了几十万元，但性格决定命运，他有了钱不是好好养家糊口，而是整天沉溺在上海、无锡等赌场里，染上了赌博的恶习。有次赌博输得没钱了，他大胆地拿出被害人的戒指作为抵押。从此，几十万元的辛苦钱如流水一般地流走了，又复归贫穷。

赌博不但输光了钱，而且还债台高筑，无奈他又将吃饭工具卡车卖了3万元还赌债。身无分文的他，1996年又去考出租车，开了几个月嫌生意不好又失业了。这段时间他非常潦倒，整天在家无所事事，又一贫如洗。无聊之际更是整天沉溺于赌博麻醉自己，老婆实在是忍受不了他不好好上班赚钱，却沉迷于赌博，与之小吵天天有，大吵三六九。最终两人于1998年分道扬镳。

1998年4月17日，穷困潦倒的顾满保百无聊赖地来到杨浦区市光三村某号，以看房为名骗取主人开门后，发现屋里仅有女主人一人在家，在厨房间观察时，他突然趁其不备地掐住其脖子，掐昏后又用毛巾将其勒死，然后劫得五斗橱内的500元现金和1 000元定期存折，又企图撬开橱顶上的铁皮箱，却因铜锁牢固只得恋恋不舍地惜别。

由此四案又成了五案。

1999年5月，顾满保邻居小陈的舅舅是装潢公司的老板，正要找一个司机，小陈见他无所事事，得知他会开车，便介绍给其舅。从此，他又过起了正常人的日子，苦尽甘来的顾满保很珍惜这来之不易的饭碗，所以他对老板忠心耿耿，任劳任怨，故深得老板满意。

觅踪十九载，侦查员终于长夜破晓锁定元凶

当年上海市2万警察地毯式地寻觅凶手，印了10万余张“重要通知”广为散发，筛选排除了成千上万个嫌疑对象，又派出20多名侦查员到苏、浙、皖、赣四省走访了105个劳改场所，排出1 387人，均一一否定。尽管公安局挖地三尺，决不放过任何蛛丝马迹，但案犯却神奇般地在人间突然蒸发一般销声匿迹了。

春去冬来，花开花落。当年许多参战的老刑警已满头华发地退休了，年轻的刑警也两鬓染霜已至中年，挂帅指挥的老端木处长也已离去多年。

欲查找“四案”作案人的踪迹，首先得把现存的数百万份资料信息输进电脑，然后才能作比对。年轻的刑警们面对100本三四米高的卷宗，被老刑

警孜孜不倦的认真精神深深打动，他们深知这项工作何其艰难，但他们觉得比起老刑警来，这点活儿实在是小巫见大巫！

几十台计算机昼夜运作，所有输入的信息资料开始在电脑里飞速神奇地进行排列组合，交叉比对。

2004年4月26日下午6时，这是一个令上海刑警铭心刻骨的时刻，储存在计算机内的两条同一信息终于对上了号——他就是“四案”的凶手顾满保！经反复核查，顾满保的有关物证痕迹与“四案”现场发现的完全吻合！高科技大显神通，锁定目标，血债累累的杀人恶魔终于原形毕露！

侦查员们连夜行动，捕捉疑凶。他们迅疾赶到顾满保户口所在的老沪闵地区，为了不打草惊蛇，没有马上上门寻找他，而是通过外围了解，获悉此地址住的系顾满保的弟弟，这里只是顾满保空挂的户口。

侦查员们马不停蹄地奔波了一个通宵，查明近20年来顾满保的住处已四次迁移，但顾满保现在究竟藏身何处一时尚难确定。

侦查员根据“四案”中的第二起案件中，犯罪嫌疑人在现场留下的痕迹分析，推定此人可能从事或接触过货运工作。经查询全市驾驶员登记信息系统，果然发现了顾满保其人。侦查员立即着手查询顾的交通违章记录，发现顾曾于2000年3月15日在高架路上驾驶那辆黑色桑车发生过“一般损伤”的交通事故；此外，在“驾驶员违章信息”系统中又查明顾满保于今年1月15日驾驶同一辆车违章，被长宁交巡警支队处理过，其留下的痕迹与当时在现场所留下的痕迹完全一致。他在违章处理单上填写的是康定路某号，那辆牌号的黑色普通型桑车车主系上海某装潢公司法人徐先生，现住安顺路某号。经调取顾满保照片给安顺路小区保安辨认，证实此人每大早上7时至8时都会驾车来接徐老板上班。

侦查员立即在徐老板家附近布下重兵。苦苦守候至上午8时30分，却未见其踪影。现场指挥徐长华副总队长当机立断，留下部分警力守株待兔，其余人都出击至装潢公司所在地杨浦区鞍山六村某号。上午9时许，侦查员终于在公司天井内发现了那辆黑色桑车。

4月27日上午9时40分，那辆黑色桑车驶出公司大院，侦查员看准司机就是望穿秋水19年的顾满保，几辆车当即老练地前“堵”后“随”，始终将目标锁在掌控之中。9时45分，黑车行驶至大连路、辽源西路口遇红灯时，徐总见抓捕时机已经成熟，大手一挥一声令下：“动手！”

那辆黑车趁黄灯闪烁、红灯尚未亮起之际欲穿马路，不料，被后面一辆桑车撞了一下屁股，顾满保停车气得跳下车来骂骂咧咧道：“赤呐！车子开得又不快，怎么会撞上？”

侦查员陈强也走下车赔笑脸道：“对不起。”说罢突然掐其脖子，前后数辆车上闪出几条猛汉，“呼”地一下子如猛虎扑食一般扑上去，一道银光闪过，对象的双腕已被扣上手铐，又被迅速戴上黑色头套，随后被迅速推进一辆车里呼啸而去。

会聚一堂，新老刑警闻悉破案感慨万千激动不已

“四案”侦破的消息不胫而走，迅速传遍了上海警界和上海滩。几任刑侦指挥官感慨万千，云集而来；当年参战的刑警激动不已，亲审案犯；退休的老刑警夜不能寐，赋诗寄情；被害人及其家属更是激动难抑，松了口气；上海市民则是一片感叹，赞不绝口。

2004年5月20日，上海市公安局在刑警803召开了1985年系列杀人抢劫大案总结会。上海市公安局副局长张声华、吴延安、孔宪明、市局政治部主任陈辐宽等先后担任过刑侦总队的领导都拨冗赶来了；当年负责侦破“四案”的原市局副局长崔路、市局办公室副主任黄石、刑侦处副处长袁有根、大案队负责人陈家其，以及当年配合侦破此案的普陀分局、闸北分局、虹口分局、卢湾分局等老侦查员们从四面八方云集而来。

当年阳刚潇洒的刑警，如今都已满头华发，但说起当年破案那激情燃烧的岁月都心热血涌，激动万分！他们先后回忆了自己当年为了侦破此案艰苦

卓绝的往事和感人的细节，但因未破案而深感遗憾，这已成为每个刑警的难言之隐和敏感心病，都视为自己刑警生涯的耻辱，十九年后终于破案，甚感欣慰，终于了却了大家一块心病。

自始至终承办此案的汪栋明感慨地说：“干了20多年刑警，已参与侦破了数百起凶杀案。如果说破了第一起杀人案的感受如同新婚之夜的话，那么这次破了19年的凶杀案其感受可谓是久别胜新婚啊。那晚我正在吃晚饭，接到电话获悉‘四案’破了，我激动地马上放下碗筷，立刻打的赶到单位，在办公室里等待抓捕凶手时脑子一直处于兴奋状态，至凌晨4时躺在沙发上却难以成眠。想起了当年的许多往事，人生真是如梦一般，19年好像就在眼前。”

现任大案支队长曹福东动容地说：“我搬了几次办公室，许多东西都扔掉了，但当年顾满保在现场留下的笔迹，我一直保存着，我相信总有破案的一天。尽管这一天姗姗来迟，但毕竟破案了，今天终于了却了压抑19年之久的心病。大家都公认这是一起建国以来上海破得最长的命案，也是最强劲的对手。”

铁窗里的顾满保

老端木虽已作古多年，但他临走时曾说“四案”未破是他终身的遗憾和心头的耻辱！

当年顾满保在一个月内作案系列抢劫杀人案后，以为四个老太都命归西天了，但他万万没想到第二个被害的老太等他逃之夭夭后的15分钟，又奇迹般地苏醒了过来，被家人送到医院后，76岁的丁老太竟然被医生从死神面前抢救了过来，而且至今还活着。刑侦总队政治处徐副主任和黄颖科长几经周折找到了已搬至徐汇区的被害人,已95岁高龄的丁老太精神矍铄,耳聪目明,给她播放凶手的录像请她辨认时,丁老太眯缝着昏花的眼睛认真地盯着荧屏,她突然用松树皮般的手猛敲一下桌子像真由美一样地指着荧屏里的凶手激动地道:"就是他!逃了19年的坏人也给你们抓住了,警察真了不起!"

徐主任担心她年事已高可能记忆有误,进一步追问:"你还记得这事吗?"

老太自信地说:"当然记得,印象太深刻了!"并清晰地回忆起当年那可怕的一幕,竟然与案犯交代相吻合。临别,老太双手合一,打躬作揖道:"19年的噩梦终于解决了,没想到我终于看到了这一天,从此,我可以瞑目了!"

1998年,杨浦区那个被害人的丈夫打来电话,对公安人员破了积案感激涕零,他在电话里动情地说:"这么长时间的案子破了,终于为我家报了一箭之仇,我的爱人在九泉之下可以名目了。"

说罢,他又提出了要见一见凶手的真面目,汪栋明告诉他:"后天晚上东方110将播放这起案件,你到时收看吧。"

电视播放前,汪栋明按照自己的承诺,给顾满保的前妻打了个电话,告诉她:"明天晚上东方110将播放孩子的父亲作案的电视,到时你不要让孩子看到,以免给孩子的心灵造成伤害。"

对方听罢在电话里突然失声痛哭,对刑警的人性化处理连连表示感谢。

6月1日上午,上海市公安局在展览中心召开了隆重的表彰大会,上海市公安局给刑侦总队金卫列同志荣记一等功,并给予1万元的奖励;刑侦总队的戴灏、闸北分局的俞爱珍、杨浦分局的林云各记三等功,各给予2 000元的奖励。上海市委副书记刘耘耕,上海市委常委、市公安局长吴志明给立功人员颁发了奖章、证书和奖金。

公安部闻悉也发来了贺电,对侦破此案表示衷心的祝贺!

真情换得良知归

2006年夏天，杀人犯陈清水在监狱见到公安分局女局长时，跪倒在她的面前泣不成声。那是因为1994年3月，上海新华路派出所在侦破一起丈夫杀害妻子的命案中，发现了他们留下的一对儿女陷入绝境，派出所民警经过十多年的领养，使孩子受到了良好的教育，女儿考上了中专，儿子考上了大学。当儿子看到十多年未见的父亲时，泣不成声。

一怒杀妻，留下一对孤苦儿女

上海市新华路、凯旋路的拐角处有一排装潢小店，小店里有个漂亮的安徽打工妹叫朱小凤，她是皖南事变发生地安徽泾县琴溪乡的高中生，考大学仅差几分名落孙山，便委曲求全地嫁给了同村的农民陈清水，生了一娃一女，整天过着伺候两老又抚养两小千篇一律乏味艰辛的生活。

1994年春节前，朱小凤听上海打工回来的妹妹海阔天空地侃起大上海如何容易挣钱，生活如何富裕，妹妹的一番话说得姐姐心旌摇荡，压抑已久的心又活泛了起来。

姐姐想想在这穷山沟里熬一辈子实在不甘心，于是，1994年2月与妹妹一起不辞而别，来到上海闯荡。妹妹介绍姐姐朱小凤来到了广东人开的装潢店当了售货员后，朱小凤高兴地给山沟里的丈夫写信报了平安和找到了工作，从此便失去了音讯。

大上海的吃穿住行与家乡穷山沟实在是天壤之别，朱小凤自然乐不思蜀。丈夫陈清水是个年轻力壮的汉子，怎奈得寂寞，一个月后，他便借了钱亲自赴上海摸到了那个小店与妻子住了一个星期，临别的那天晚上他声泪俱下地央求妻子："看在两娃娃的份上，跟我回家过日子吧。"朱小凤过上了每月500来元的舒心日子，岂肯放弃，便态度坚决的说："你要走就走吧，我不用你管。"陈清水被呛得怒不可遏，但人穷志短，只能忍气吞声地坐在那里抽闷烟。妻子见陈清水铁青着脸色，便安慰他道："我在这里先干一段时间，你反正会开车，我帮你再找份工作。"然而他担心妻子跟别的男人跑了，死活不同意。于是两人又吵了起来。陈清水见妻子难以回心转意，无奈只得决定明天自己先返回老家。

毕竟是夫妻，朱小凤见丈夫明天就要走了，便对他百般温顺地云雨一番。陈清水怎么也睡不着，坐起来点上烟沉默良久，下了最后通牒道："你明天到底走不走？""不走，坚决不走！""那我一定要你走呢？""你敢！"陈清水见妻铁了心不走，便怒吼道："干脆离婚！""可以！你去找我爸爸，他可以代我离婚。"妻子毫不示弱。话刚落音，雨点般的钢管便落在了她的头上，他将长期以来的性苦闷和十年前妻子不忠的愤懑歇斯底里地发泄了出来，待醒悟后，老婆早已命归黄泉，陈清水这才恍然大悟，老婆的脑袋不是山里的土疙瘩，杀人偿命自古皆然，吓得他仓皇逃遁。

1994年3月16日清晨，新华路派出所接报后，警方迅即赶至发案现场，调查后获悉：死者朱小凤系安徽打工妹，年龄30岁，据小店经理反映，一周前死者丈夫从老家赶来逼她回去，但她不愿再回穷山沟。侦查员还了解到，死者妹妹嫁给了一个上海人，住在徐汇区。警方迅即找到其妹妹了解，案件很快明朗化，杀人凶手非死者丈夫陈清水莫属。警方连夜赶至凶犯老家安徽泾县琴溪乡。在当地派出所徐所长的指点下，翻山越岭，赶了几小时山路总算摸到了荒凉偏僻的陈家，然陈清水自知罪孽深重，早已远走高飞。

警察在大山深处苦守数日，仍不见其踪影，无奈只能委托徐所长协助缉拿凶手，空手而归。

一个月后，负责侦破此案的迟副所长又亲自率员二赴安徽缉捕凶犯。迟所长一行星夜兼程赶至山坳里，迅速包围陈宅，持枪冲进屋内，逃犯还是没回来，却见屋内两个衣衫褴褛、瘦骨嶙峋的古稀老人和一双蓬头垢面、光着身子的孩子。他们正围桌吃饭。那位干瘪沧桑的老翁一见警察，便禁不住喟然长叹："孽子啊！孽子，自己作了孽跑了，扔下这对可怜的娃子，让我两老怎么办啊？"老翁干咳两声，又声音沙哑地道："老伴有腰痛病瘫痪在床，我有乙型肝炎、哮喘病和气闷心跳，自己也顾不过来，拿什么来养活这一对娃子啊！"老头说到伤心处，禁不住老泪纵横，唏嘘喟叹："儿子为了找老婆回来，把家里唯一的一头耕牛也卖了……"老翁泣不成声。

躺在床上重病缠身的老太，木木地瞪着浑黄的眼珠，默然无语。

迟所长发现才五月天，这对山娃子就光着身子，骨瘦如柴、又黑又脏，那双小泥手捧着脑袋般大的破碗，瞪着小鹿受惊般的眸子，愣愣地瞅着警察。迟所长发现桌上那一大盆水煮的菜皮权作菜肴。他又抬头扫视了一下客堂，这是一间用泥巴和茅草糊起来的简棚陋屋，屋内除一张破桌和几张木凳外，空空如也，脚下则是凹凸不平的泥地。望着这幅破败不堪的凄凉惨况，迟所长一行人心里震撼了，倘若不是亲眼目睹，他们真不敢相信，已是九十年代了，中国还有如此贫穷的地方！是的，解放快半个世纪了，革命老区还如此赤贫，实在是让人痛心疾首。

四处流浪，亡命天涯何处是生路

魂不守舍的陈清水茫无目的地一口气逃到一座桥边，坐在桥墩上放声痛哭，哭罢抬头望着茫茫的黑夜，心里更茫然，他绝望地仰天长叹一声，便一头撞向桥墩，顿时眼冒金星昏厥过去。清晨醒来已是鲜血淋漓，树丛里传来了清脆的鸟鸣声，一种对生命留恋本能从心底升起，就这么离开如此美好的尘世吗？陈清水又犹豫了，转念想到上有年迈父母，下有年幼儿女，求生的本能使他艰难地爬了起来。

他不敢走大道，只穿小巷，恍恍惚惚走了三四天，也不知饥渴，踽踽独行在田埂上，锄荷的农夫见他那幅惨状都回眸惊瞥，陈清水做贼心虚，便来到小河边，取出毛巾将脸上的血渍洗去，又用湿毛巾想擦去衣服上的血迹。他开始感到饥肠辘辘，便溜进地瓜田，也顾不上生熟，饿狼般地啃了起来。

他偶尔听到马路上传来警笛声，以为是来抓他的警车，如丧家之犬拔腿往小巷里躲，待警车绝尘远去后，他还躲在房后吓得不敢喘气。见了警察便慌忙转身溜之大吉。他不敢在城里久留，一个劲地向空旷的地方走。渴了就到水沟里喝水，饿了便向老头老太乞讨，又怕人家听出他的安徽口音，便装哑巴，拿着大碗伸手向路人乞食。路人见哑巴满脸污垢，衣衫肮脏，便同情地倒给他一碗干饭，有时运气好还可以讨到吃剩的鱼肉。

有次，他路过一个村庄，进了村口的几户人家，还没乞讨就被驱赶，无奈只得从房后走，突然发现一个猪圈，食槽里各种发馊的猪食，陈清水不顾一切地爬进去直往嘴里塞，几头肥头大耳的猪嗯嗯地向他直叫，主人从房里出来，见状拿起锄头杀将过来，吓得他撒腿便逃。

当然他也遇到不少善良淳朴的农民。有次他来到一户农家，向一位满脸沧桑的老太太乞讨，老太太给了他几根玉米，感激之际他发现对方双目失明，便主动帮他挑了一大桶水，又帮她砍柴。还有一次，陈清水乞讨至一乡村时，见一草棚失火了，他来到草棚前发现里面有头耕牛，他明白这是农民的命根子，便不顾一切地跳进去，牵出老牛拴在了附近一棵树上，不久主人赶来救火，见那个陌生人救了自家的老牛，感激地拉着陈清水来到家里，备了丰盛的酒菜请他吃了顿晚餐，陈清水没敢喝酒，怕酒后失言，但他足足吃了三大碗饭和一碗红烧肉。临别主人还给了他一大杯子米饭和佳肴，陈清水便心满意足地又漂泊而去。

又一个深秋的黄昏，陈清水饥肠辘辘地来到一条小道上，只见前面几位小女孩蹦蹦跳跳嬉闹着，突然一位小女孩被推下路基，女孩疼得“哇哇”大哭，陈清水见状，扔下包袱，一个箭步跳入水沟，将女孩抱上路基，替她擦去嘴上的血迹。陈清水愣愣地望着女孩们的身影消失后，触景生情，他突然想起了自己的儿女，不知他们现在如何？还在读书吗？生活没来源，是否饿死了？想到这些，禁不住抱头痛哭流涕，哭声在深山沟里回荡，却无人理会。

警察捐款，孤儿亲属跪谢大恩大德

尸体停放在医院一天的开支就是100元，罪犯潜逃，一时结不了案，总不能无限期的停放下去。于是，新华路派出所指导员王雅清给死者的家属去了一封信，请他们立刻来上海料理后事。

信投出去近二个月了，却杳如黄鹤一去不返。王指导又打电话给当地派出所徐所长，委托他催问一下，到底怎么回事？第二天徐所长告知，因为死者的家属贫困，实在无钱去上海，正在为丧事犯愁。王指导果断地说：“你带他们先来上海吧，一切费用由我们支付，马上就来。”

几天后，徐所长带着死者的父母和公公赶到了上海，派出所为他们安排了吃住，又全力以赴为他们操办丧事。

死者朱小凤因被钝器所击，脸部和后脑以及颈部又肿又烂，面目狰狞。民警生怕家属见了死者残破的面容难以承受，便请化妆师为死者精心整容化装，又买了寿衣为其换上。虽然脸上的伤痕天衣无缝地遮掩过去了，然死者

民警来到当地捐款捐物

的亲属见到亲人的尸体后，还是痛苦不堪，号啕大哭。当民警得知死者生前从未照过相时，又立马找来摄影师，免费为其照相，并支付了一切丧葬费用。

王指导听说并且目睹了老区百姓的贫困现实后，深感震惊，又得知死者还留下一对无力扶养的幼儿后，深感担忧，如果公事公办让他们回去，这对孩子一定会失学，甚至到处流浪。想到自己的孩子每天喝完牛奶去学校上课，晚上回来还给他复习功课，而这一对孩子却从小失去了父母，将来怎么办呢？王指导越想越担心，动了恻隐之心。想补助他们，但派出所里经费有限，她便默默地捐了200元，这一义举犹如沉石投入平静的湖面，掀起了层层波澜。于是乎，派出所的民警都默默地将同情化作爱心行动，呼啦啦，民警们一下子就募捐了5 600多元，除去死者家属吃住开销外，最后捐款还剩下5 000余元。

如何处理这笔款子，王指导犯难了，交给死者家属吧，孩子们住在爷爷家，自然得不到捐款，给男方家属吧，万一他们不花在孩子身上怎么办？王指导踌躇了半天，最后与柳所长商定，将这笔捐款交给泾县教委，作为孩子们读书的费用。

当晚王指导向男女方家属和徐所长宣布了这一决定，并让双方家属和徐所长签字画押，当场将5 000元捐款交给徐所长，委托他转交给县教委。几位老人听罢这一决定，均表示同意。为了来上海办丧事，死者的家属变卖了牲口，才凑足了300元钱，小心翼翼地用手绢包好，又用针缝在上衣兜里，根不得将一分钱掰成两半花，未料这次来上海吃、住、行和丧葬费开销分文未化，这已是感恩不尽，谁知又天外飞来这么一大笔“横财”，望着这一切，他们简直不相信眼前的事实，几位老人倏地跪倒在地，不住地叩首：“上海警察真是大菩萨，大好人！我们代表娃子谢谢你们的大恩大德！”

老人们长跪不起，叩首不止，王指导将他们扶起来，拉着陈老翁的手说：“以后两孩子遇到什么困难，可以写信来告诉我，我们一定会像对待自己孩子般关心帮助他们。”

老翁紧握王指导的手老泪纵横，喃喃不止。

雨中忏悔，逃犯病中凄凉无人问津

几个月没洗澡身上奇痒无比，且吃饭都成问题，自然顾不了其他了。夏天尚且好过，热了跳进河里洗个澡，饿了钻进地里吃瓜果，但晚上睡觉却成了问题，蚊子如轰炸机一般“嗡嗡”不断轰来，陈清水只能穿长衣睡觉。到了冬天更为难过，寒风刺骨，只能躲到水泵房里避寒。但他又不敢在一处久留，只好“打一枪换个地方”。

有次，在途中他发现了一座破庙，便如林冲一般躲进去住下。躺在草堆上听着“呼呼”的北风，望着窗外的明月，往事不堪回首。朱小凤没考上大学心情郁闷。初中毕业的陈清水劝慰她不必难过，条条道路通罗马。只要好好干，干什么都有前途。朱小凤感到只有陈清水能理解自己。时间久了，两人便恋爱了。1982年春节前夕，朱小凤家造房子，陈清水去帮忙，他既能吃苦干活，人又英俊机灵，朱家见小伙子不错，也就默认了。倒是陈家父母犹豫不决，感到女方是高中生，人又长得漂亮，怕靠不住，还是找个老实巴交的省心，并为他介绍了一位水灵的闺女，但陈清水一口回绝，死活要娶朱小凤，血气方刚的他认为一定要打破传统习惯。

1982年春节这对恋人热热闹闹地举行了婚礼。亲戚和乡亲们都很满意这桩婚事。小夫妻俩恩恩爱爱，先后生有一儿一女。因靠种地为生，日子过得有点窘迫。这时乡里办了个水泥厂，交1 000元入股便可进厂当工人。这对为生计犯愁的小夫妻凑了2 000元进厂当了工人，小日子过得红红火火。未料当化验员的妻子红杏出墙，晚上经常加班晚归，陈清水虽有点纳闷但他深信妻子。一次他有事提前回家，进门发现妻子正与水泥厂的副厂长睡在床上，陈清水见状顿时怒从心中来狠揍对方，副厂长把矛头转嫁到厂长身上，说是先看到她和厂长上床被他撞个正着，便以此要挟好上的。陈清水一听老婆还与厂长有染，更是怒火万丈。厂长还是自己的老师，曾教导学生正派做人。岂料为人师表的老师却是个人面兽心的伪君子。陈清水找到厂长痛斥他"畜生"！厂长反问他你有什么证据？陈清水被问得哑口无言，气呼呼地跑回家找老婆算账，未料老婆早已不辞而别回了娘家。

陈清水理直气壮地找到老婆的娘家，老婆非但不认错赔罪，却掷地有声地甩出一句话："离婚！"一听离婚他一下子软蛋了，委曲求全地说："我已原谅你了，看在孩子的份上求你还是回家吧。"岳母说："先让小凤在家休息两天再说。"陈清水找了台阶无可奈何地回了家。

陈清水找到乡长反映，要求严惩厂长。结果厂长太平无事，老婆却被厂里开除了。怒火中烧的陈清水找到乡长评理，乡长一脸无奈地说："水泥厂是乡里主要的经济来源，一时没人顶他，只好牺牲小凤了。"陈清水无言以对。求天不灵，上告无门。为求破镜重圆，只能含悲忍辱。

不久陈清水接到法院诉状，面对妻子的离婚请求，陈清水感到如晴天霹雳，坚决不同意。最后法院虽未予判决，但从此却埋下了仇恨的种子。

陈清水梦里见到了死去的妻子披头散发、鲜血淋淋地向他走来，惊叫地从梦中醒来，心想是妻子索命来了，吓出一身冷汗。此刻门外雷电交加，大雨滂沱。陈清水一头冲进大雨中，伸出双臂对着雷电大声疾呼："千不该，万该杀了老婆。结果落得如此境地，上不能尽孝，下不能养小。老天啊，求求你宽恕我吧！"陈清水在大雨中跪了许久。

雨淋寒冷加上郁闷饥饿，牛一般健壮的他终于发烧病倒了。迷迷糊糊地在破庙里昏睡了三天，没吃没喝无人问津。第四天他醒来后浑身疲软，渴得难受，嘴唇起了泡。陈清水硬撑起来，扶着树枝蹒蹒姗姗来到附近一农家要了一大碗水和几个地瓜，吃下去后好受了许多。

中午太阳朗朗地晒在打谷场上，陈清水躺在谷堆上晒太阳，享受着阳光的温暖。一群孩子嬉闹着用石子扔他，还上来踢他，陈清水本性暴躁，但不敢还手，只得忍气吞声地离去。

领养孤儿，上海警察义举引起当地轰动

一年后王指导派民警诸明湖一行赴安徽再次追捕逃犯，他们途径泾县，吃罢晚饭已是9时许，民警来到深山沟孩子家，徐所长打着手电叫醒了住在客堂里孩子的爷爷陈旺洪。诸明湖气喘吁吁地说："我们是特意来看看孩子们的，老大爷还认识我吗？"

陈老翁从梦乡中惊醒，揉着惺忪的眼睛，愣怔了片刻，受宠若惊地跳起来，双手紧紧握着民警的手，脸上荡漾着粗糙的笑，一个劲地道："认识认识，大恩人怎会忘记。坐，快请坐。"

老翁扯开沙哑的嗓子呼老伴和孩子的乳名，民警止住道："让他们安静地睡吧，不打扰。"民警看看熟睡的孩子们便心满意足地走了。

民警们返回所后，向王指导和其他几位所长谈起了看望孩子的情况，王指导不无忧虑地说："女孩子才10岁，男孩子仅8岁，两位老人风烛残年，自顾不暇，又没生活来源，一旦老人倒下这对孩子的生活就没着落了。干脆好事做到底，我们派出所领养这对孩子算了。"所领导点头一致同意，最后商定按时给孩子们寄去生活费，还决定等今年孩子们放暑假后，邀他们来上海玩玩，与大家见见面。

1997年8月8日，在新华路派出所的盛情邀请下，陈老翁携孙儿、孙女一路颠簸来到了大上海。派出所早已为他们安排了住宿，细心的王指导见

孩子们蓬头垢面、脏乱不堪，赶紧带他俩去修剪头发，又"彻头底尾"地给两个孩子洗澡，换下的衣服是又酸又脏。王指导又去买来了新衣给孩子们"包装"一新。经过一番改头换面后，两个孩子与来时判若两人。

第二天，民警又开警车带孩子们逛街，两个孩子在举世闻名的南浦大桥，雄伟壮观的外滩及繁华热闹的中华第一街南京路拍摄了精彩的照片。边吃着冰淇淋，边瞪着牛眼愣愣地望着鳞次栉比的高楼大厦，仿佛进入了安徒生的童话世界。

第三天上午，孩子们来到派出所会议室。望着一屋身着警服的叔叔阿姨们，激动中掺杂着几份紧张，低头抿嘴，拨弄衣角，胆怯地坐在主席台前。王指导代表所有民警嘱咐孩子道："你们一定要好好学习，今后有什么困难写信告诉我们，警察叔叔、阿姨会尽力帮助你们渡过难关。"说罢，王指导郑重地递给女孩新捐的500元钱款，又递上新书包、新皮鞋、新衣服，各种礼物像小山似的堆在了孩子们面前，女孩望着眼前五彩缤纷的礼物，激动得泪花闪闪，嗫嚅地说："谢谢警察叔叔阿姨们，我一定好好读书，来报答你们……"说罢泣不成声，小男孩低头抿嘴，将自己精心构思绘画的一幅五彩缤纷的画送给了王指导，以示感激之情。王指导看着他画的民警阿姨敬礼图，便关切地问他："你喜欢画画吗？"小男孩羞涩地点点头。王指导摸着他的头道："你好好画吧，将来考上美术学校，我们一定资助你。你放心好了，不用为学费发愁。"

五大三粗冲冲杀杀的警察们见之无不动容。孩子们在大上海欢欢喜喜地尽兴玩了三天，带着上海警察叔叔、阿姨们的深情厚谊和大包小包满载而归。

1998年3月初，王指导提升为长宁分局副局长，她临别前郑重地关照新上任的指导员王耀和："我马上就要离开了，你要继续好好照顾这对孩子，一定要负责他们读完书走上社会，最好是读上大学。"王耀和郑重地点点头，接下了这个沉重的任务。

当年6月，王耀和带领几位民警驾车8小时，一路颠簸来到深山沟探望陈月、陈华姐弟俩。已经上中学的姐弟俩见到上海警察叔叔们，欢快异常。他们接过新衣新鞋、学习用品喜不自禁。陈月将要初中毕业，但她想早点工作，以资助弟弟读大学。校长告知民警，陈华酷爱画画，将来想当画家。说罢让陈华取来了他画得素描，警察叔叔欣赏着一张张画，惊叹孩子的才华，指导员当即表态："只要姐姐想考大学，经费不够，我们将一如既往地捐款资助。"民警们临别时，村民们倾巢出动欢送，小车被堵得寸步难行，小路两边站满乡亲，一双双手不停地挥动。他们纷纷从家里取出各种土特产，直往小车里塞，其场面之热烈，犹如当年欢送新四军一般令人动容。

贸然回乡，真情感召痛下决心走向新生

陈清水装聋作哑沿街乞讨，一路经过了浙江、福建、江苏、四川等地。过着颠沛流离的流浪日子。他想到一死了之，但为了见一面朝思暮想的父母孩子，以此为信念流浪为生。

当他从四川来到一小镇上听到乡音时，心里一阵激动，虽不是少小离家老大还，但毕竟是五年半之久。他来到一农舍前，问一位抽旱烟的老大爷："这是什么地方？"老大爷告知："这是黄山。"陈清水听罢兴奋不已，知道离家不远了。他又问："芜湖是哪个方向？"老大爷用烟斗一指。陈清水激动难抑地向着家乡方向星夜兼程，虽心存惶恐，但早已被思乡之情淹没。

1999年9月25日黄昏，如血的残阳映照着崇山峻岭，一缕炊烟在熟悉的茅舍上袅袅升起，浪迹天涯五年之久的陈清水神出鬼没地钻出树林，凝视着熟悉而又陌生的小屋，感慨万千后悔不已。他深知杀妻罪孽深重，不敢贸然回家，等到残阳隐入大山后，趁着月色悄然潜回家中。

他先敲开附近弟弟家的门，弟弟出门见夜色中一脸污垢黑影，惊慌地问："你找谁？你是人还是鬼？"对方悄声道："我是你哥哥陈清水啊。"弟弟愣了半晌，认出哥哥后，冲上前去两人紧紧抱在一起痛哭流涕。弟弟赶紧将

哥哥拉回家中，弟媳赶紧烧水让陈清水洗澡，陈清水又痛痛快快地饱餐了一顿。陈清水感叹道："五年多来，我没有吃过一顿饱饭，没有洗过一次热水澡，没有睡过一个安稳觉。"

因怕老母过于激动，弟弟没敢惊动老母，悄悄地叫来老父，老父望着兀立眼前满脸络腮胡子的流浪汉，愣怔片刻，一把抱住儿子失声痛哭。老父心疼地问："你这几年是怎么过的？"陈清水急切地说："你先别问，把两个孩子叫来。"儿女听说日夜思念的父亲终于回来了，冲出屋来到叔叔家三人哭成一团。陈清水抚摸着坐在膝盖上的一儿一女，问："你们恨爸爸吗？"孩子们摇摇头。陈清水知道他们懂事了有苦难言，心里更为难受。

他潜逃流浪五年后实在熬不住终于冒险回家探望，未料父母安然健在，儿女健康成长，都未辍学，心爱的儿子还学得一手好画。老父深情地告诉这一切都是上海新华路派出所侠胆热血相助的结果，陈清水边翻阅儿女在上海高楼大厦前留影的彩照，边听老父儿女动情地叙述，那颗麻木的心禁不住热血涌动，泪水涟涟。

老父的一番话，使丧魂落魄的陈清水被深深震撼。在外浪迹天涯五年之久，他被精神的十字架压得失几乎去了生活的勇气，准备此次回家最后瞅一眼挂念的父母和担心的儿女，便走上不归路一了百了。然而，上海警察的真情相助使他感动不已，麻木的心开始回暖。两个孩子拉着他的手苦苦哀求："爸爸，上海的警察叔叔阿姨对我们这么好，你不去自首对不起他们的一片好心。你只有去自首，才能得到宽大处理，免于一死。"

陈清水听罢踌躇不定，在老父和弟弟苦口婆心晓以利害的规劝下，不知所措的陈清水终于痛下决心，决定随他们去上海向警方投案自首。

翌日清晨，陈清水来到老母榻前，见老母尚在梦中，望着白发苍苍，松树皮似的老母，便跪在地上失声痛哭，哭声惊动了老母，老母从梦中醒来后，见儿子兀立眼前，以为还在梦中，当朝思暮想的儿子拉着她的手时，她才信以为真，老母一把拉着儿子的手激动得老泪纵横。儿子将头埋在母亲的怀里哭喊道："娘，儿子不孝，对不起你的养育之恩。"老母抚摸着儿子的头泣不成声。老母喃喃地对丈夫道:“快把那只老母鸡宰了。”吃饭时,陈清水望着热气腾腾的鸡肉鸡汤,却怎么也吃不下去。

1999年9月26日上午9时许,新华路派出所值班民警接到陈父从安徽长途汽车站打来的电话后,告知儿子马上前来自首,民警们听罢顿时沸腾起来。是的,几年来热血相助的爱心行动终于感化了铁石心肠的逃犯。他们估计这些路途七八个小时便可抵达,全体民警下午在会议等待着激动人心的一刻,分局王副局长闻讯也匆匆赶来焦急地等候着。然而,另一边陈清水一行因路途上出交通事故,被堵了两小时,抵达上海后又到路边小店饱餐一顿,之后才打电话告知派出所。民警接到电话后急得直喊:“你们就在长途汽车站等着,千万不要动,我们马上就到。”民警拉响警报迅即赶至长途汽车站,陈清水见到警车上下来的警察,自觉地伸出了罪恶的双手。

王局长见到陈清水的一刻,动情地说:“你知道你爸爸为你操了多少心,你的孩子吃了多少苦,我们派出所的民警为你担了多少心?”

民警诸明华(右一)与受资助大学生陈华合影

陈清水泪流满面地道:“我都听说了,谢谢王局长和民警们的大恩大德。我父母和孩子之所以有今天,全靠你和派出所的民警关心,谢谢!”说罢他突然跪了下来,王局长赶紧拉他起来:“陈清水,你不要这样,这是我们民警应该做的。你今天主动上门来自首,是对我们民警的最好报答!”

王局长又紧紧地握着陈父的手感激地说:“谢谢你规劝儿子主动前来自首。”陈父朴素地说:“应该做的。”王局长见陈父脸色灰暗疲惫不堪,她嘱咐韦所长道:“明天早晨送老人到就近的部队医院为他检查一下,好好治一下病。”第二天,民警开着警车将老人送到了部队医院,医生闻讯后亦是热情相助。临别,王局长和派出所民警又捐了200元和许多衣物。

陈清水躺在看守所里,望着铁窗外的弯月,闻听老父在上海部队医院治病,既感动又欣慰,他说五年多来,这一晚睡得最踏实。

2000年11月,上海市中级人民法院根据案犯投案自首、案情较长的实际情况,经过了一年多的审理终于做出了判处陈清水无期徒刑的判决。陈清水接到判决后表示一定要以实际行动好好改造走向新生。

儿子中榜,民警一如既往地继续资助

逃犯自首其实此事可以打上句号了,但王局长认为不能就此放手不管孩子,办案做事不能太功利,还是要讲信义,要人性化操作。她郑重地对教导员王耀和道:“我们捐助孩子读书,不仅是为了感化孩子的父亲,更重要的是为了挽救孤苦无靠的孩子成为社会的有用之才,所以我们一定要将资助进行到底,要让他们考上大学,读书毕业走上社会。”王指导点头道:“我们一定努力去办。”

按照王局长的嘱咐,王耀和指导员坚持资助孩子。派出所每个民警每人每年捐款200元,每次捐款6 000元,每年夏天派专人开车送去,同时还捎去许多衣裤和书籍。

2002年夏天，受王局长的委托，王耀和带领几位民警又开车七八个小时来到径县琴溪中学看望姐弟俩，当场给姐弟俩送上了衣服、学习用品，又帮姐弟俩交了学费。

姐姐陈月道："非常感谢警察叔叔多年来的无私关心，但我想高中毕业后早点找个工作，一是帮助弟弟读大学，二是抚养爷爷。"王耀和当即表示："你只要想考大学，我们一定负责你的学费和生活费，你的弟弟读书之事和你爷爷抚养的问题你不用操心。"但小女孩坚持不考大学，弟弟却表示准备报考美术大学，王耀和关切地道："你放心读书画画吧，其他不用你担心。"

离开学校后，王耀和一行又驱车在坑坑洼洼的山路上颠簸了3小时来到陈大爷家，老人见警察又特意来探望自己喜出望外："没想到这么多年了，你们还记得我这个深山里的老人。"

王耀和拉着老人的手关切地道："陈大爷，我受王局长的委托，前来探望你老人家，你身体好吗？"老人双手作揖道："谢谢你们，谢谢王局长！"说罢他捂着肝区痛苦地道："肝脏经常疼，也没钱下山看病。几年前去上海做过检查，医生说是肝硬化，还给配了药，"老人边说边取出了当年配的药方子。王耀和接过方子说："我带回去替你配药吧，你放心好了，以后有什么事需要我们帮助，尽管来信，我们一定努力办到。"老人激动得老泪纵横。

王耀和回去就给老人配药寄药，每隔二周寄一次，一直坚持寄了一年多，直到山里写信告知老人已经去世，才停止寄药。

2003年夏天，姐姐陈月来到上海新华路派出所找王耀和指导员，但王耀和已调任分局交警支队长。新任指导员储凯华热情地问她："你有什么事需要我们帮助？"女孩说："我高中已经毕业了，想请派出所帮助找个工作。"储指导员立刻帮助寻觅，很快将女孩介绍给派出所附近的餐厅当服务员，每月700元工资，包吃包住，女孩喜不自禁。

这年弟弟陈华也如愿以偿地考上了安徽科技大学，陈华给派出所寄来了感谢信和录取通知书的复印件。全所的民警和王局长听到这个消息后，都为这个大山里的孩子考上大学而欢呼雀跃。

派出所遵循诺言，每年去一次安徽泾县给陈华送去5600元学费和生活费。

2006年的7月，已经读大三的陈华悄然来到上海，自己找了个地方打工，攒够了钱便给新华路派出所打了给电话，储指导员已调任分局指挥处处长，新上任的指导员朱佩俞接了电话，听说是陈华，朱指导员虽然没有见过他，但知道这件事，她热情地说："欢迎你来派出所，你有什么事需要帮忙吗？"小陈嗫嚅道："我爸爸在提篮桥监狱服役，我想请阿姨帮忙带我去探望一下他。"朱指导员爽快地说："这个没问题，我今天下午帮你联系一下，你明天上午8点到派出所来，我们带你去。"

8月4日，阳光斜斜地照进派出所的窗户时，王雅清副局长、储凯华处长、王耀和支队长、朱指导员等人早已等候在门外了。小陈一下子见到这么多帮助过自己的叔叔阿姨们激动不已。王局长摸着他的头感叹道："没想到长这么高了，而且还考上了大学，有出息，真是让人高兴。"小陈比较内向，不断地搓着手指，低头不语。

王支队长也为孩子感到高兴，一个山里的孤儿能考上大学，里面倾注了几代派出所指导员和民警的心血，确实令人感到欣慰。王支队长因为上午要开会，不能送孩子去监狱见其父亲，他握着孩子的手，悄悄塞给他200元钱，嘱咐他好好读书便匆匆赶去开会了。

王雅清副局长与大学生陈华交谈

警车进入上海提篮桥六监区时，苗大队长早已等候在门口，陈华随着他来到了会议室，小陈一眼就认出了光发圆脸、红光满面的父亲，父子7年未见，彼此相拥，泪水长流。父亲见儿子与自己长得一般高大，又考上了大学，心里是欣喜万分；儿子见父亲脸色红润，白白胖胖，也放心了许多。

父子俩坐在那里交流了很长时间，最后他们来到王局长面前，陈清水动情地说："看到儿子长得那么高大，又考上了大学，我心里是说不出的高兴和感激，感激你挽救了我的全家，感激你们培养我儿子成才！"

王局长也深情地说："陈清水，实践再次证明，你选择投案自首这条路是走对了，法律给予了你宽大处理，也给了你第二次生命，你要在里面好好改造，争取减刑早日出来与儿女们团圆。"

陈清水小鸡啄米般地点头表示："我一定努力改造，争取早日出来。我无法报答你们的大恩大德，但老天会赐福给你们的。"苗队长在一边插话说："根据陈清水在监狱的积极表现，我们已经批准他转至原籍安徽巢湖监狱关押，这样家里人探望他就更方便了。"陈清水转过身来对苗队长道："感激政府的体谅。"

最后，王局长表示："你安心改造，你儿子读书的学费和生活费，我们会负责到底的，假如他要读研究生继续深造，我们也一定资助到底。"

陈清水又是一番叩首感激，陈华咬着嘴唇望着眼前动人地一幕，在思考着如何迎接新的挑战，如何报答叔叔、阿姨们的深情厚意。

外国女郎的美丽陷阱

两名神秘的外籍女子趁着夜色，出没在上海滩的酒吧、宾馆，专门寻觅外籍单身男子出手，老外在昏昏欲睡中被洗劫一空，外籍女子是如何作案的？侦查员又是如何闪电出击破案的？请看——

一

2006年3月21日，这天中午阳光特别灿烂，朗朗地照进静安分局刑侦支队重案队队长的窗棂，重案队长姚智立吃罢午餐，一个躺在沙发上，一个靠在椅子上，各自翻着报纸迷迷糊糊地进入了梦乡。

平时他们总是风风火火地忙案子，中午难得有时间躺在沙发上打个盹。今天算是运气，见缝插针地睡了个午觉。

这时刑侦总队二支队副支队长薛勇带着一帮弟兄风风火火地闯了进来，

薛勇拍着酣睡中的姚队道:“朋友啊,有生活做了,还像死猪一样地困觉。”

姚队从梦里惊醒,一个鲤鱼打挺赶紧起来,见眼前是上级领导薛支队长,惺忪着眼睛不好意思地解释:“对不起,不知道你们来。”

薛勇也知道干这行的难得有机会中午“充电”,便抱歉地说:“打搅了,姚队,事情大了。看来这个案子搭上手,又要熬几个通宵了。”薛队长急切地问:“又发生什么大案了?”薛支队长道:“外国人被麻醉抢劫了。吴局长和朱副局连续批示,要求尽快破案。总队长郭建新和副总队长杨维根责成我们二支队会同静安分局成立专案组开展侦查。”

姚队长急切地追问:“发生在什么地方?”

薛副支队长开始描述接案后的经过。

今天上午浦东公安分局接到了报案,来者称上海耐克森有限公司的总裁法国人达豪仕突然失踪了。3月19日晚上,他参加员工的婚礼中,接了一个神秘的电话后突然匆匆离去,结果莫明其妙地失踪了。

第二天上午,司机去接达豪仕总裁,老总平时都是踩着8点钟声准时下楼,但3月20日这天早晨,老总却迟迟没下来。司机耐心地等了半个小时,老总还是没有下来,他感到有点不对劲,便走出小车来到四楼老总的住处,按了几下门铃,里面没有应答,之后便敲门还是毫无反应,他便给老总打手机,结果手机应答是主人已关机。司机赶紧回去及时作了汇报,老总的秘书一听不对劲,平时老总有事总会关照一下,此次他却一反常态没有告知,有点蹊跷。秘书立马给老总打手机,结果回答一样已关机。

受骗的老外

秘书感到此事有点

不正常，便叫上司机又来到老总的住处，先是文雅地按门铃，继而大声地呼叫敲门，均毫无反应，秘书和司机都有点傻了。在回去的路上，秘书不停地打老总的手机，突然接通了，秘书操着法语兴奋地问老总好，但对方却是一个女的，她用英语问道："你是谁？"秘书用英语回答道："我是达豪仕先生的秘书，请问你是谁？"对方和气地答道："我是他的朋友，他昨晚酒喝多了，我们在一起，你放心好了，他没事的。"秘书赶紧追问："你们在什么地方？"对方却含糊其辞地说："没事的，没事的，他清醒后会回来的，你放心吧。"说罢不由分说地挂了电话。

但是当天晚上，秘书还是不见老总来电话，又拨其手机，却再也打不通了。总裁的突然蒸发令秘书颇感纳闷，她隐隐地感到可能老总出事了，也许遇上了绑架。秘书又心急火燎地赶到老总浦东的住处和其他地方寻找，还是不见其踪影。

第二天上午，秘书和司机估计老总被绑架了，便来到法国领事馆反映了情况，领事馆听罢亦感凶多吉少，请他们赶紧向中国警方报案，他们又匆匆赶到浦东高桥公安处报案。

浦东警方接报后一听是个棘手的大案，立刻赶到法国总裁达豪仕的住处，这时他却出乎意料的回来了，只见他丧魂落魄地坐在沙发上发愣，其翻译坐在他的边上。通过翻译解说，浦东警方了解了案件的大致情况。

二

霓虹闪烁，音乐悠扬，上海早春的夜色繁华美丽，令法国商人达豪仕颇感惊讶。他独自坐在一家五星级大酒店的顶层咖啡馆里，品抿着浓香的咖啡，望着窗外的灿烂夜景，心里禁不住地感叹，上海的夜景完全可以与巴黎的香榭丽榭大街媲美，可惜没有美女相伴，辜负了良辰美景。

正感叹间，蓦地飘来了一股香气，达豪仕抬头见是两位打扮时尚的女士款款走来，彼此眼睛一对视，那位年轻的女士操着娴熟的英语道："哈罗！就你一人吗？"达豪仕见年轻的女士主动上来搭话，喜不自禁地做了个请的手势，用英语道："就我一人，小姐，请坐。"

两位女士顺势坐在了达豪仕的对面，法国商人抬头扫视了一下，伸手打了个手势示意服务员过来，他热情地问两位女士："咖啡，还是茶？"对方说："咖啡。"

老外便打了个香榧要了两杯咖啡，于是彼此像熟人似的热络地聊了起来。

法国商人自我介绍说："我是上海耐克森有限公司的总裁，叫达豪仕，到上海工作已经两年了，这里什么都好，就是太寂寞了。"

那位中年女子听出了弦外之音，便殷勤地迎合说："我们是新加坡人，是来上海做生意的，我是公司的经理。"她又指指身边年轻的女子介绍说，"她是我的秘书。我们也有如此感觉，生意做得很好，就是熟悉的朋友太少，晚上和休息天太冷清了。我们现在认识了，也算是缘分，以后我们可以合作做些生意，同时有空时可以一起聊聊天解解闷，不知总裁先生愿意赏光陪我们玩吗？"达豪仕感到正中下怀，眉开眼笑地说："当然可以！我随时恭候你们的邀请。"

女青年主动写下了自己的手机给法国商人，达豪仕礼尚往来地给对方留下了手机号码。

彼此聊得很是欢畅，子夜时分才恋恋不舍地分手。

第二天晚上，达豪仕总裁来到吴宫大酒店参加员工的婚礼，他被眼前的场面惊呆了。只见大厅里摆了50桌酒席，来了如此多的客人，真是令老总感到非常惊讶，惊叹一个普通的员工竟然有如此多的亲朋好友，实在是了得。

老外正在好奇地感受中国人的热闹婚礼时，蓦地接到了一个电话，因为人多嘈杂，达豪仕总裁来到了大厅外接听手机，原来是昨天萍水相逢的两个女子来电："总裁先生，我们正在如春酒店喝咖啡，你有空过来一起聊聊吗？"达豪仕听说是昨天相识的两位新加坡女子，毫不犹豫地道："当然可以，你们等着，我马上赶来。"

达豪仕没有让司机开车，而是自己悄然打的前往。20分钟许，他便来到如春酒店顶层的咖啡吧，见两位漂亮的女子正坐在幽暗典雅的玻璃窗前品尝咖啡，他面带微笑地来到她们面前。对方热情地站起来，那位年轻的女秘书指着对面的空座位热情地说："早已为你准备好了咖啡。"

达豪仕总裁见已经为自己点好了咖啡，便双手合十地连连致谢。达豪仕坐下后，为了表示谢意，举起杯子与两位女士热情地碰杯后，喝了一大口咖啡，便禁不住感叹道："中国人办起婚礼正热闹，今天我是大开了眼界了。我们法国人可不是这样举行举办婚礼的，也不可能请到如此之多的亲朋好友。"

他介绍起了当地的婚礼习俗："我们那里举行婚礼也有一些人前来祝贺，但是大多是在教堂里，由主教作为征婚人，举行婚礼仪式后，便来到外面举行简单的野餐和跳舞，不像中国人就是那么简单，只是吃喝。"说罢，年轻的女子劝达豪仕总裁，"再喝一点，好喝吗？"达豪仕幽默地说："你们请我喝的东西，哪怕是白水也好喝啊。"哈哈，一阵笑声飘荡开去。

他们聊得很来劲，达豪仕总裁兴致颇高，女经理告诉他："我们有笔生意想和贵公司合作，不知老总是否有兴趣？"达豪仕望着对方色眯眯的眼神，一时神魂颠倒地说："你说说，如果行，我们一定合作。"女经理媚笑地说："到客房里给你看，你就知道了。"达豪仕总裁心领神会，自己到上海已半年有余，朝思暮想盼的就是想有个美丽的东方女子能够解一下寂寞，于是便爽快地随同前往。

晚上9时多，当他来到两位女士所住的1116房间后，年轻的女秘书又热情地为她冲了杯咖啡，达豪仕来了兴致，一口喝了咖啡，准备尽兴时，却突然感到迷迷糊糊起来，很快便进入了梦乡，什么也不知道了。

三

3月21日上午9时许，昏迷了两夜一天的达豪仕突然醒了过来，他睁开沉重的眼皮感到有点蹊跷，自己到底在哪里？抬头只见房间里家具、床单都是白色的，好像自己从漆黑的深渊里爬出来一般，他努力地回忆着昏迷前的情况。

他突然想起来了，睡觉前是和两位新加坡女士在一起喝咖啡来着。好像进了客房刚喝了一杯咖啡就不省人事了，这是怎么回事？是她们送我来这里的吗？但为什么不见她们的身影。达豪仕总裁伸手按了几下床上的警令，一会儿，一位年轻的白衣护士推门进来。达豪仕操着英语好奇地问："这是什么地方？"护士微笑地摆手，表示听不懂他的话。

达豪仕突然翻身下床寻找自己的手机，找遍了衣服和裤子的兜里，非但没有找到手机，连兜里的信用卡和皮包也不翼而飞了，皮包里还有照相机和电脑笔记本，那个建行信用卡里还有3万多元人民币。这时他才反应过来自己中了美丽的陷阱，被这两个女人麻醉洗劫了。

达豪仕明白过来后异常愤怒，他对着护士做了个打电话的手势，护士理解后，带他来到了楼层的公用电话旁，但这位老总现在穷得连打电话的硬币也没有，他朝女护士拍拍口袋又双手一摊，护士理解了他身无分文后，便掏出一元硬币替他投进电话机内。

达豪仕总裁终于接通了自己秘书的手机，他连呼带叫地对着秘书大声嚷道："我被骗了，你立刻过来一下，我已身无分文。"女秘书问道："你在什么地方？"达豪仕总裁赶紧将电话递给了身边的女护士，护士告知他："在长宁区中心医院外宾病房。"

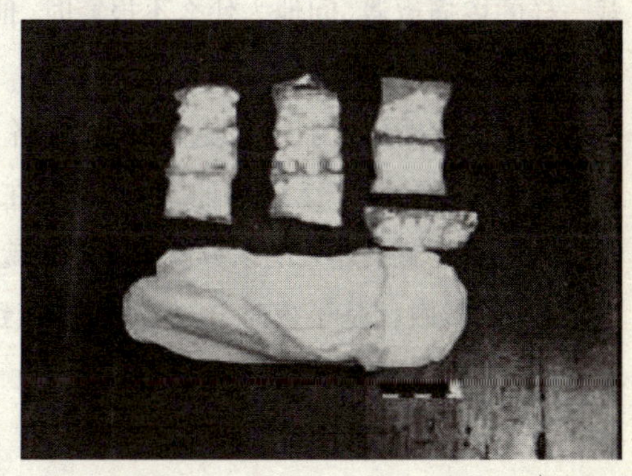

麻醉药

女秘书立刻叫上司机一起来到长中心外宾病房，只见平时注意修饰的老总胡子拉碴，头发凌乱，一副狼狈样。他见了部下也不想多说，付了钱便直接要求回浦东的住处。

刚回到住处警察就赶来了，通过秘书翻译，达豪仕终于道出了自己的遭遇。

警方听罢达豪仕被灌了迷魂药被洗劫的经过后，感到了事态的严重性，为了证明达豪仕总裁是否被麻醉，警方要求他立刻化验尿样。达豪仕总裁开始很配合，但请他仔细反映被麻醉抢劫的过程时，他却不愿细说，可能是因为难以启齿的缘故，他情绪抵触，却强烈要求警方尽快破案。

警方耐心地解释说："你不详细介绍案情，我们没有线索怎么破案？"但是达豪仕就是不愿配合询问，没有他提供的线索就无从侦查。

经过侦查员反复晓以利害，并保证保护其隐私，他终于被中国警方的诚意所打动。达豪仕才扭扭捏捏地道出了被麻醉的详情。

因为这两个自称是新加坡女人，一旦她们出境案子就难破了。事不宜迟，首先要摸清的是这两个女人的真实身份。

经过达豪仕总裁的回忆，警方首先找到了如春酒店1116客房，从宾馆的总台又找到了人宿登记人的护照。护照上填写的却是荷兰人，名叫希丁克。经过一番奔波又摸清了这个荷兰人是上海交大上课的外籍教授。

警方找到希丁克教授时，他正在课堂上侃侃而谈，等他上完课，来到办公室后，见两位男士出示证件后，洋教授什么都明白了。他有着与达豪仕总裁一样的惨痛遭遇，问他为什么不报警时，他耸耸肩，双手一摊，苦笑地说："这种不光彩的事，只能自讨苦吃了。"

希丁克教授是3月17日晚上，在茂名路上的酒吧里单独喝咖啡时，两个自称是新加坡的女子上来搭讪，也许是独在异乡为异客，颇感寂寞的缘故，教授见了两位温柔迷人的东方女子有点儿魂不守舍，经过一番热聊，洋教授兴致大增，转眼已是子夜时分，但洋教授感到谈兴未尽，于是又主动地邀请她们到自己下榻的宾馆去继续深聊，两位女子心知肚明洋教授深聊的意图，正中下怀，欣然应允。

两名新加坡女子跟随洋教授打的来到了华山路上的宾馆，进门后，那位年轻的女士反客为主地泡了三杯咖啡，一人一杯。洋教授喝了一杯咖啡后还没来得及深聊便不省人事，酣然入睡。等他从醉梦里醒来已是两日后的上午了，他稀里糊涂地爬起来，不知今夕何夕，感到口渴拿起杯子喝水时，方才想起来与两个新加坡女子一起回来后，喝了一个女子冲的咖啡后，才昏迷不醒的，他立刻明白是被骗了，一查，果然发现自己的笔记本电脑、现金和信用卡已不翼而飞。

愤怒的洋教授立刻想到了报警，但他仔细一想，感到报警是把双刃剑，抓了女骗子，但也坏了自己的名声。只能是哑巴吃黄连有苦说不出，结果他的沉默，导致了达豪仕总裁的重蹈覆辙。

短短三天里就连续发生两起外国人被麻醉抢劫案，警方震惊，也深感担忧。从两起抢劫案的被害人对嫌疑人的体貌特征、年龄状况和人数多少的描述，以及从现场的监控录像的印证，这两起案件的犯罪嫌疑人系相同的两名貌似东南亚国籍的女子所为，侦查员立即将这两起案件并案侦查。

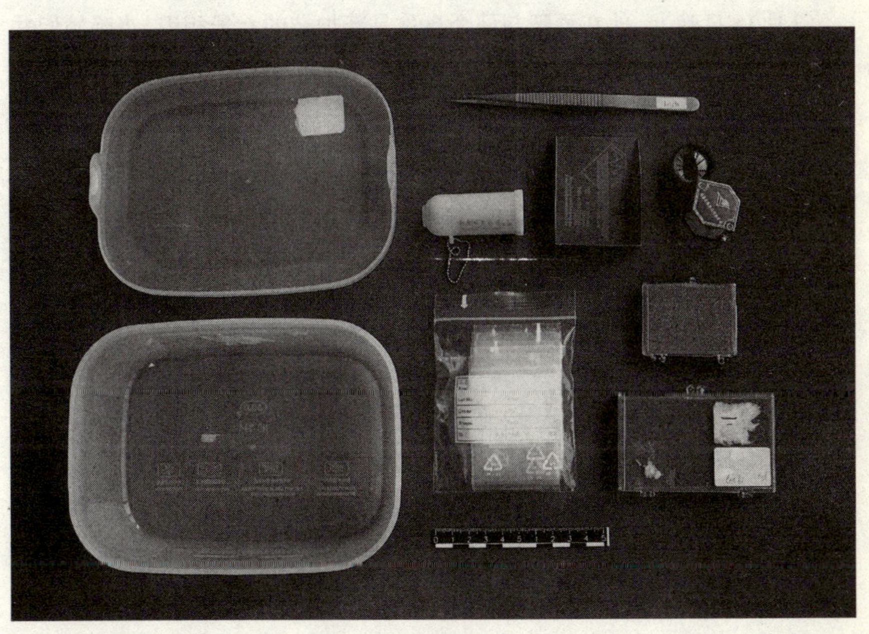

作案用的部分工具

由于犯罪嫌疑人可能跨境作案，在现场逗留时间短暂，手法老练，未留下任何身份信息，要在大上海的茫茫人海里寻觅到两个神秘的魅影，无异于大海捞针，而且她俩随时随地都可能离境远走高飞，甚至还可能继续作案，且被害人均是外籍高管人员，此案倘若不及时侦破，危害甚大，影响恶劣。

根据两位被害人的原始描述，侦查员迅即赶到外事局资料库内查询新加坡国籍的来沪人员，一无所获，说明她们是有备而来，且反侦查能力颇强。侦查员又对本市入境人员、登记住宿的外籍人员进行查询，仅东南亚国籍的人员就达上万人，尚有大量未登记者，根本无辨认条件。侦查员意识到，上海这样的国际化大都市，每天出入境的外国人可谓川流不息，络绎不绝。只有做到细之又细，且不放过如何蛛丝马迹，又要做到准确定位，才有可能事半功倍，破获此案。

3月23日，警方又找到了达豪仕总裁，请他再回忆一下被害的过程，总裁又补充提供了一个细节为案件的突破起到了关键作用。

3月18日晚上，他在酒吧与两个自称是新加坡的女子相识，当晚她们并未随其离去，只是与那个年轻的女子交换了一下手机号码。经回忆，他隐约记得那个女子来电的号码是"131"开头。侦查员立刻请达豪仕总裁查找手机上的那个通话号码，结果如愿以偿地找到了。真是踏破铁鞋无觅处，得来全不费功夫。两条美女蛇的尾巴终于露了出来。

四

经查，22日下午4时，这两个神秘的外国女郎突然从上海销声匿迹了。

经高科技侦查获知，这两个神秘女郎是从广州乘飞机来上海的。姚队长立刻与广州市公安局联系，对方经查告知，这两个女人是3月11日从印尼入境的，3月15日，广州花园酒店也发生了一起两名外国女子以色相勾搭两名美国男人，用麻醉剂灌醉对方后将其身上的信用卡等物洗劫一空的案件，广州警方也正在侦查，并有她们的现场录像资料。姚队长听罢一阵兴奋，请他们立刻从网上传过来，很快清晰的录像资料通过内网传到了姚队的电脑上，一比对与上海发生的两起案件完全吻合，她们就是护照上的两个神秘女人。

将如春酒店的录像和新龙宾馆的录像，以及广州传来的录像资料串并在一起，两个神秘女郎的形象清晰地勾勒出来，其犯罪轨迹也清晰地勾勒出来了，但令人大惑不解的是，她俩从浦东机场入住在新龙宾馆时，另外又出现了两个男孩。

经过仔细梳理，她们入境的轨迹被清晰地描画了出来。这两个神秘女郎是从印尼入境，在广州作案盗卡后取出钱，又出境到香港迪斯尼游乐场狂玩，然后到上海，先勾搭交大的荷兰教授，窃走其信用卡后，再搭识法国商人达豪仕，窃走近3万元的建行信用卡后，一路上拉卡消费，不断提取现金。从提取现金的ATM机地点追踪，她俩集中在本市浦东陆家嘴地区提现。

掌握她们作案的线路图后，侦查员们最担心的是她们出境远走高飞。于是，警方立刻通知边检对其两人布控起来。好在这两个狡猾的案犯还没出境，大家终于出了口气。

3月22日晚上7时多，警方发现她们又出现在北京的城区。刑侦总队总队长立刻决定派总队二支队副支队长薛勇、静安刑队沈宏良副队长一行5人为小分队连夜飞往北京。

时间在一分一秒地过去了，大量的信息不断汇总到专案组，但嫌疑人的身份依然不明，两个飘忽不定的魅影始终在眼前，就是难以捕捉到。倘若请北京公安局技术部门配合，再实施抓捕实在是耗时耗力，且可能再次发生同类案件。

经过高科技的手段侦查，侦查员很快搞清了这两个神秘女人的身份，也搞清楚了另外两个男子的身份。这两个女子是3月16日晚上10时15分进入浦东机场的，她们当晚在浦东的新龙宾馆落脚，都是持印度尼西亚护照登记入住的，共有两男两女。两个女子一个叫贝林达.维佳雅，41岁；一个叫米达.切实买因.分姆，27岁；那两个男子一个19岁，一个16岁，均是维佳雅的

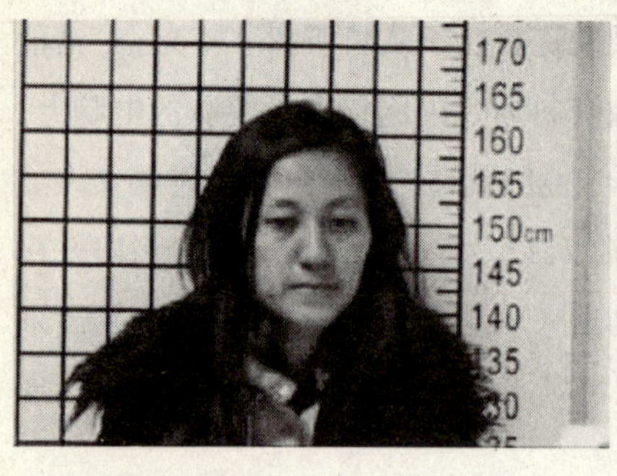

嫌疑人分姆

嫌疑人维佳雅

儿子，都系印度尼西亚人。这两个嫌疑人虽然作案老练，没有暴露自己的国籍和身份，但是智者千虑必有一失，良马飞奔必有一失。这两个狡猾的美女蛇还是在交往的细节中下意识地露出了清晰地蛛丝马迹。

3月23日深夜，查明两名神秘女人的身份后，立刻将情况向北京的上海小分队通报。小分队的侦查员已经连轴转了两天两夜，虽然都已精疲力竭，但获悉对象的身份后，像注入了兴奋剂，又马不停蹄地奔波起来。小分队连夜与北京警方联系，朝阳分局刑队接到求助电话后，连夜派出20名荷枪实弹的特警增援。他们迅即将嫌犯所住的315和325房间包围得严严实实，并对客房周围采取严密监控。

已是深夜12时，上海警方对宾馆登记处的护照检验感到准确无误后，刑警先请服务员以送茶水为名进入房间探下虚实。女服务员打开房间后，发现房内只有一个男孩在里面看电视。侦查员没有盲目下手，以免打草惊蛇。小分队及时制定了抓捕方案，先是在宾馆周围设观察哨，密切注意进入宾馆门前的各种车辆和下客人员，二是在嫌疑人客房的对面房间布置了人员观察，盯住对面房门的动静。

24日凌晨2时许，观察哨报告有两女一男进入宾馆，当三人毫无察觉地进入自己的客房后，侦查员出其不意地分别采取了闪电行动。

女刑警突然进门后，两个女子顿时愣怔住了，不速之客亮了警官证后，请她们穿衣起来。等她俩穿戴完毕，男刑警再入室时，见到两个神秘的女子后大失所望，听受骗的老外说是美女，原来却是两个丑八怪。41岁的维佳雅矮胖、肤黑、丑陋，虽身穿皮夹克，但看上去像50岁多的老太；年轻的女子分姆身着棉袄，枯瘦，肤黄、有点像吸毒者。在老外的眼里她们也许属于东方的美女，但在中国人的眼里，其长相实在是不敢恭维。

五

她们被拷上手铐后，隔壁房间的两个男孩也同时被限制了自由。立刻对客房进行搜查，最后在房间内搜出4台电脑、11部手机、7架数码相机、15块手表和黄金首饰、高级水笔等物品，以及3.3万元人民币、还有美金、欧元、港币等大量外币，还查获了73张假美金，但就是找不出她们的作案工具麻醉剂。

经审讯，她们却讲一口不知所云的怪话，谁都听不懂。请她们讲英语，她们故意佯装听不懂。无奈，只能仔细搜查，终于在空调上面搜出一包塑料袋，里面是白色的药丸，很快又在抽水马桶里搜出一个塑料袋，同样的白色药丸，一共9包白色药丸，每小包有30多颗。加起来共434颗，经北京刑科所检验，系强力麻醉剂，一颗就可以让一人深度昏迷2天，其药力远远大于国内案犯使用的麻醉药。434颗就意味着将有434个外国男子昏将过去，昏睡男子身上的信用卡和纸币将更是难计其数。因为她们已经寻觅到了新的猎物，明天将要故伎重演。

当晚，北京警方懂英语的年轻大学生参加了审讯，但两个嫌犯却装疯卖傻，又故伎重演佯装听不懂英语。翌日清早，刑警来到外国语学院，请来了两名学印尼语小语种的在读大学生来充当翻译。

通过两位大学生的分头翻译审讯，没想到两个女人就是不交代，证据都摆在她们面前了，但她们却保持沉默，尤其是那个老女人更是一问三不知。中午吃饭时，她们见了米饭和中国菜说是吃不习惯，警方在生活上给予了人性化的照顾，又给她们特意买来了面包和罗宋汤。

翌日上午，上海警方一行9人又赶往北京参加审讯，加大力度。

从23日上午8时开始审讯，审到晚上10时，这两个女人就是死不开口。第二天上午8时，又继续操练，一直审讯到晚上，她们仍然保持沉默。上海警方没想到遇上了两块难啃的外国硬骨头。侦查员改变了盲目审讯的办法，而是注意观察对象的情绪和表情变化，通过仔细观察后发现，那个年轻的女子似乎更易配合，人生经验也比较单纯，分析下来估计更易突破。

她们开始都以为自己在中国有豁免权，警方最多没收其钱款和赃物就可以回国了。通过翻译，警方向她们宣传了中国的法律，严正告知她们在中国犯罪同样要受到中国法律的制裁，打消了她们天真的想法。同时加大了对年轻女子的审讯力度，一直到25日用晚餐时，警方还是热情地送上她们喜欢吃的三明治和罗宋汤，那个年轻女子分姆终于被感化，在物证面前，她无法一一解释来自何处？终于开启金口，道出了作案的过程和方法。

其实她俩的作案手法很简单，就是以色相勾搭单身外国男人，然后骗他喝下药力生猛的麻醉药，等昏昏入睡后将其身上钱款和信用卡，以及值钱的东西洗劫一空，溜之大吉。分姆被突破后，维佳雅感到大势所趋，最后不得不如实道来。

3月26日晚上7时半，上海警方将4名外国嫌犯押回上海，此案的成功侦破，主要得力于三个方面，一是侦查员的串案判断定性准确，闪电出击；二是高科技如虎添翼，娴熟运用，三是外地警方的鼎力支持，协同作战。

2007年年1月14日，上海市第二中级人民法院一审判决贝林达.维佳雅因犯抢劫罪、持假币罪，被判处有期徒刑11年；米切.切实迈因.分姆因犯有抢劫罪被判处有期徒刑7年。

图书在版编目（CIP）数据

上海大案侦破秘闻 / 李动著. — 上海：文汇出版社，2010.9

ISBN 978-7-80741-970-9

Ⅰ.①上… Ⅱ.①李… Ⅲ.①纪实文学—中国—当代 Ⅳ.①I25

中国版本图书馆CIP数据核字（2010）第167179号

上海大案侦破秘闻

主　　编 / 李　动

责任编辑 / 张　衍

装帧设计 / 张　晋

出 版 人 / 桂国强

出版发行 / 文汇出版社

上海市威海路755号

（邮政编码200041）

经　　销 / 全国新华书店

照　　排 / 南京展望文化发展有限公司

印刷装订 / 上海新文印刷厂

版　　次 / 2010年9月第1版

印　　次 / 2010年9月第1次印刷

开　　本 / 640×960　1/16

字　　数 / 230千

印　　张 / 17.5

ISBN 978-7-80741-970-9

定　　价 / 28.00元